ONE HUNDRED
Saturdays

Stella Levi and the
Search for a Lost World

一百个星期六

与斯特拉·莱维
追寻失去的世界

[美]迈克尔·弗兰克 著
[美]马伊拉·卡尔曼 绘

尹楠 译

Michael Frank | Artwork Maira Kalman

山西出版传媒集团
山西人民出版社

当然要献给斯特拉

纪念我的祖母们:
西尔维娅·夏皮罗·拉维奇
和
老哈丽雅特·弗兰克
以及所有讲故事的人

当一家人在古城的中世纪城墙外摆姿势拍照时,费利茜是唯一一个背对摄影师的孩子。

塞尔玛从纽约寄给斯特拉一件小礼物:一套由短裤和上衣组成的两件套印花海滩罩衫。每当去海滩或从海滩回来的时候,斯特拉就会兴奋地穿上它。

斯特拉还是个小女孩的时候,她喜欢看犹太社区举行的婚礼仪式。婚礼前一两个星期,包括新娘花费几年工夫做的绣品在内的嫁妆就会被送到她未来的丈夫家里,一路上通常会有一小群希腊音乐家用曼陀林和铃鼓奏乐送行。

在年轻人看来,"过着土耳其式生活"就是落后于时代的代名词:"我们过去常常取笑我的父母,我们会说:'受够了土耳其那一套!'"

一天，诺费里尼对斯特拉说："有个人你一定要见见，他是一名律师，也是这里意大利军队的一名中尉。他是我有幸认识的最优秀的人之一。"

勒妮曾做过一个梦:街上站着两个拉比,整个社区的人都从他俩面前走过,斯特拉、萨拉和勒妮也在这群人中。她们的外祖母萨拉·诺特利卡哭喊道:"可她们是我的孙女呀!"

走着走着，斯特拉发现自己正盯着一段由骑士团修建的厚实坚固的城墙，城墙上有一扇小窗户，很可能是土耳其人统治时期开的。这扇窗是斯特拉看到的最后一件将她和犹太社区联系在一起的东西。

1944年8月16日，几艘船从罗得岛出发三个半星期后，这些被驱逐者抵达了奥斯威辛。

通过楚克曼一家,罗得岛的女孩们认识了犹太旅或巴勒斯坦旅的成员,这支队伍当时是英国军队的一部分。一名叫库布里克的中士,帮忙把斯特拉姐妹获救的消息传给了她们在美国的哥哥莫里斯。

1947年初,在一场家庭聚会上,斯特拉和勒妮都很漂亮,容光焕发,她们的衣领上别着大大的兰花胸花。

哥哥姐姐们离开罗得岛时带走的一张张家庭照片，又回到了斯特拉的生活中，这个家里最小的孩子成了活得最久的，而且是唯一活着的。"最小的孩子是讲故事的那个人"。

寒冷、苍白的冬日阳光从窗户飘进来，像厚重的雾一样笼罩在周围。斯特拉似乎变得很遥远，与世隔绝。过了一会儿，她倾身打开一盏白瓷灯。

"我脑海中的世界如此精彩……"
　　　　——卡夫卡

大海并非深邃的酒红色[1]，而是一片湛蓝，清澈透亮，却又深不可测，一眼望去令人心痛，仿佛看见某个人的眼神那般心痛。我凝视着这片深不可测的透明的蓝色，侧耳聆听一位92岁的老妇人讲述71年前发生在这片海边的故事。

1944年7月23日，星期天。她告诉我，德国人故意选择了星期天，因为星期天所有商店都关门。他们拉响空袭警报，尽管那天没有飞机从头顶掠过，也没有炸弹从天而降，但警报会让所有人——其余的所有人——待在室内。在那几个小时里——6个小时，也许更长时间——他们1650个人步行到港口，没有一个平民亲眼见证这一切，没有人反对，或前来道别。

她说，他们就像一支送葬队伍，队伍里的人在为自己哀悼。

整个罗得岛[2]的犹太社区的人就从我们现在站着的这个地方被装上了三艘船。她属于这个社区，这是她生活的岛屿，她将其视

---

1 "酒红色"的原文使用了形容词wine-dark，源自《荷马史诗》中的wine-dark sea。
2 罗得岛（Rhodes），希腊十二群岛之一，也是希腊第四大岛，位于爱琴海东南部。

为自己的一小片土地。这1650个人将被运送到比雷埃夫斯港[1]，然后被运送到海达里[2]的监狱，再从那里被送上将在两个星期后开往奥斯威辛[3]的火车。从时间和地理角度来看，这无疑是所有驱逐行动中最漫长的一趟旅程，从很多方面来看，这即使不是最荒谬的行动之一，也差不太多了。

"我们都是些老人、年轻的姑娘和小孩，"她说，"包括我在内的大多数人一辈子都没离开过这座岛。直接在这里把我们杀掉更省事，至少可以让我们和其他犹太人埋在一起。"

现在，92岁的斯特拉·莱维望向海面，注视着地平线。她凝视着蔚蓝的水天相接处那条清晰的分界线。然后，她转头看向我。她的脸蒙上了一层阴影，她的目光幽深，仿佛看到了我无法想象的东西。

她沉默了很长一段时间才开口道："也许到了一定程度，回来的就不再是你本人。或许，你只能在记忆中回到过去。"

这不是斯特拉第一次来罗得岛的犹太社区，但很可能是最后一次来。她来与她出生和成长的社区建立联系，或者说重新建立联系，也可以说是再次尝试建立联系，就像她的父母、祖父母以

---

1 比雷埃夫斯（Piraeus），希腊最大的港口。
2 海达里（Haidari），雅典郊区，德国党卫军曾在这里修建集中营。
3 奥斯威辛（Auschwitz），波兰城市，纳粹德国曾在这里修建集中营。

及历代祖先所做的那样。这一历史可以追溯到15世纪晚期，当时这些塞法迪犹太人[1]被驱逐出西班牙，分散到欧洲和地中海各处。因为她来到这里，所以我也来到这里，哪怕我对她的了解还远远不够。我在罗马的时候，得知她计划来一次晚年回访罗得岛之旅，于是也订票过来，相当于自己邀请自己。后来她告诉我，这就是她决定把她的故事讲给我听的原因之一。后来我才醒悟，我之所以会到这里来，一定程度上是为了赢得她的信任。

几个月前，我们俩才在纽约大学意大利研究系位于格林威治村的意大利之家认识。2015年2月的一天晚上，我要去参加一场讲座，迟到的我匆忙找了张椅子坐下，那是长方形木桌旁唯一一个空着的座位。就在我平复喘息的时候，一个带着浓重意大利口音的询问飘了过来："你从哪里这么着急赶来？"

问这个问题的女人上了年纪，举止优雅。她的五官分明，头发染成棕色，打理得十分有型，完美衬托她的脸型。她上身穿着一件开襟羊毛衫，下身是一条深色裙子，修长的手指上交替戴着镶有宝石的银戒指。

我告诉她我才下了法语课。她了然地点了点头。

---

[1] 塞法迪犹太人（Sephardic Jews），是指在15世纪被驱逐前，祖籍为伊比利亚半岛并遵守西班牙裔犹太人生活习惯的犹太人。

我和她一样，来意大利之家是为了听一场有关博物馆、记忆和纳粹法西斯之间关系的讲座。演讲人会讨论有关纪念馆的话题，探讨这些纪念发生过令人憎恶的事件的现实建筑所面临的挑战，或在不相关的地方纪念这些令人憎恶的事件所面临的挑战。

她又问了第二个问题："我能问问你为什么学法语吗？"

她那双褐色的眼睛闪烁着好奇的光。我感觉到她想要或是期待着一个深刻的，或者至少是一个有趣的答案。我只能如实回答。我解释说，因为法语是我从初中开始学的第一门外语。我告诉她，在说了这么多年意大利语之后，我想重拾旧课。我表示，我不想在旅行时让自己陷入尴尬境地。而且，我希望有一天能用普鲁斯特[1]的母语阅读其作品。

不知为何，在她热切的注视下，我担心从我嘴里说出来的一切会变成法棍－羊角面包－贝雷帽[2]——我在巴黎的商店里希望买到的东西。

她又点了点头，继续问道："你想知道法语对我的人生有什么帮助吗？"

意识到我说意大利语时，她换了一种语言，于是我也换成意大利语答道："当然。"

---

1 马塞尔·普鲁斯特（Marcel Proust），20世纪法国及世界文学史上最伟大的小说家之一，代表作有《追忆似水年华》等。
2 原文为法语。

"我到奥斯威辛的时候,"她讲述道,"他们不知道该拿我们怎么办。不会说意第绪语[1]的犹太人?这算什么犹太人?我试图向他们解释,我们是来自罗得岛的说拉迪诺语[2]的塞法迪意大利犹太人,但没什么用。他们问我们会不会说德语。不会。波兰语?不会。法语?'会,'我回答,'我会说法语……'"

说到这里她停顿了一下。"我会说法语,会一点,因为我的姐姐们参加了世界犹太联盟[3]。她们会在家分享学到的东西。除此之外,我还在学校继续学习这门语言。罗得岛的很多女孩都会学法语。因为我们会说法语,在奥斯威辛,他们把我们跟法国和比利时的女人们关在一起,她们会说法语和意第绪语,也会一点德语,足以充当翻译,也能和我们交流。而且,她们了解当时的情况。因为清楚发生了什么,她们设法活了下来,我们也跟着活了下来。"

她向后靠在椅子上,继续说了一句:"这就是法语对我人生的帮助。[4]"

---

1 意第绪语(Yiddish),一种日耳曼语,德系犹太人、中欧和东欧犹太人及其后裔使用的语言。
2 拉迪诺语(Judeo-Spanish),一种罗曼语,与古西班牙语渊源深厚。
3 世界犹太联盟(Alliance Israélite Universelle),一群法国犹太人于1860年在法国成立的政治组织,目的是为犹太人提供援助。
4 原文为法语。

第二天一早，我接到纳塔利娅·因得里米的电话，她是总部位于纽约的普里莫·莱维[1]中心的主任，该中心致力于研究意大利犹太人历史，这次讲座就由其组织。我会认识纳塔利娅，是因为我曾请她帮忙调查一个发生在战争年代的意大利故事。我 20 多岁时曾在意大利生活过一段时间，从此以后就对这个主题很感兴趣。

纳塔利娅告诉我，前一天晚上坐在我旁边的那个女人叫斯特拉·莱维，她很高兴能认识我。在我表示我也很高兴认识她之后，纳塔利娅接着说，斯特拉写了一些关于她在罗得岛的童年和青年时代的东西，准备在即将于普里莫·莱维中心举办的晚会上做简短演讲。由于对自己的英语写作水平没有把握，她想知道我是否愿意和她见一面，帮她修改一下演讲稿。

两天后，当我从大学广场的绿色遮阳篷下走过时，丝毫没有意识到这是接下来的 6 年里我要和这个女人一起度过的第一个星期六。在我眼中，这个女人就是山鲁佐德[2]、历史见证人、魔术师，以及邀请我一起旅行的时间旅行者。

或许，你只能在记忆中回到过去？

或许。

---

[1] 普里莫·莱维（Primo Levi），意大利著名作家，同时曾是奥斯威辛集中营的囚犯。
[2] 山鲁佐德（Scheherazade），古代阿拉伯民间故事集《一千零一夜》中宰相的女儿，为拯救无辜被残杀的女子，她自愿嫁给残暴的国王，每天晚上为国王讲故事。

- 1 -

"有一段时间我一直在想,也许是时候再去看看精神科医生了。"

这几乎是我在星期六走进斯特拉的公寓后,她对我说的第一句话。

她接着说:"我都不知道心理医生是否知道该拿我怎么办。20世纪50年代搬到纽约后,我看过三个精神科医生。他们当时就不知道该怎么治疗我。"

她说这些话时我甚至还没走出她家的小门厅。现在我走出来了。斯特拉指了指一张椅子。我把外套搭在了上面。

"他们不知道该怎么治疗我们这些从集中营回来的人。他们都没去过那里,怎么可能知道怎么治疗我们?哪怕我尽力向他们讲述了那里发生的事情。但也有可能是因为我还没做好准备?"

斯特拉坐在她的扶手椅里,指了指配套的沙发。她穿着一条漂亮的休闲裤,一件白衬衫,外面套着一件和那天晚上不一样的开襟羊毛衫。

我坐下。

"你觉得怎么样?"她问道,"这是个好主意吗?"

我想:在生命的尽头进行心理治疗?自然要做一番调查,找到合适的人选,免不了走一些弯路。这样的人会是什么样的人呢？她要经历些什么，学习些什么，或者阅读些什么，才能理解那些与斯特拉有着相似经历的人？更不用说帮助他们了。

她没有等我开口回答，继续说道："我不确定。我一直感觉不对劲。我想我真正需要的是聊天。"

她看着我。一个92岁的女人，心怀疑虑，心有所求。此刻的我们：在一个宁静的星期六下午，在她位于格林威治村的家中面对面坐着，严格意义上说这是我们的第一次正式见面。

"现在你是想聊聊……集中营吗？"我问道。

她的眼神中流露出一种情绪，不完全是愤怒，但也很接近了。"我想你来这里，就是帮忙看看我写的关于罗得岛的稿子。"

"是的。"我小心翼翼地答道。

她看了我一眼，我从她的目光中看出怀疑的意思，然后她打开一个文件夹。结果打开的是一个错误的文件夹，只见她迅速弹起来，走向客厅角落里的办公桌。"弹"这个字没用错，仿佛原本有个紧紧缠绕的线圈松开来，把她送到了空中。

我从没见过哪个90岁的老人，像她这般行动自如。仔细想想，80岁的老人也没有像她这样的。

过了一会儿，她把几页打印好的纸塞到我手里。显而易见，她希望我坐在沙发上，在她的监督下，阅读这些稿子，并提出意见。这些稿子就像试卷。

我仔细阅读稿子，余光注意到她一直盯着我看。斯特拉在文中简单回顾了她在犹太社区的年少时光。她描述了一种被称为"静修"(enserradura)的奇特仪式,如果你是一个年轻女性——几乎总是未婚女性,而且通常都很焦虑或抑郁——那么将由一位年长女性为你实施这一仪式:你会和她一起被关在房子里七八天。这位年长女性相当于治疗师,是民间偏方和疗法的实践者。而斯特拉的外祖母就是一位这样的治疗师。在整个星期里,你都要和这位治疗师待在一起,你只被允许喝水和寡淡的肉汤。与此同时,在"静修"期间,你所在房子两侧的房子都要被清空,保证你处于完全安静和安宁的环境中。这位年长女性会坐在你的床边,手握圣灰(mumya),据说这是从圣地带回来的犹太圣徒的骨灰。这位年长女性手握圣灰,围着你的脸画圈,为你祈祷。她不停地祈祷,画圈,直到你开始打呵欠,她也开始打呵欠。第二天她继续这一仪式。七八天后,随着你打出最后一个呵欠,你被视为获得了治愈。接着,你起来去土耳其浴室洗个澡,果断地把所有不好的感觉洗掉。

我看完有关这种"静修"仪式的内容,抬头看了看斯特拉。此时是 21 世纪的第二个十年,她坐在客厅里,墙壁上交替刷着深赭色和庞贝红色的墙漆,书架上摆满了五种不同语言的书,地板上铺着厚厚的土耳其地毯,客厅里还有电脑、电视和其他家电。"我猜你年轻时从没经历过'静修'。"

"哦?你为什么这么想?"

"直觉。"

她盯着我,目光清澈而锐利,然后开口道:"当然没有。我不是那种女孩。我的姐妹们也不是。事实上,我的姐姐费利茜是家里的知识分子,她曾经说过:'我们甚至应该停止谈论这些事。现代化已经到来,西方世界就在我们家门口,弗洛伊德,托马斯·曼。'"她停顿了一下继续说道:"不过,现在我可以说说这些事了。现在我终于明白,我出生时的那个世界可能……我不知道……很有趣。"

"你当时不这么认为?"

"当时我渴望自由。我想要更丰富的生活,一种比我在这个偏僻的小岛上的小社区所能拥有的更丰富的生活。"

她靠在椅背上,指着我刚看完的稿子,问道:"那个,怎么样?"

"实话实说,我不确定你是否需要我的帮助。"

"我的英语不够好。"她说道。

"英语的确有点问题,但是这些故事……你的姨妈蒂娅·拉谢尔在阳台上收集雨水,给女儿们洗头发。她站在屋外,端着碗和盆,等着云层开个口子,大雨倾盆而下,你的姨父说——"

"她在天堂。[1]"

---

[1] 原文为拉迪诺语。

我看起来有点困惑，斯特拉又补充道："你看，收集雨水带给她极大的乐趣。"说到这儿她做了个手势，"我想让你修改一下我写的东西。你愿意吗？"

好的，我回答她。我愿意。

- 2 -

这之后的一个星期里，我修改完斯特拉的稿子，用电子邮件发给她。她回信说，她仍然觉得稿子一塌糊涂。稿子没那么糟糕，但我后来才明白，要让斯特拉满意并不容易。或者更确切地说，要让斯特拉对自己满意并不容易。

接下来的星期六，我又去了斯特拉家，我们一起核对了一下我的修改意见。这个过程只花了 10 到 15 分钟。核对完后，她把稿子放回文件夹，然后沮丧地瞥了眼文件夹，叹了口气。

我们沉默地坐着。

我决定说出我过去一个星期的想法。我说，如果她愿意，我下个星期六可以继续来听她讲故事。我想问问她在罗得岛的生活，在集中营的生活，以及离开集中营后的生活。

"其他的应该都没问题，"她回应道，"但集中营的不行。"

"为什么集中营的不行？"

"因为我不想变成那样的人。"

我问她这么说是什么意思。她向我描述了一种集中营幸存者，她会反复讲述自己的经历，最终让这段经历逐渐枯萎，变得遥远而机械化。她不明白人们这么做有什么意义。她从来不希望成为表演型幸存者或是大屠杀讲述者，思想变得僵化，没有新的想法或观点，在漫长而丰富的人生中将这件事置于如此重要，甚至过于重要的位置。

我告诉她我理解她的想法。可是——可是，如果她一开始就结合她给我看的稿子，给我讲讲以前在罗得岛的生活，现在情况会怎样？如果她有办法保留那些生活方式，那些人和那个世界，又会怎样？

"我们剩下的人不多了。"她若有所思地说。

"这是另一个理由，"我说道，"因为，当你……离开，那个地方的故事，那些生命，都会随你而去。"

"你以为我不知道这一点？"她压低声音补充道，"我还有很多故事没说。很多故事，更难开口讲述的故事。"

"你有孩子吗？"我问道。

"有，一个儿子。约翰。"

"你给约翰讲过这些故事吗？"

"讲过一点。"

我好奇为什么只讲了一点。

"我不想给他带来负担。"

"你有孙辈吗,给他们讲过吗?"

"我有三个孙辈:兰迪、丽塔和刘易斯,"她停顿了一下继续说道,"我讲过,一点点,但是……"

"但是?"

"我想,我还没准备好。"

"就像对精神科医生那样?"

她没有点头,但也没有摇头。

"你现在准备好了吗?"

"也许下次吧。"她说。然后,她站起身来。

- 3 -

接下来的星期六,我们又回到了原来的位置:她坐在扶手椅上,我坐在沙发上,沙发旁摆着一盏白瓷灯,灯罩上有三维立体的花和叶。我们寒暄了几句,然后就一直静静地尴尬地坐着。

"你不应该问我一个问题,让我继续聊下去吗?比如问我在哪里出生,最早记得什么事,诸如此类的问题?"

那双眼睛:怀疑的眼神,同时又很敏锐。

"不然你说说,你第一次发现自己与众不同是什么时候吧。"

"你为什么会认为我与众不同?"她问道,眼神也亮了起来。

当时，她还差一两个月就满 14 岁。这个想法是半夜冒出来的，她不知道为什么会有这种想法。可能是因为看到刚满 16 岁的姐姐勒妮开始花好几个小时坐在客厅和院子（kortijo）里——犹太社区里较好的房子才有围起来的院子——突然之间就像成年女性那样，在母亲身边弯着腰为那个不由自己做主、素未谋面的丈夫做针线活的时候，才冒出这个想法。睡衣、手帕、桌布、床单、枕套，斯特拉瞧不起这些手工活。在她看来，一个女孩把时间花在为某个幽灵般的男人或男孩准备这些东西，以此消磨时间，十分可笑。这个男人或男孩是由某个人（她的母亲、男方的母亲、某个叔叔或媒人）从门当户对的候选人中挑选出来，颁发给她的奖品。她另有打算。一天晚上睡觉前，她在壁橱后面发现了一个旧手提箱。她拂去上面薄薄的一层灰，把手提箱打开放在地上。她抓紧时间收拾行李，把衣服、鞋子、空白笔记本、笔和一件外套装了进去。她把手提箱放在门边，然后钻进被窝睡觉。

第二天一早，她的母亲发现了手提箱，问她是不是准备去别的地方。

"当然，"她答道，"去意大利，去上大学。"

"当然，去意大利，去上大学。"——她的母亲米丽娅姆重复道。米丽娅姆只上过小学，她的女儿们只有一个上过中学。但她没有笑，也没有生气。她没有说：到你 18 岁的时候，你可能就穿不下这些衣服了。她也没有说：你是犹太社区第一个做这种事的女孩。她只是朝手提箱的方向点了点头,什么也没说。

也许父母更容易放任家里最小的孩子,尤其是当他们有三个年龄更大的女儿需要操心和谋划的时候,他们忙着操心她们结婚开始新生活的事。

姐姐勒妮和斯特拉的年龄最接近,她把这当成了一个笑话:斯特拉和打包好的手提箱,14 岁的斯特拉准备去意大利上大学。但对斯特拉来说,这不是个笑话。她准备了好几个月,时不时重新打包一下。月复一月,年复一年,笑话从未消失。同时,手提箱也从没消失。

- 4 -

她才 14 岁,开始收拾行李,准备上大学,这个主意究竟从哪儿冒出来的?

这一招很可能是姐姐费利茜教她的,但不管是不是她教的,斯特拉都没法决定自己的未来。

斯特拉家一共有七个兄弟姐妹:莫里斯、塞尔玛、费利茜、萨拉、维克托、勒妮和斯特拉。不过,在勒妮和斯特拉出生前,大哥莫里斯就离开了罗得岛,斯特拉 6 岁的时候,二姐塞尔玛也离开了家,所以,在斯特拉童年的大部分时间里,家里最大的孩子其实就是费利茜,她也是个非常特别的孩子。

费利茜会和朋友罗伯特·科恩聊天到深夜，斯特拉常常从床上溜下来偷听他俩聊天。罗伯特似乎不是费利茜的男朋友。一方面是因为他脚上的袜子总是不成对，另一方面是因为他俩总是隔得很远聊天，好像从来没有互相接触过。但是，他俩又聊个不停（不停地聊……聊个不停），交换各种意见，提到一些斯特拉几乎没关注过的名字：亨利·柏格森[1]、托尔斯泰[2]、普鲁斯特。费利茜的行为举止不像犹太社区的其他女孩，甚至不像家里的其他女孩。她不像塞尔玛（斯特拉记忆中的塞尔玛）或萨拉那样会帮妈妈做饭。她整天整夜地坐在房间里看书，甚至连饭都不吃。她花了太多时间看书，后脑勺都看秃了一块，哈森医生不得不给她配制了一种特别的药膏（pomata）。

费利茜与现代社会格格不入，她不属于罗得岛。她有着20世纪初欧洲知识分子的大脑，身体却属于中东长大的年轻女性。她的思维方式与众不同，生活方式也完全不同。费利茜从不在乎穿什么衣服，也懒得打理后脑勺剩下的那点头发。当一家人在古城的中世纪城墙外摆姿势拍照时，她是唯一一个背对摄影师的孩子。

她怎么了？她有什么问题吗？

---

[1] 亨利·柏格森（Henri Bergson），法国哲学家、作家，曾获诺贝尔文学奖。
[2] 列夫·托尔斯泰（Leo Tolstoy），19世纪中期俄国著名作家，代表作有《战争与和平》《安娜·卡列尼娜》《复活》等。

- 5 -

费利茜是家里第一个初中毕业后离开犹太社区的人,她前往意大利的女子中学(scuola femminile)上学,授课老师都是修女(suore)。斯特拉受此启发,也想这么做。费利茜成绩优异,给老师们留下了深刻印象。多年后,当斯特拉追随费利茜的脚步来到同一所学校,校长在第一天欢迎她时表示:"让我们看看你能否成为费利茜那样的优秀学生吧。[1]"

费利茜成了榜样,而且不仅仅是在学校。她和志同道合的朋友们带着斯特拉去史密斯山,意大利考古学家们当时正在那里挖掘雅典卫城,有寺庙、体育场和剧院,据说那里曾是传说中的希腊修辞学院所在地。她还参观过希腊东正教教堂,还喜欢从外部研究清真寺。费利茜让斯特拉明白了她们来自一个具有重要意义的地方,这个地方比犹太社区、海滩和凯安察广场——犹太社区商铺林立的主要广场——都要辽阔。费利茜对准备嫁妆毫无兴趣,她是斯特拉听说的第一个对准备嫁妆不感兴趣的年轻女性。她甚至不会考虑结婚。她没有男朋友(或女朋友)。她挑战权威、戒律和各种无稽之谈。

---

1 原文为意大利语。

费利茜向自己的父母解释何为人性。当萨拉比平时晚回家时，母亲米丽娅姆会站在门口担心地张望。斯特拉会站在一旁看着，害怕萨拉回来会受惩罚。费利茜则会叫父母一起坐下来，就人类的自由和幸福发表简短演讲，解释并论证为什么一个年轻女性完全可以行使自由意志，想什么时候回家都行。令人惊讶的是，他们会点头、理解并认同——明显表示认同。

斯特拉是在偷听费利茜和罗伯特·科恩的深夜谈话时，第一次听到有人批评法西斯政权。他们都是在法西斯政权统治下长大，她当时并不明白这样的谈话代表什么。她只知道姐姐的谈话让父母有些担心，如果被别人偷听到，可能会让他们所有人都陷入麻烦。母亲米丽娅姆表示："幸好他们是在晚上聊这些。"

费利茜是有学问的女儿，爱读书的人，在政治上很清醒的聪明学生：她写过一篇关于古希腊人罪与罚思想的精彩论文，这篇论文打动了戴维·阿马托。戴维·阿马托是社区里少有的曾出国深造的人，他建议费利茜去巴黎，在那里她有机会上索邦大学，接受培训成为一名教育家。对于一个无意于婚姻或在某个商店、办公室或贸易公司工作的年轻女性来说，这显然是理所当然的（而且几乎是唯一的）出路。

米丽娅姆有个表亲在巴黎生活。费利茜能说一口流利的法语。她不会感到孤单——会有人把热汤端到她面前，在她学习的时候陪伴她——但费利茜拒绝了这个建议。拒绝得毫不犹豫，干脆地说不。

斯特拉很难接受姐姐缺乏勇气这一事实："费利茜在思想上是自由的，无拘无束，但我发现，她的灵魂却并非如此。那本可能改变她的人生，也许还会改变我们的人生，谁知道呢。可我的姐姐甚至没有考虑这个建议，她害怕去外面的世界生活。"

- 6 -

如果说费利茜是个不完美的榜样，那勒妮就是反面典型。勒妮于1921年出生，比斯特拉大2岁。她爱赶时髦，对衣服、鞋子和头发的方方面面都很挑剔。斯特拉不太在乎自己的外表（尽管比衣着朴素的费利茜更在乎一点）。勒妮是举止得体的小姐（*signorina*），从不使用略显粗俗的"大粪"（*pasticcio*）这类词。斯特拉则是想到什么就说什么。做事犹豫不决、身体纤弱的勒妮还患有哮喘，母亲常常为其担忧，十分溺爱她。斯特拉则十分健壮，并成为了一名长距离游泳运动员。她会穿着上一季的旧泳衣去海滩，勒妮则必须穿最新款的泳衣。斯特拉是勇敢的潜水者，她有很多朋友。她好奇心强，胆子很大，野心勃勃。勒妮比她挑剔，眼光更敏锐，在各方面都比她谨慎。

"但你知道吗，"斯特拉说，"这么多年来，我不知道勒妮是生来就如此脆弱，小心翼翼，还是因为我母亲这么爱护她，她才变成这样。最后我发现，她内心深处其实很坚强，但大家都认为她很脆弱，总是提醒她穿毛衣，如果水太冷就不要下水。家庭生活就是这样，一人一个样，下一个一定不同……"

我问斯特拉这对她有什么影响。

"选择我想成为哪种人的自由。"她答道。

- 7 -

15岁时，勒妮开始准备嫁妆——和母亲米丽娅姆一起准备。年长的女儿们离开家后，米丽娅姆就没什么可忙的了。当然不需要给费利茜准备嫁妆。她用缎子给勒妮做了一件漂亮的睡袍（camicia da notte），给桌布和手巾镶上刺绣花边。勒妮一满16岁，就开始和银行家阿尔哈德夫的儿子眉来眼去，惹得社区的人议论纷纷。米丽娅姆也听说了这些事。米丽娅姆出身于一个富裕的银行家族中没那么富裕的一支，对当地社会等级制度感知敏锐。她告诫勒妮："不要想着嫁入豪门，这种事永远不会发生。"这种事果然一直没发生。

如果勒妮不能嫁给银行家的儿子，那她能嫁给谁呢？

当然也不可能是家族中的其他人，即使犹太社区有堂表亲联姻的传统。斯特拉的外祖母、治疗师萨拉·诺特利卡就是一个典型的例子。她嫁给了堂兄摩西·诺特利卡，她对这种特殊婚姻的评价是："永远不要和亲戚结婚，永远不要。"

女孩们听着这句话长大。这是一个警告，也是一个诅咒。当一个在刚果的堂兄向勒妮求婚时，虽然对方是个备受尊敬的年轻人，但她表示她甚至连考虑一下都做不到。

摩西·诺特利卡在斯特拉出生前就已经去世，但斯特拉长大后还是知道了，她的这对堂兄妹外祖父母以前是分居的，这给她留下了深刻的印象。外祖母萨拉住在她富有的银行家哥哥朱塞佩·诺特利卡借给她的房子里。朱塞佩·诺特利卡是当地著名的慈善家，他没有孩子，致力于改善年轻人的生活。（他捐赠了学校，修建房屋，用租金为贫困学生购买书籍和衣服，并成立了诺特利卡基金会，这是一个社会和文化中心，为当地青少年举办讲座、舞会和其他娱乐活动）。从很小的时候开始，斯特拉就强烈地意识到，至少就她母亲那方而言，她的家庭在某种程度上属于某个阶层。米丽娅姆直截了当地告诫女孩们："你永远不知道命运之轮会朝哪个方向转动，最好不要羡慕或怨恨别人拥有的东西。"

米丽娅姆可能没有公开表示过怨恨，但她的行为方式讲述了一个意味更复杂的故事。米丽娅姆的婆婆家在卡哈尔·沙洛姆犹太教堂[1]对面，她搬去婆婆家住时，把嫁妆里的家具搬了过去，对房子进行了一番改造。她搬去了一个书柜，一张漂亮的桌子和几把椅子，

---

[1] 卡哈尔·沙洛姆（Kahal Shalom）犹太教堂，希腊现存最古老的犹太教堂，也是罗得岛现存唯一的塞法迪犹太教堂。

熟铁和镀金的床架，这个床架看起来过于精致、过于优雅，与周围环境格格不入。她在客厅墙上镶嵌了大理石，用被叫作 sheshikos 的黑白石板铺设人行道，这是当时罗得岛比较高级的住宅的装修风格。她还安装了水晶吊灯，打造了一个极具吸引力的大门。斯特拉告诉我："我的父亲抱怨了她的做法，他不喜欢花钱。但他娶了诺特利卡家的女人……反正他总是满足我母亲的要求。"

他娶的是诺特利卡家的女人，代表着这个年轻女人来自有钱人家，但她本人不一定有钱。诺特利卡家族、梅纳谢家族和阿尔哈德夫家族——或这些家族的有钱分支，它们并非都有钱——都搬出了犹太社区，搬到了一个叫马拉什（土耳其语的意思是"城墙外"）的街区。这一片街区原本是简陋的希腊人居住区，后来意大利人在这里重建了现代住宅，房子里都配有浴室和最先进的厨房，由穿着笔挺制服的管家负责管理，而不是母亲们或祖母们。斯特拉后来和一些来自马拉什的女孩一起上了高中，尽管她理解并试图改变她的母亲的既有哲学，她还是无法避免因某些不可避免的比较带来的情绪，尤其是在去过犹太教堂或放假的时候。"我们家境较好的亲戚们在礼拜仪式结束后会过来喝点酒，或是尝尝妈妈做的杏仁软糖，但他们从不留下来吃晚饭。这看起来是件小事，但孩子们对这些差别非常敏感，我感觉很受伤。我一直不理解这种感觉，过了很久才明白，在很长一段时间里，我太过在意衣服、外表和物质财富……"

萨拉·诺特利卡死后，一连七个早晨都有一个司机开着一辆闪闪发光的黑色轿车，驶入犹太社区狭窄的街道，把她富有的兄弟哈伊姆送到莱维家，让他和家人一起坐下来哀悼和祈祷。每天晚上，司机又会来接走他。他似乎不是回了另一个街区，而是另一个世界。

这件事也让斯特拉很受伤。她从未忘记这件事。

- 8 -

莱维家族并没有陷入困境，至少在二战前没有。斯特拉的父亲来自更为成功的罗得斯里斯群体［罗得斯里斯（Rhodeslis）是这个社区的人的拉迪诺语自称］，他继承了父辈开创的木材和煤炭事业。他垄断了政府的煤炭销售合同，他的商业版图扩展到十二群岛，他和一个土耳其商业伙伴一起维护着港口最重要的客户。几十年来，他的事业蒸蒸日上，一家人生活得很好，或者说相当不错，虽说不如那些有钱的银行家叔叔们，但也请得起管家和洗衣工，以及一个叫西尼奥拉·拉谢尔·迪·达尔瓦的女人来做细面条（fideos），她会让斯特拉把和天使细面[1]一样细的面条挂在阳台的栏杆上晾干。他们还和另一家人在海边合租了一栋两居

---

[1] 一种非常细的意大利面条。

室的小木屋（cabina），屋子粉刷得非常喜庆。孩子们大多在那里过暑假，无拘无束地享受阳光，充满欢乐。

尽管如此，莱维一家还是很喜欢犹太社区，这一点斯特拉从不感到遗憾，至少现在不会（但她在16岁、18岁和20岁的时候并不这么想，当时的她因为生活在这样一个联系紧密的社区而受到一些限制）。她在罗得岛度过了童年和青少年时期，当时，尽管出身背景、宗教信仰、语言和文化都不同，犹太人、希腊人、土耳其人和意大利人还是尽力维持着几个世纪以来的相对和谐局面，共同分享这个岛屿。然而，一个人生活在哪里十分重要，当斯特拉回顾其漫长而多变的生活中永恒的主题时，这一点显得尤为重要："如果你生活在犹太社区以外的地方，你就没有真正的归属感，因为你不可能真正地属于意大利人、希腊人或土耳其人。"

斯特拉告诉我，住在犹太社区，周围会有一群老妇人，下午她们会点上应急油灯，坐在教堂外聊天或祈祷。你端着盘子去公共烤箱烤东西，在你等待烘焙结束的一小时里，你会跟朋友们闲聊。你不在家里洗澡，因为家里没有浴缸，也没有淋浴。你会去土耳其浴场洗澡，每周一次，在安息日之前。你演唱并学习西班牙浪漫曲（romansas）；你吸收各种箴言（仅一位学者就统计了12000条），三句不离口，它们仿佛空气中的微粒或血管中的血液；你学习做祖母做的那种甜美可口的菜肴；你小心翼翼走过凹凸不平的鹅卵石路；你闻着院子里令人难忘的浓郁的茉莉花、迷迭香、薰衣草、玫瑰和芸香花香入睡。

"没有一个在外生活的女孩能告诉你这一切,"斯特拉说,"但我能。"

- 9 -

斯特拉十一二岁时,一天晚上,她又在听费利茜和罗伯特·科恩的夜聊,这次他们聊的是有关上帝的话题,但她不确定具体聊的是关于上帝的什么,直到第二天早上吃早餐时,父亲问费利茜:"你和罗伯特的意思是说人类发明了上帝?我没听错吧?"父亲显然也偷听了他们的夜聊。费利茜深吸一口气答道:"是的,爸爸,我是这么想的,现在我们很多人都这么想。"

人类发明上帝?斯特拉觉得这将掀起一场地震,一场暴风雨。相反,父亲耶胡达只是耷拉着脑袋。他没有生气,只是感到困惑和好奇。他对此困惑不解。这个男人像大多数犹太人一样,一年到头遵循犹太宗教历法,从不错过任何祈祷、节日或仪式。虽然会把衣服上的缝子藏在衬衫里,但他总是穿带缝子的衣服去上班。安息日的下午做完礼拜后,他都会读《塔木德》[1]。他只是把费利茜的话放在了心上。他尊重她的智慧,他相信她知道些什么他不知

---

[1]《塔木德》(Talmud),犹太人的一部重要典籍。

道的事情,或是看到或可能理解一些他不知道的事情——"要么是这样,要么就是他不想吵架。"

对斯特拉来说,这是她第一次听到有人质疑(或审视,或反思)他们的宗教信仰。莱维一家住在卡哈尔·沙洛姆犹太教堂对面,每当家人受到惊吓,感到忧虑,听到令人担心的消息或坏消息时,米丽娅姆就会让女孩们飞奔到街对面去祈祷或点油灯,有时候她会自己去教堂做这些事。犹太教堂就是他们的心灵支柱。犹太教规划了他们的时间、他们对世界的感知、他们的意识,但必须如此吗?

- 10 -

那年秋天的赎罪日[1]之前,大家像往常一样举行"赎罪鸡"仪式,这是斯特拉最不喜欢的仪式之一。家庭成员站着一动不动,一只尖叫的活鸡在她的(或他的)头上绕圈,大家相信自己的罪孽会因此转移到鸡身上。大家会诵读犹太社区居民祈祷时常用的一句话:"以亚伯拉罕、以撒、雅各之名[2]",然后会把鸡宰掉,分

---

[1] 赎罪日(Yom Kippur),犹太人一年中最重要的圣日,同时也是个"禁食日",虔诚的犹太人在这一天完全不吃、不喝、不工作,并到犹太教堂祈祷,以期赎回他们在过去一年中所犯的或可能犯下的罪过。
[2] 原文为拉迪诺语。

给穷人。

斯特拉小时候有时会很走运：因为她的家庭十分庞大，轮到她进行这一仪式的时候，鸡可能用完了。但今年她不走运。她闭上眼，咬紧牙关……令人不悦的事情很快就会结束。

"赎罪鸡"仪式结束后，不信教的费利茜被留在家里看书，其他人则去街对面的犹太教堂。费利茜曾表示，在这个一年中最神圣的日子里，至少要看《圣经》或《圣经》评注。

斯特拉和其他女人一起坐在楼上。礼拜进行到一半时，她低头看了看，看见几个男人站起来朝约柜走去，其中包括她的邻居和好友尼索·科恩。这些男人走上前面的台子之前脱掉了拖鞋，这是他们的习俗，因为他们是祭司。就在这时，斯特拉听到有人用尖利、悲切的声音唱出"上帝"（Adonai）这词儿，她浑身上下窜过一阵寒意。有那么一会儿，她觉得自己好像漂浮在座位上——不是牢牢坐在座位上，而是失重地漂浮起来，既在那里，又不在那里。"我不知道这是怎么回事，也不知道这意味着什么，我之前从未经历过这种事，我之前从没有过类似的感觉。直到很久以后，我朋友的侄子法尼·莱维从墨西哥度蜜月带回来一些大麻，我吸了几口，然后，同样的寒意，同样的漂浮感"——由此，她意识到，小时候，她既无法说出也无法确认那种感觉，但长大后她明白了，人类的大脑——那团由脂肪和蛋白质组成的海绵状物质，对她的意识有着最强大、最神秘的控制力，可以暗示某种更高级或更庞大的东西，某种超越理解范围的东西。

"这就是信仰吗？那种觉得自己在上升，身在别处，存在别的可能的感觉？这就是我小时候经历过的，只有那么一次，我当时不相信自己感觉到了上帝，我抽大麻的时候也不相信那是上帝，我现在也不相信那是上帝，但我确实感觉到了一些东西。我一辈子都记得那种感觉。"

- 11 -

斯特拉的祖母和外祖母是这个家庭里仍然坚定不移地拥有虔诚信仰的女人。

在斯特拉的祖母马扎尔托夫·莱维看来，犹太教堂是除了土耳其浴场和家门口（附建）的水泥长凳之外，她唯一真正会去的地方。她在犹太教堂有固定座位，几乎每个星期六早上都会坐在同一个地方。她认识去祈祷的人，相信他们的力量。这个仪式支撑她度过一周又一周，一月又一月，乃至一生。斯特拉讲了一个故事，足以说明马扎尔托夫的宗教信仰如何塑造了她的世界观：在她十几岁时，有一天，第一批游客开始参观罗得岛，一艘来自西班牙的船停在了岸边。游客们在导游的陪同下参观犹太社区，听到这些游客说西班牙语时，马扎尔托夫说道："太棒了，他们都是犹太人！"

她的祖母认为他们都是犹太人，只是因为他们说西班牙语，这与莱维一家在家里说的语言——拉迪诺语——十分接近。遭到驱逐的犹太人离开西班牙时将古西班牙语——卡斯蒂利亚语——带去了其他地方，几个世纪以来，这种语言中又融入了一些葡萄牙语，一点希腊语，但更多的是土耳其语（考虑到土耳其语是罗得岛长期统治者使用的语言，出现这一情况合乎逻辑），当然还有希伯来语。"你能想象一个女人如此单纯吗？"

我摇了摇头。斯特拉也摇了摇头。

"我甚至不确定她一生中是否走出过犹太社区。事实上，我认为她从来没出过犹太社区。"说完，斯特拉又摇了摇头，"我们说的是总共只有 10 到 12 个街区大小的地方。"

她的外祖母萨拉的故事则截然不同。她可不仅仅是离开了犹太社区。在她年近 80 岁的时候，每年都会去耶路撒冷，她希望死在那里，并葬在那里。罗得岛和地中海的犹太人都认为，耶路撒冷是最理想的结束生命的地方。她的银行家哥哥朱塞佩和妻子也怀抱着同样的愿望去了那里，并且达成所愿。但每次萨拉去耶路撒冷，仍然活着。于是，她的回程行李会装满圣灰和其他草药及药物，回到岛上的家后，她会继续干活。

旅行回来后，萨拉会把孙辈们叫到身边，给他们讲述她的冒险故事，比如她去参观亚伯拉罕的墓，在那里，她跟随摇曳的烛光，走过一个狭窄的地道，当时感觉既兴奋又害怕。萨拉不仅会在旅行结束后给孩子们讲故事，还常常在冬季的夜晚用各种寓言故事（konsejas）吸引他们，这些故事通常具有道德教化或教育意义，或是滑稽可笑，比如那些以聪明的傻瓜，或者说愚蠢的聪明人约哈（Joha）为主角的故事。可以说，萨拉更像个讲故事的人，而非虔诚的宗教信徒，简直就是个令人难忘的"骗子"，生活在犹太社区的年少的斯特拉时常会想念她。

- 12 -

萨拉不是骗子，也不是傻瓜。她是个聪明女人，在犹太社区很受欢迎。斯特拉坦言："有这样一位外祖母，是一种骄傲。"

她让我想象一下——

一群容易焦虑的年轻女性。一年冬天，父亲耶胡达不小心感冒了，结果严重到发展成肺炎。在犹太社区凹凸不平、没有灯光的石头街道上，无论是年轻人还是老年人，身强力壮的还是身体虚弱的，都害怕摔倒受伤，或者其实已经有人摔倒受伤。这些苦苦挣扎或受苦的人向谁求助？他们做了些什么来治愈自己，或是抚慰和平息自己的紧张、恐惧情绪？

犹太社区有两个犹太医生在行医：哈森医生（给费利茜调制发膏的人）和加翁医生。社区外，还有一位会说拉迪诺语的希腊医生菲洛，他偶尔也会接受咨询。家庭牙医也是希腊人，但在15

分钟路程的城墙外行医。但通常，在去找专业人士之前，人们都会求助于年长的女性，这些女人从她们的母亲和祖母那里继承了一些配方和治疗方法，她们有实践经验，也会祈祷仪式，常常受到召唤，从一家匆忙赶到另一家，从一张病床跑到另一张病床。

晚年时，斯特拉的表姐丽贝卡·阿马托·莱维——用雨水给女儿们洗头的拉谢尔的女儿——写了一本个人反思的书《我记得罗得岛》(*I Remember Rhodes*)。斯特拉把书从书架上取下来，开始为我朗读，让我听听她表姐描述跟随她们的外祖母去到那些人家里的情形：

> 她会自信满满地走进病人家里，就好像她是医生一样。她的马车很豪华。她会穿长礼服（*sayo*）和礼袍（*antari*），戴一顶小帽子（*tokado*），帽子中间会别一枚饰针，同时还会戴金腰带和项链。她进门的第一句话是："给我来一把盐！[1]"

斯特拉的眼睛闪闪发光，她跟我说"静修"疗法是所有疗法中最极端、最漫长的一种，也许正是由于这个原因，她对这一疗法记忆犹新。抑或是因为每当在她住的那条街上实施这种疗法时，她和她的姐妹们就会被送到表妹萨拉家过夜，大家可以一起玩到

---

[1] 原文为拉迪诺语。

很晚，相当于度过一个迷你假期。

不过，还有其他疗法，有些是斯特拉自己观察到的，有些则是她后来才知道的，因为在她成年后，这些疗法开始消失：

如果小孩子跌倒了，或是在任何年龄有夜惊症或做噩梦，负责治疗的老妇人会在你的舌头上涂三撮糖让你平静下来，嘴里还念念有词："以上帝之名或以亚伯拉罕、以撒、雅各之名。"[1]有时候，为了训斥让你跌倒或受伤的街道，这位老妇人会让你带她到事故发生的确切地点，她会把盐或糖撒在地上，并诵读祷文。斯特拉经常看到她的外祖母这么做。

盐有许多用途。它可以在"静修"疗法中发挥作用（和圣灰一起，或是在缺少圣灰时取而代之），甚至在"静修"之外的情况下，比如你受到惊吓时（例如你看到一只老鼠，或者突然走进黑暗的地方，如阁楼或地下室等可怕的房间），老妇人也会用手捏点盐，绕着你的脸画圈，这种仪式被称为"施咒"（prekante）。

想要治疗痤疮，可以在每只耳朵后面放上水蛭。斯特拉清楚地记得姐姐萨拉接受这一疗法的情形：米丽娅姆拿起一条水蛭，它一直在蠕动，最后爬到萨拉的脖子上。治疗结束后，又会把水蛭放回它应该去的地方。

姨婆莱亚·加兰特·诺特利卡的哮喘比勒妮的情况严重得

---

[1] 原文为拉迪诺语。

多，为了缓解如此严重的哮喘，这个饱受折磨的女人头上被包上一条毛巾，然后把头伸到一个盆子上面，盆子里不停冒出大麻烟雾，她要吸入大麻烟雾，或是喝一杯用大麻制作的草药茶。

斯特拉父亲的感冒后来发展成肺炎，为了治好他，她的外祖母萨拉使用了拔罐法（*las ventozas*）：点燃一根棉芯，将其放入玻璃杯中，将杯子倒扣在她父亲背上，上升的热量会产生吸力，人们相信它可以将毒素吸出体外。有时候，拔罐时皮肤有反应——膨胀得太高，这种情况下，人们会用刀切一道小口，让皮肤再次收缩。

治疗麻疹（*sarampion*）时，一位土耳其专家会陪你去海滩，用冰冷的海水冲洗你。对于更严重的病症，他还会在你额头上切小口子。

对于昏厥或晕眩的人，人们会给他们闻柠檬。

对于米丽娅姆的头痛（*dolores de kavesa*）——很可能是偏头痛——萨拉采用了这样的疗法：将柠檬或土豆切成特别薄的薄片，然后把它们放在米丽娅姆的额头上，再用一块布紧紧包裹住她的脑袋。土豆还有吸收热量的作用。用土豆包裹住发热的脑袋一段时间后，它们几乎被热熟了。

"我的天哪。"斯特拉说起这些时，我不禁惊叹道。

"别说'我的天哪'，迈克尔。这些疗法自有其逻辑性。它们是一代代传下来的。更重要的是，*它们有用*。"

- 13 -

我下周再来时,斯特拉的表姐的书还在我面前的桌子上放着。斯特拉给自己倒水时,我翻开了这本书。

想治好嘴角上的疮(*bukeras*),需要一大清早在沾有露水的铁器上摩擦。

对于与"邪恶之眼"[1](*oju malo*)有关的症状,如食欲不振、嗜睡等,你要佩戴蓝色宝石或头饰,或是在小便时往马桶里撒一把盐。(又是盐!)

斯特拉坐下来后告诉我,这些石珠或其他类似的宝石都是法蒂玛之手[2]形式的护身符,她和她的姐妹们经常把它们别在内衣上〔有时还会别上芸香(*ruda*)枝子〕,以此抵御各种担忧、危险或伤害。

对于精神错乱(*los locos*)的人,则没有什么可以做的。意大利人接管罗得岛后,这些人被送到巴勒莫[3]的一家机构,此后多年,巴勒莫一直与精神疾病联系在一起。如果有人行为疯癫(*loko*),甚至只是有点异常(*un poko loko*),人们就会问:"我们

---

1 一种被认为会给人带来厄运或不幸的凝视,通常与巫术、魔法和超自然现象有关。
2 法蒂玛(Fatima)之手,在犹太文化中代表象征保护的手。
3 巴勒莫(Palermo),意大利西西里首府。

要把他送到巴勒莫去吗?[1]"

如要治疗溃烂的疮、风湿病或关节炎,就在患者手臂或腿上横切一刀,在切口中间放一颗鹰嘴豆,再在上面覆盖葡萄叶(*oja de kura*),最后用布巾打结固定。几天后,伤口开始溃烂,人们会换上新的叶子,并随之更换掉沾满伤口渗出的脓液的绷带。如此重复,直到疼痛和引起疼痛的毒素消失为止。

(这次我忍住没惊呼"我的天哪"。此时我对这件事有了更深的理解。)

中风(*gota*)则是无药可救。

我翻到丽贝卡·阿马托·莱维的书中关于民间信仰的内容,开始迅速做笔记——

  不能在晚上借鸡蛋。
  不能在晚上谈论有关牙齿的话题。
  床上没有枕头不吉利。
  谈论死亡时打喷嚏,必须拉一拉耳垂。
  如果在没有铺桌布的桌子上吃饭,魔鬼会来把你当桌布铺起来。

---

[1] 原文为拉迪诺语。

这份民间信仰清单很长，很有说服力，有些十分可怕。但在斯特拉看来，真正有趣的是这些信仰的缘由：

把盐或糖撒在有人摔倒或害怕摔倒的街道上，然后诵读祈祷文？斯特拉指出，这与犹太社区的地形和历史有关。在意大利人到来之前，在还没有电的时候，夜幕降临时，犹太社区狭窄的街道的确很危险，人们害怕摔倒后直到第二天早上才被发现，因此有人想出用近身之物（盐、糖、祈祷文）加以应对。

床上没有枕头不吉利？这是因为当有人去世时，按照习俗要把枕头拿走。斯特拉的祖母马扎尔托夫临终前，她的父亲坐在病床旁，曾在某一时刻把祖母头下的枕头抽出来。在场的每个人都明白这是什么意思。

我合上书，斯特拉提醒我，她年少时，罗得岛正经历着向现代化的多方面转变。她祖母那代人还继续尊重信仰，接受传统治疗，但即使在那时，他们也明白，可能需要有其他选择或方法。

她的祖母和外祖母都在20世纪30年代中期去世，这时一切都已经变了。"我们放弃了旧的方法，嗯，许多旧方法。我们更常去看医生。反正我们总有人跑去梅纳谢或斯帕诺药店买复方氨基比林，我母亲用来治头痛的镇痛药，以及药剂师调制的其他药——当时的惯常做法。毕竟，你不能总是指望家里有冷土豆或冷黄瓜，不是吗？"

- 14 -

我问斯特拉，她的母亲怎么样？米丽娅姆也有这些治疗技能吗？她从她的母亲和她的祖母那儿继承了这些技能吗？

斯特拉起身走到房间另一头，拿起一个相框，里面是一张女人的照片。照片中的女人一头卷发，身着优雅长裙，戴着一条长项链，脚上穿着漂亮的鞋子。她问道："一个如此打扮的女人看起来像是会实施'静修'的人吗？"米丽娅姆显然很时髦，斯特拉还补充说明，在很多方面，她的行为和思想都很现代，当然比她的母亲要现代得多。但事实上是，米丽娅姆没有时间跑来跑去，对着别人念咒语，因为她要打理一个家，要喂孩子。这就是她的工作，多年来，她的全部精力都用来照顾七个孩子。

和犹太社区大多数女人一样，米丽娅姆不会外出购买食物。人们认为女士与（男）店主交易并把买来的东西挎在胳膊上不雅观。她要么从每天到访犹太社区的土耳其或希腊农民或乳品商那里购买食物，要么就让孩子们去挑选需要的东西。米丽娅姆只会冒险去商店购买布料并拿去裁缝铺，或是去鞋匠铺试穿定制的鞋。（下一代的孩子们穿的是从意大利进口的工厂制造的鞋子。）其实，一个叫加拜的土耳其人在莱维家对面开了一家杂货店，店铺虽小却很方便，但即便如此，米丽娅姆需要什么东西，还是会派一个孩子去买,她自己从来没有去过这家杂货店。

准备食物是另一回事。米丽娅姆负责做饭,两个大一点的女儿塞尔玛和萨拉还在家的时候会打打下手,最后塞尔玛成了几个孩子里最会做饭的。费利茜也会帮忙——"这样她就不会感觉不好,毕竟你不能一直看书"——但早些年,勒妮和斯特拉还太小,没法帮忙,其他人反而会给她俩一些面团玩。

准备家庭餐通常是用厨房的两个煤炉,而不会送到公共烤箱去。不过,如果是准备丰盛的餐食或节日大餐,米丽娅姆会在院子里放上一种烧煤的烧烤架。(烧热的煤也能为炭熨斗提供热源,帮助他们熨烫亚麻布。)他们的饮食以橄榄油为基础。斯特拉说,在意大利人到来之前,没有人用黄油,莱维家就从来不用黄油。我问斯特拉,她怎么知道人们什么时候开始用黄油,因为那是在她出生前发生的事情,尤其是考虑到她家厨房从来没有出现过黄油。这一次她又给出了相同的答案,每当我问她怎么知道发生在20世纪初期的事情时,她都会给我这样的答案:"在我家,什么事都会被讲述。星期六晚上就做这些事:讲故事,唱歌。这些故事、音乐和信息,成为贯穿我余生的线索。"

饭菜分为当天晚上现做现吃的和提前做好等到星期六吃的两种。星期五晚上的安息日晚餐是一周中最丰盛的晚餐,通常会有新鲜的鱼或鸡肉。星期六的午餐早在星期五就准备好,然后放在火盆里加热,有时还会增加一种叫布尔卡斯(*burekas*)

的糕点，这是一种包裹着各种馅料（肉、土豆、菠菜）的美味酥皮糕点。

蔬菜是其饮食的基础，常常会辅以骨头或一点吃剩的肉：茄子、洋蓟（应季）、菠菜和秋葵（*bamya*，秘诀是加大量柠檬汁）。

莱维家和整个犹太社区其他人家的其他典型日常菜肴包括：帕斯特尔（*pastels*）或帕斯特里库斯（*pastelikus*），一种混合着米和肉馅的馅饼，霍加尔德雷斯（*hojaldres*），一种更扁平的三角形馅饼；博约斯（*boyus*），另一种美味可口的圆形酥皮糕点。这些形状各异的糕点或馅饼都可以包裹肉馅、奶酪（这两种馅料永远不会同时出现）或蔬菜，通常还会添加鸡蛋，以使这些馅料黏合在一起。

吃甜点是件严肃的事。斯特拉说，一家人吃这么多甜点，他们都应该得糖尿病，而不只是她父亲。新鲜的杏、梨、苹果、橙子、无花果、枣，与杏仁或杏仁酱、核桃、芝麻、蜂蜜、肉桂和丁香混合制成各种形状的糕点或蜜饯。如果是吃蜜饯，他们会使用一种叫库查雷拉（*kucharera*）的餐具，这是一种特殊的银制餐具，相当于一个盛水的容器，器身四周可插放叉子或勺子，盛放的水则可在享用甜点的间隙用来冲洗餐具。这是犹太社区家庭十分常见的餐具。

"你母亲每天负责做这些吃的？"

"是的，大多数都是她做的，每天如此。"斯特拉答道。

- 15 -

下一个星期六,我又开始好奇有关酒的问题。她的家人喝很多酒吗?还是根本不喝酒?

罗得岛是希腊最早种植葡萄的岛屿之一,早在公元前7世纪,这里就是最大的葡萄酒出口地之一——来自该岛的双耳罐遍布地中海盆地,其标志性图案是玫瑰或太阳神赫利俄斯。但莱维一家不太会喝酒,可能只在星期五晚上祈祷时喝一杯,或是在逾越节[1]这样的节日里喝一杯。如果有客人来吃饭,可能偶尔会喝一口乌佐酒[2]("当然用水稀释过")。不过,她家其实与葡萄酒和酿酒渊源深厚。

斯特拉第一次来月经时,腹痛不已。姨妈蒂娅·拉谢尔让她去找她的叔外祖父耶胡达·诺特利卡。在叔外祖父家的地下室里,他把一种烈性酒蒸馏后,装进神秘的暗色瓶子里,这是一种干邑,能消除她的不适感,让她即时入睡。她的叔外祖父制作干邑的技术来自他的父亲,也就是斯特拉的外曾祖父贝霍尔·马斯利

---

[1] 逾越节(Passover),犹太教最古老、最重要的节日之一,从犹太历尼散月第十五日开始,为期约七天。
[2] 乌佐酒(ouzo),亦称希腊茴香酒,被视为希腊国酒。

亚·诺特利卡。贝霍尔在索罗尼村（Soroni）拥有几英亩[1]的葡萄园，米丽娅姆就是在那里认识了一家希腊朋友——米哈利·埃利亚斯和他的三个女儿，而且他们之间的友谊代代相传了下来，甚至在这个葡萄园被卖掉之后也没有中断。"我永远记得我母亲惬意的样子，她回到村子时那么高兴，埃利亚斯一家会用烤炉烤面包，还会在烤炉里放个鸡蛋，面包烤好的时候，鸡蛋也熟了。"

因为不符合犹太教规，莱维一家不吃希腊朋友的食物，他们会自带食物，在葡萄园里野餐，享用各种水果和奶酪，橄榄和西红柿（还有面包，这是被允许吃的希腊朋友家的食物）。在圣母升天节[2]这天，他们一起参加了帕纳吉亚节，这表明他们的友谊偶尔也会跨越文化差异，是罗得岛跨文化开放性的典型体现。后来，斯特拉和勒妮与希腊女孩戴丝波拉·帕帕萨纳西斯及其兄弟米哈利和约蒂一家的关系再次印证了这种开放性，他们在意大利一起上学，成为了最亲密的朋友。

斯特拉告诉我："起初是美酒和美食把我们和这些希腊人联系在一起，但是，尽管我们来自不同的世界，我们的友谊却一直延续了下去，直到我们被驱逐出境。"

---

1 1英亩约等于0.004平方千米。
2 天主教、东正教的节日，是关于圣母马利亚的最古老的重要节日。

- 16 -

接下来的星期六,斯特拉又讲回了勒妮的故事。这两姐妹的另一个不同之处是:斯特拉总是在走,在看,在行动。她喜欢在朋友和表亲家过夜。相反,勒妮依恋自己的床、柔软的枕头和有绣花领的睡袍。斯特拉喜欢和其他孩子一起玩,每次就像在开一个盛大的睡衣派对。她妈妈只关心她有没有好好睡觉。"当然睡了,妈妈。"即使根本没有睡觉,她也会这么回答。

街对面的邻居尼索·科恩家是斯特拉最喜欢过夜的地方之一,她经常在那里住好几天。一大清早,他们会被犹太教堂司事的声音吵醒,他一边匆匆忙忙地穿过大街小巷,一边大声喊着:"祷告啦,祷告啦![1]"与此同时,他还会用棍子敲打窗户上的铁栏杆。

"我还能听见那个声音,"斯特拉对我说,"我还能看见那个瘦小的男人急匆匆的模样……"

犹太社区是一个生机勃勃的地方。社区里充满各种气味、颜色、味道、活动和声音,一天中有那么多声音,持续那么久。斯特拉不在尼索家过夜时,她通常会醒得更早——被清晨第一遍召唤祷告的声音吵醒,那是从矗立在附近的清真寺的宣礼塔发出的

---

[1] 原文为拉迪诺语。

洪亮的声音。如果她接着倒头大睡，或者即使她没有这么做，斯特拉听到的下一个声音会是楼下做咖啡的声音，紧接着是混合搅拌声、揉面声和摔打声：她的母亲或邻居的母亲们在明亮的晨光下，敞开门窗，开始了一天的烹饪。再接下来是女佣登场——对于那些有女佣的家庭而言——她们会一边干活，一边隔着院子用拉迪诺语互相唱和（"在那大海上……"），这种唱和似乎超越时间限制。随着时间推移，叫卖的制帚人、卖蔬菜和酸奶的土耳其小贩陆续到来。这时，母亲们在做饭间隙会大喊："*Ermana Touriel, sta ben oy?*"[1] 或"*Ermana Alhadeff, oy ke va azer?*"[2] 接下来，男人们在犹太教堂的院子里做晨祷。这之后的一整天时间里，歌声不断：孩子上学和放学的时候唱，把小宝宝放下小睡时唱，年轻人聚会时唱，女人们做饭时唱，女人们刺绣到深夜时还在唱。

在尼索家过夜后的一天早上，他的父亲蒂奥·亚科夫感觉身体不舒服，尼索请斯特拉帮忙带他去意大利人的医院，他之所以提出这一请求，部分是因为斯特拉的意大利语非常好。"我们是坐马车去的——是的，马拉的车。马车（*carrozza*）是科隆博的。你可以叫出租车，但那意味着要再走几条街的路，而科隆博的马

---

[1] 拉迪诺语，意思可能是：图列尔姐妹，你今天好吗？
[2] 拉迪诺语，意思可能是：阿尔哈德夫姐妹，你今天要做什么？

车就在附近。而且我们都坐马车,我的母亲想像个淑女一样去泡土耳其浴时就坐马车……"

他们坐马车去找多托雷·加利纳医生,他给蒂奥·亚科夫做完检查,说道:"没什么可以做的了。他得了致命的癌症。"

斯特拉从没听过这些话,或类似这样的话,从没有人这样说过她认识的人或深爱的人。

过了不久,她去看望蒂奥·亚科夫。她走进房间,就是她和尼索一起过夜的那个房间,房间外装有铁栏杆,犹太教堂司事会敲打这些铁栏杆。蒂奥·亚科夫望着她,然后头一转,就这么安静地走了。这是斯特拉第一次看到一个人死去,或者说是她第一次看到一具尸体。

她跑去叫他的妻子不要再洗衣服,因为她知道有人去世后,就不能再洗衣服。然后,她跑去叫自己的父亲诵读《施玛篇》[1]。

"可是,斯特拉,你怎么知道他死了?"她的父亲问道,"你怎么知道呢?"

她知道,她告诉父亲,因为她亲眼看见他咽下最后一口气。

---

[1] 《施玛篇》(*Shema*),申述笃信上帝的祷词。

- 17 -

死亡：小时候，斯特拉被死亡吓坏了。在很长一段时间里，她都恐惧一个地方、一个男人：殡葬师马扎尔，讽刺的是，这个男人的名字的意思是"幸运"。他在经营着一家殡葬店，店里摆满了各种形状和大小的棺材，尽管生活在犹太社区的大多数人都只穿着简单的寿衣下葬。现在斯特拉猜测，这些棺材其实是租借使用，只是用来把尸体运到墓地，然后就被带回来晾晒和擦拭干净，再供下一个不幸的人循环使用。

斯特拉害怕经过马扎尔的店，实际上所有女孩（以及一些男孩）都害怕。他们从没好好从店门口走过，总是一边跑一边尖叫。

他们无法避开他的店，因为它就在查乌拉街上，这是犹太社区最重要的街道之一，也可能是社区最古老的街道之一，很可能远在骑士团到来之前就已经存在。圣约翰医院骑士团，也被称为医院骑士团，于1309年控制了罗得岛，给城市景观留下了深深的烙印，至今在旧城建筑中仍显而易见。在他们之前征服罗得岛的有波斯人、希腊人、罗马人、热那亚人和拜占庭人，之后又有土耳其人、意大利人和德国人。（罗得岛是一个不停被征服、争议不断的岛屿，但犹太人似乎从远古时代就断断续续在岛上生活：

根据《创世记》的描述，罗得岛上的人是诺亚[1]的孙辈的后裔。）

斯特拉表示，这条狭窄街道的名字就是一个线索，告诉了我们自有这条街以来，这里可能发生过什么。在《塔木德》中，查乌拉（chavurah）指的是耶路撒冷圣殿时代，聚集在一起进行逾越节献祭的一群人，后来这个词被用来描述在犹太教堂外举行的涉及共同经历的集体仪式。

几个世纪以来，这条街上的人们共同经历的事情几乎触及生活的所有基本要素：教育、宗教、食物……以及死亡。

查乌拉街一端矗立着"塔木德-妥拉[2]"学校，在斯特拉的父亲幼年时就已经有了这所学校，它占据了卡蒙多银行家族捐赠的一栋大楼。沿着这条街走下去，不远处就有两个烤炉，其中一个是每年逾越节烤无酵饼的地方，其余时间，人们会带着自家的面包或糕点去烘烤，或是带着菜肴过去烹饪。烤炉在一个大院子里，四周都是社区特色的附建石凳，斯特拉常和一群年轻人坐在石凳上，一起唱歌、闲聊或调情；这是 20 世纪初的几十年里犹太社区青少年的聚集地，而且极有可能很久之前也是如此。

这条街上还有一个藏经库，米丽娅姆会让斯特拉去存放破损的旧祈祷书，通过一个小窗口就能完成这件事。这些旧祈祷书一

---

[1] 诺亚（Noah），《圣经》中记载的人物。
[2] 妥拉（Torah），在犹太教中广义上指上帝给以色列人的真义。

直被妥善保管，每隔几年，拉比[1]的助手会来收集所有这些印刷品，并把它们带往墓地埋葬。如果印刷品上有上帝的名字，会被小心翼翼地收好。

但是，马扎尔……马扎尔是这条街的核心，甚至不仅限于这条街。如果他一直待在那家可怕的店里还好说，但他经常到处走动，因为他还要负责带领丧葬队伍走过犹太社区。"送葬队伍来啦！[2]"他走近时会大喊。"如果你当时也在街上，要朝相反的方向跑，或是冲进别人的房子里。如果你当时在家，就要关上所有面向街道的窗户，并从前门向后退至少三英尺[3]。所有人都要这样做，而不仅仅是孩子。""快回避，快回避，送葬队伍来啦，送葬队伍来啦。[4]"

送葬队伍（misva）被看作是在进行一种高尚（或有道德的）之举，他们陪伴死者前往最后的安息之地。因为所有送葬队伍都必须经过犹太教堂，而卡哈尔·沙洛姆犹太教堂离莱维家只有几步之遥，所以，在斯特拉小时候，很多人都会退进她家前门——躲避死亡。

---

1 指接受过正规犹太教教育，系统学习过《塔纳赫》《塔木德》等犹太教经典，担任犹太人社团或犹太教教会精神领袖，或在犹太经学院中传授犹太教教义者，主要为有学问的学者。
2 原文为拉迪诺语。
3 1英尺约等于0.3米。
4 原文为拉迪诺语。

- 18 -

斯特拉自己没怎么经历过死亡仪式,因为女性从不参加葬礼。如果女性从不参加葬礼,那么小女孩当然也从不参加。"但这并没有阻止我探索的脚步,尤其是在蒂奥·亚科夫死后,我想知道更多,我需要知道更多……"

送葬队伍经过犹太教堂后,就向墓地走去。男人们做完祷告,目送尸体下葬后,就会在入口处的喷泉前洗手,然后仔细让风吹干手。(洗手是为了防止消极情绪附着在哀悼者的手上,风干手则是为了阻止自己抹去悲伤和失落的情绪。)

斯特拉对家里发生的事情了解得更多,因为她有机会亲眼见证:门边要放一壶水,这样来客在吊丧之前就可以洗手,然而矛盾的是,主要的哀悼者在七天内不允许洗澡或修剪指甲。七天的服丧期内,大家都坐在垫子或地毯上,而不是椅子等家具上。另外,大家还要穿一个月的破衣服。第一天,大家不允许吃自己的食物,只能吃家人和朋友送来的食物。葬礼后他们吃的第一样东西是一个煮熟的鸡蛋,这一习俗在犹太社区消失很久之后仍然延续下来:2000年,勒妮在遥远的伯克利[1]去世后,塞尔玛从厨房端

---

[1] 伯克利(Berkeley),美国加利福尼亚州旧金山湾区东岸的一座城市。

着一盘煮鸡蛋走出来，带壳的鸡蛋依然温热。

死亡降临时，以及后来人们开始讨论死亡时，可能会令人过于激动，过度悲伤，许多罗得岛人余生中会反复念叨："远离我们[1]"或"愿我们蒙受保护，免遭一切恶行[2]"。无数这种近似咒语的祷告曾经引导、保护着他们，帮助他们理解自己的生活。

至于女人们，她们会私下哀悼，不会举行公开仪式。只有一个例外，斯特拉从未忘记它。这是一个古老的习俗，随着她的外祖母萨拉的去世而宣告结束，事实上，这一习俗可能就是在外祖母去世的那一天终结的。当时人们因七天服丧期聚集在一起，萨拉最大的孩子蒂娅·拉谢尔开始走到外面哭丧（*los lloros*），向世界展示她有多伤心。在萨拉生命的最后时刻，拉谢尔一直在照顾她。犹太社区的习俗是，如果有人去世，女人要走到街上（或者，在某些情况下，雇佣其他女人代劳），在公共场合恸哭。哭丧：悲伤的终极表现和宣言。

可怜的蒂娅·拉谢尔，她才刚走到门口，她的弟弟马兹利亚就跳起来把她带回屋里："她一脸窘迫，如此……羞愧。"

萨拉·诺特利卡是银行家、慈善家朱塞佩·诺特利卡的妹

---

[1] 原文为拉迪诺语。
[2] 原文为拉迪诺语。

妹，阿尔哈德夫和梅纳谢家的人都前来哀悼她，这两家人更世俗化、更有教养。马兹利亚低声表示，让死去的女人的女儿站在外面当众哀嚎，太过时，太不合时宜，简直有失体面。"现在不流行这套了，"马兹利亚对他的姐姐说，"我们现在已经不搞这套了。"

蒂娅·拉谢尔转身坐下，默默承受羞辱。这就是斯特拉一家的哭丧仪式的终结，或许也是这一仪式在整个犹太社区的终结。

- 19 -

死亡唤醒了斯特拉，使她成长起来，但是，虽然只是个小女孩，死亡也绝不是她所知道的唯一一种失去。

她出生在一个有成员缺席的家庭：她的哥哥莫里斯10岁时就随叔叔和婶婶去了美国。他是一个幽灵，在家里和母亲心里挖了一个洞。

斯特拉告诉我莫里斯的事情时，我突然意识到，从他1920年离家——当时斯特拉和勒妮尚未出生——到1944年全家被驱逐出境，她家的核心成员从没有完整地在同一个屋檐下生活过。没有全家福合影，没有共同回忆，也没有一个统一的家庭故事。

这样的离别贯穿了斯特拉的整个童年，一直延续到她青少年时期。莫里斯之后，下一个是塞尔玛，这也是最令人心碎的离别。

一年冬天，一个出生于罗得岛的男人听从媒人的召唤，从纽约回到岛上。原来的相亲对象拒绝了他，塞尔玛成了替补。"她见到他时，倒吸了一口气，"斯特拉用手轻轻拍了拍肩膀，继续说道，"他只有这么高，而我姐姐，她是个巨人。"

尽管如此，订婚仪式还是如期举行。

出发去纽约开始新生活的前一天晚上，塞尔玛坚持要跟勒妮和斯特拉一起睡，她的两个小妹妹一前一后像小狗一样依偎在她身边。她们一个8岁，一个6岁，谁也睡不着，因为大家紧紧地抱在一起，哭了很久。她们实在是哭得太厉害，以至于米丽娅姆走进来说："孩子，你明天要长途旅行，你需要休息，你必须停止哭泣。"

斯特拉不记得她们是怎么睡着的。第二天一早，塞尔玛就动身离开了。

塞尔玛1930年离开家。6年后，萨拉也走了。妹妹们得知，塞尔玛很孤独，不关心她的公婆。她需要她的姐妹们，她需要家人的陪伴。

这是你给孩子的解释，但事实更加复杂。莱维家的孩子们是跟随一大群年轻人离开的，他们在世纪之交开始离开罗得岛，其中大多数是男人，但后来也有女人。在意大利人控制这座岛之后，当地经济经历一系列衰退，包括犹太社区小型家族银行和企业的倒闭等，年轻人继续弃岛而去。这一移民潮一直持续到1938年相关种族法颁布之后。年轻人在比属刚果[1]建立了滩头阵地，通常会发展出蓬勃的商业。他们在布宜诺斯艾利斯、开普敦、罗得西亚[2]、纽约、洛杉矶和西雅图也上演了类似一幕。把儿子或女儿（嫁给那些儿子们）送到这些遥远的地方，很有可能几年或几十年见不到面，在某些情况下——实际上是在许多情况下，意味着再也无法相见。

斯特拉还记得1939年哥哥维克托前往比属刚果时，大家含泪送别的情形。米丽娅姆哭着帮儿子收拾行李，她一直哭到深夜。第二天早上，她和耶胡达在门口为他祝福时，她又哭了。按照惯例，他们先摸了摸门柱圣卷[3]，然后摸了摸维克托的头，在送他走之前祈祷一句："祝你一路平安、好运。[4]"

家庭成员越来越少。年轻的女孩们逐渐长大，代替了年长的孩子们。餐桌旁的椅子越来越少，空床越来越多，很快，更多期望和需求就会随之而来。

1940年，费利茜乘坐最后一艘从罗得岛出发的轮船，经由

---

[1] 1884至1885年，柏林会议将刚果划为比利时国王的"私人采地"，称"刚果自由国"，后改称"比属刚果"。1960年6月，比属刚果脱离比利时获得独立。
[2] 位于南部非洲的英国殖民地，1965年11月单方面宣布独立后取的新名，沿用至1979年5月31日。1980年4月18日再更名为津巴布韦。
[3] 犹太家庭将书写有经文的羊皮纸卷装在盒中，安放在门柱上，以此祈求平安和幸福。
[4] 原文为拉迪诺语。

那不勒斯前往纽约，最终抵达西海岸。这时，犹太社区的气氛已经悄然改变。大家的情绪更加克制，态度更加矛盾。"回想当年才发现，我的父母当时似乎明白，或者凭直觉预感到，费利茜不可能在即将发生在我们身上的事件中幸存下来。当然，他们不可能知道，因为他们并不知道将要发生什么。也许只是不确定的未来的征兆，让他们相信最特别的家庭成员费利茜应该离开。当然，她也是剩下的孩子中年纪最大的，所以下一个轮到她了。"

- 20 -

与斯特拉外貌最相似的是姐姐萨拉，她是犹太社区著名的"街区达人"（kayijera）——很少待在家的人，一天到晚往外跑到街上（拉迪诺语中的街/kayes 可能是该词的来源），不是出门玩，就是参加各种活动或聚会。斯特拉当时还太小，没办法成为真正的"街区达人"，但她也特别喜欢找朋友玩，她有很多朋友，这一点又和勒妮形成鲜明对比。

一天下午，斯特拉去看望朋友兼同学玛丽·梅纳什，后者得了流行性感冒，正卧床养病。斯特拉听说她不愿吃药，所以去鼓励她吃药，这样才能好起来。

斯特拉坐在她房间的另一张床上，尽力说服固执的玛丽听话，这时玛丽的哥哥达维德走进房间，坐到她身旁。他俩的手臂碰了一下，只是偶然碰到了一起，不是故意的，也没有任何其他意思。他不是故意坐到斯特拉身旁，只是恰好那里有地方可坐。他长得很好看，虽然她从没有这样想过他或其他男孩。

"他坐了下来，我们的手臂碰了一下，我感到一阵战栗，这是我第一次对另一个人有这样的感觉。迈克尔，你知道战栗是什么感觉吗？那种感官的战栗？"

"是的，斯特拉，我知道感官的战栗是什么。"

她伸出手臂，在他的手臂曾经碰过她的地方碰了一下。"我现在还能感觉到。"

当时她12岁。那是80年前的事了。但她仍然记得那种感觉。

"这是我第一次坐得离一个男孩这么近。也许你们会在海滩上嬉戏玩闹，开各种玩笑，在沙子上打架，或是在水里互相泼水，但我以前从未有过这种感觉。以前从不像这次这样。"

如果说这是斯特拉第一次对异性产生别样的感觉，我不由得问她，她是怎么知道……

"不是从我父母那里知道的，噢，神圣的上帝啊[1]，不。我从没见过他们不穿衣服的样子。即使是在土耳其浴室，我母亲身上也总会披点什么东西。我们女孩子不一样。"

---

1 原文为拉迪诺语。

"你见过你的父母彼此触碰吗?"

她摇了摇头。"从没有。没有拥抱,也没有亲吻。我从没见过他们一起出去。他们唯一能单独相处的地方就是床上。"

他们生了七个孩子,我指出这一点。

"是的,但从没解释过孩子怎么来的。我是后来从我的姐姐和朋友那里了解到这类事的,还有书本上。你知道,我们犹太社区的人看很多书。"

- 21 -

所有"这类事"都是从塞尔玛自纽约寄给斯特拉的一件小礼物开始的:一套由短裤和上衣组成的两件套印花海滩罩衫。每当去海滩或从海滩回来的时候,她就会兴奋地穿上它,即使她只是溜去意大利咖啡馆,也会穿上它。她非常骄傲地告诉每一个问她的人,以及没有问她的人,这套衣服是姐姐从美国(*Ah-merica*)寄给她的。

一套衣服能改变她对自己身体和自己的看法,这让她感到惊讶。

她收到海滩罩衫的时候才八九岁。等她年纪更大一些的时候(十五六岁),塞尔玛寄给她另一件难忘的礼物——一件漂亮的黄色条纹针织连衣裙,这条裙子衬得她夏天晒黑的皮肤格外显眼。

意大利男孩们都叫她"奶油巧克力小姐[1]"。她的母亲不喜欢他们这么叫她,不是因为这个绰号,而是因为她晒黑了。她认为女孩应该避免晒太阳,以便保护皮肤。

这些男孩中有人成为她的男朋友吗?

她发出否定的声音。不是这些男孩。还不是。

哪些男孩?什么时候?

"我还没准备好告诉你这个。"她说道。

塞尔玛寄来的第一套衣服如此令人难忘的另一个原因是,它是成衣。斯特拉年幼时,犹太社区没有人买成衣,偶尔有人会买件毛衣或进口鞋(无论如何只有年轻人买),而且这种情况是在意大利人在岛上站稳脚跟之后才开始的。斯特拉童年时,米丽娅姆在步入一家布料店后,就把她买到的布料送去给优素福·本·阿塔尔,他是一名来自亚历山大港的身着吉拉巴[2]的裁缝。优素福和年轻的学徒们经营着一家裁缝店,他一直为米丽娅姆和她的女儿们做衣服,直到后来莱维家开始找诺特利卡的表亲们做衣服,他们的裁缝活做得很好,而且还是亲戚。

代表着时尚潮流的各种图案来自法国杂志:斜纹(*diagonal-*

---

[1] 原文为意大利语。
[2] 吉拉巴(djellaba),居住在摩洛哥的柏柏尔人穿着的宽松长袍全套。

ment)、褶纹（plissé）、褶裥（drapé），既有给夫人们的款式，也有适合小姐们的款式——"我们从不撞衫"——每个人逾越节时至少都有一件新衣服，犹太新年时有另一件新衣服。

耶胡达的衣服也是定制的，却是由一名希腊裁缝来家里为他量身定做。和裁缝优素福一样，耶胡达也穿吉拉巴，他的条纹吉拉巴衣料上佳，但他只在家里穿，从不穿出门。斯特拉幼年时，他也戴着菲斯帽[1]去上班，但在费利茜和其他孩子们施压的情况下，他最终还是放弃了戴这种帽子，尽管他也提出了抗议。孩子们觉得这种帽子让他看起来太土耳其（a la turka，因此太过时了）。

斯特拉的祖母和外祖母全身裹着一层又一层神秘的衣服，内衣外有衬衣、裙子、腰带和长袍，她们神秘莫测的头发总是藏在无边帽下面。斯特拉从未见过祖母们不穿衣服的样子，也从没见过她们的头发，更不用说披头散发的模样。她甚至没有见过她们在土耳其浴室裹着传统浴巾（peshtamel，一种土耳其吸水棉毛巾，通常带条纹）的样子。她们的身体就是个谜。

在很长一段时间里，关于身体的很多事情一直都是谜。

---

[1] 菲斯帽（fez），即土耳其毡帽，是一种流行于奥斯曼土耳其帝国的传统服饰，呈筒状，顶部常有流苏。

- 22 -

斯特拉最早的记忆之一：

当时她2岁半，也可能是3岁。她的母亲让她沿着街区走去达尔瓦姐妹家，请她给她一些 *teneme aki*。斯特拉听到的就是这样。斯特拉按照吩咐来到达尔瓦家。达尔瓦请她坐下。斯特拉耐心地等待。半小时后，她对达尔瓦说："你能给我一点 *teneme aki* 吗？""是的，我能。耐心等一下。"她又等了半小时，又问了一遍。达尔瓦让她再耐心等一会儿，然后给了她一块饼干。这块饼干就是 *teneme aki* 吗？斯特拉觉得不是。又过了半小时，达尔瓦告诉她可以回家了。

"可是，*teneme aki* 呢？"

"我已经给你了。"

teneme aki 在拉迪诺语中的字面意思是"把我留在这里"，但另有隐含意思是"照看我"或"照顾我"。有时候人们会用土耳其语说：*otur burda*（留在这里）。在犹太社区，没有人有保姆或临时保姆，当一位母亲需要出门办点事，或是需要一个人安静地待一会儿时，她就会让孩子去附近的朋友家，告诉孩子问朋友要一些 *teneme aki*，或是 *otur burda*。

这是斯特拉第一次感受到语言的模糊、神秘、力量和复杂，这种感受将以多种多样的方式伴随她的余生。在她成长的地方，在一个不断变化的交流的巴别塔[1]里，怎么可能没有这样的感受呢？

我请她告诉我她的家人都说什么语言，以及会在哪种语境下使用哪种语言。

拉迪诺语是犹太社区使用的语言，家家户户都说这种语言。除此之外，斯特拉的祖母和外祖母还懂礼拜仪式上使用的希伯来语。她的外祖母萨拉·诺特利卡还会说土耳其语和一些希腊语。她的祖母和外祖母都在意大利人的统治下生活了近20年，但她们从未学会说一句意大利语。

斯特拉的父亲用索利特雷奥草书（Solitreo）书写拉迪诺语，索利特雷奥字体是一种塞法迪犹太人使用的希伯来文，可以让使用者通过语音拼写单词，将其转换成希伯来文字。

在下一代中，只有莫里斯一个人在1920年去加利福尼亚州之前学习了索利特雷奥字体，实际上，20世纪初，说拉迪诺语的人已经开始用罗马字母书写这种语言，而且大部分单词都是按照语音拼写，期间混杂着想象力和前后矛盾的结合常常令人困惑不已。

---

1 《圣经·旧约·创世记》中记载，当时人类联合起来兴建能通往天堂的高塔，为了阻止人类的计划，上帝让人类说不同的语言，使人类相互之间不能沟通，建塔计划因此失败。

耶胡达在学校学会了希伯来语的读写。米丽娅姆则是靠耳朵来学习希伯来语。她会用希伯来语祈祷和唱歌，偶尔还会说一些词或短语。她还会说一些土耳其语和希腊语。耶胡达也会说土耳其语，因为他一生中大部分时间都在用土耳其语做生意。

他和米丽娅姆都比他们的上一代会更多意大利语，但又不如他们的下一代。

和犹太社区的其他家庭一样，莱维家的孩子们上学时使用的语言，是一种他们的父母既不会读也不会写的语言——实际上是两种不同的语言。

年纪大些的孩子参加了世界犹太联盟，该组织像在中东地区那样在罗得岛推进其使命，为孩子们提供西式教育，这种教育既带有宗教性，也具有现代性，旨在将孩子们从家庭语言的"监狱"（这种描述相当傲慢）中解放出来。该联盟在岛上巩固其语言和文化地位，对塞尔玛、萨拉和费利茜这样的年轻女孩进行思想殖民，这些年轻女孩读法国浪漫小说，在犹太社区用轻柔的法语打招呼：早上好，晚上好，（犹太新年时）新年快乐[1]。然而，这时意大利人来了。

1925年，也就是在斯特拉2岁的时候，意大利致力于巩固其

---

1 原文为法语。

对罗得岛的行政管控,世界犹太联盟变成了意大利犹太学校(一个男校,一个女校)。法国教师、法式礼仪和法语教科书(和小说)都没了,取而代之的是意大利的东西:语言、音乐、文学、历史、足球和(一些)食物。莱维家年纪较小的三个孩子——维克托、勒妮和斯特拉本人——成长的世界的语言和文化环境与其父母和哥哥姐姐们的截然不同。虽然这种变化并非一夜之间发生,但有时候感觉就是如此,所有的年轻人现在都开始用意大利语问候他们的朋友早上好和晚上好[1]。

罗得岛上几乎没有人说英语,只有科恩一家和一个叫科多巴尔的导游说英语,前者住在犹太社区外,他们家的父亲给人上私教课,后者则依靠陪同为数不多的来岛上的说英语的游客谋生。

- 23 -

犹太社区中使用的不同昵称和尊称,构成了那里使用的许多语言的有趣注脚。和其他说西班牙语的地方一样,斯特拉的祖父母和父母那一代的男人和女人通常被称为兄弟(*Ermano*)和姐妹(*Ermana*)。("这和这里的非裔美国人互称兄弟姐妹没什么不

---

[1] 原文为意大利语。

同。")然而并非每个女人都是姐妹。有时,可能因为这个女人来自其他地方,或在国外生活过,或是出于一些斯特拉无法弄清的原因,她会被称为"夫人"——比如斯特拉的母亲会被称为莱昂夫人,在某些情况下还会被称为米丽娅姆夫人。在更正式的情况下,对一个女人的称呼会与其丈夫产生某种关联:斯特拉的外祖母会被称为摩西家的萨拉·诺特利卡姐妹,代表她是摩西的妻子,米丽娅姆则是耶胡达·莱维家的米丽娅姆姐妹,差不多就是耶胡达家的米丽娅姆的意思。

如果你是一个家庭的长子,这些称谓就会变得更加复杂,比如,你会被称为长女索里亚诺姐妹或长女佛朗哥姐妹,她们都是米丽娅姆的朋友。因为长女(Behora)和长子(Behor)代表家里的第一个孩子,所以称呼他们时经常会被提及。

另一种表达尊重的方式是加上先生(Señor)或女士(Señora)的称谓:摩西·莱维家的米丽娅姆女士,或者就叫米丽娅姆·莱维女士。Señora 在犹太社区是一个有特别含义的词,意大利人到来之前〔即在西班牙语的女士(Señora)和意大利语的女士(Signora)混淆之前〕,它其实还当作名字使用,斯特拉的姐姐塞尔玛就叫 Señora:她出生时叫塞妮奥拉·莱维,与她的曾祖母塞妮奥拉·哈尔丰同名。

作为名字,"塞妮奥拉"被认为是向多娜·格拉西亚·门德斯·纳西(Doña Gracia Mendes Nasi,多娜是塞妮奥拉的变体)

致敬。1510年，多娜出生于葡萄牙一个犹太改宗[1]家庭，她的一生值得写一部流浪汉小说[2]：她是商人、银行家、印刷厂的赞助人，帮助从西班牙和葡萄牙偷运其他改宗犹太人，也是犹太学校和犹太教堂的资助人，在人生末年，她成为犹太复国主义[3]先驱，成功说服苏莱曼一世[4]允许她长期租赁加利利地区太巴列市[5]附近的土地，她在那里帮助恢复破败的城镇，重新安置移民的犹太人。

斯特拉告诉我："如果你有幸被取名为塞妮奥拉，你将以你的名字为荣。"

拉迪诺语、希伯来语、土耳其语、希腊语、法语、意大利语……名字、昵称、同名：在斯特拉为我讲述了这一切之后，我很想知道"她的"语言是哪种，她用哪种语言思考，她会用哪种语言最深刻地表达自我。我犹豫着不敢用母语来称呼这种语言，因为她的母语一定是拉迪诺语。那么，可以说她的族语？她的优

---

1 在14世纪末和15世纪初发生了严重的宗教迫害，以及14世纪90年代信仰犹太教的犹太人被驱逐出西班牙后，很多西班牙犹太人皈依基督教。
2 一种以冒险故事为主线，描绘流浪汉生活的小说，通常以幽默、讽刺的手法展现社会现象和人性。
3 也称锡安主义，是一种犹太民族主义思潮，号召散居世界各地的犹太人返回巴勒斯坦，重建犹太国家，复兴犹太民族。
4 奥斯曼帝国第十位苏丹。
5 太巴列（Tiberias），犹太教四大圣城之一，又译作提比里亚。

势语言？认为这种语言只有一种语言的想法对吗？

不论你如何分类，斯特拉都毫不犹豫地回答说，这种语言是意大利语："我从一开始就喜欢意大利语。我觉得它听起来十分优美，很像我的语言，感觉就像我出生时说的语言。它也是我接受教育使用的语言，我还没离开罗得岛时，它就打开了我的世界。"

我问她是以哪种方式打开了她的世界。

"我的思想，我的友谊，"她的眼睛闪闪发光，"超越友谊的那些东西。"

"所以，那些男朋友都是意大利人，是吗？"

"迈克尔，这部分稍后再讲，也许吧[1]。"

你不在某个国家长大，直到 20 岁出头才第一次去到这个国家，而且是在如此不寻常的情况下——作为集中营的幸存者，但你却在语言和文化上属于这个国家，我试着去理解这种情况。

斯特拉认为自己是意大利人吗？这一切对她来说意味着什么？

她思考了一会儿表示："这是另一个问题。不，我不认为自己是意大利人。虽然我在意大利生活了两年，但我的起点却不是意大利。我的起点在罗得岛的犹太社区，那里早在 500 年前起源于西班牙，只在很短一段时间内被意大利人控制。"

---

1 原文为意大利语。

她停顿了一下继续说道:"说来话长,我知道。但是这个问题没有简单答案,反正我想不出来。"

她又补充说明自己的父亲从来没有被认作是土耳其人或意大利人。他那一代人不会这么想。他的整个人生经历都与犹太教密切相关,他把这种联系传给了他的孩子们。尽管斯特拉长大后不信教,但她坦言,如果说在罗得岛她认同什么的话,那就是她的犹太教,它串联起了每一周、每一季、每一个节假日,乃至他们的整个生活,整个世界。

"这就是我继承的东西,"斯特拉说,"但我的身份又截然不同。它是流动的。我认为自己既不是这样的,也不是那样的。我从小就是这样,随着我的成长,这种感觉越来越强烈。"

我和斯特拉进行这次谈话几年后,我和她一起参加了一次晚间活动,历史学家索尔·弗里德兰德(Saul Friedländer)和卡洛·金兹伯格(Carlo Ginzburg)在活动上讨论了弗里德兰德新出版的回忆录,接下来我们见面时,我询问了她的一些看法。

我告诉她,我对弗里德兰德的开场白感到十分震惊,他当时说:"如果把语言比作一个人生活的地方,那么我就无家可归,因为我不固定使用哪种语言。"

斯特拉点头表示认可。"是的,我认为对于我们中的许多人而言就是这样,我们已经与自己的起点断绝了联系。"

我还向斯特拉转述了弗里德兰德的后续发言,他解释说自己曾用法语写作,现在则用英语写作,但在两种语言之间并没有找到"永久性"。他并不活在自己的名字里,因为他改过五次名字。他还表示,他花了很多年才弄清楚自己是谁。他创作有关大屠杀的文章,但直到他开始书写自己的历史,才找到自己的声音。他坦言自己必须在一个不存在的地方落脚。最终,他在回忆里找到了那个身份。

斯特拉表示:"如果没有回忆,我不确定我是谁。但即使是现在,我的身份仍然与语言联系在一起。拉迪诺语实际上帮助了我回忆。当我听到一首歌、一个短语、一个词,它立刻将我带回青少年时期的犹太社区。"

"但那里仍然不是你的家。"

"我们将永远被流放。[1]"她借用拉辛[2]剧作《以斯帖》(Esther)中的一句台词(稍作修改)回应道。

斯特拉继续解释说,她的家不是一个地方,因为罗得岛——今天的罗得岛,不是她的地方,也不可能是。她没有真正的家,像许多犹太人和大多数大屠杀幸存者一样,她将永远是一名流亡者。她去过洛杉矶,去找她的家人——她家剩下的人,但她没有

---

[1] 原文为法语。
[2] 让·拉辛(Jean Racine),法国著名剧作家。

在那里找到家的感觉。她去了以色列,但也没有找到家的感觉。她觉得在纽约感觉最像家,因为纽约本身就是由许多流亡者组成,这里有许多像她一样的流浪者。

我提醒她,金兹伯格问过弗里德兰德,流亡的经历是否给了他成长的机会。

"就我个人而言,的确如此,"她说道,"尽管流亡要付出代价,相信我。"

- 24 -

女子中学是犹太社区外的一所天主教学校,走过清真寺,过了桥,步行30分钟就能到。继费利茜之后,斯特拉12岁时也开始在那里上学,跟随修女[她们是伊夫雷亚修女会(suore d'Ivrea)的成员]进行严格的初中四年级学习。[在意大利的教育体系中,初中四年级(quarta)和初中五年级(quinta ginnasio)介于初中和高中之间,这之后是高中一年级(prima)、高中二年级(seconda)和高中三年级(terza liceo)的学习,三年高中教育结束后将迎来一场大考(maturità),考试通过的学生就可以继续上大学。]

每年,犹太社区的几个女孩——在斯特拉上学那一年,只有五个——早上都聚集在一起,走很长一段路穿城而过。冬天,她们穿着黑裙子、米色衬衫和黑袜子。春天天气刚一变暖，她们就把黑袜子换成白袜子。她们的每一根头发都梳得整整齐齐，笔记本干干净净，校服（grembiulini）熨得像新的一样。

斯特拉第一次走进学校大门时，"突然之间，砰[1]"——一个新世界的大门向她敞开，这里有各门学科、各种可能性，她原本只敢做梦想想。她之前觉得自己已经准备好了面对费利茜曾面对的一切、祖母给她讲的各种故事，以及在《圣经》和其他书中读到的故事，但眼前的一切都是真实的。文学。拉丁语。古希腊。历史。有老师教她，引导她，帮助她。她兴奋不已，当然，也很害怕。她害怕自己表现糟糕[2]，害怕自己可能不够聪明，也害怕被别人考验以及考验自己，但她非常渴望尽快学习尽可能多的知识，因此在很大程度上克服了这种恐惧。

在女子中学，斯特拉学习了拉丁语和算术，进一步拓展了对法语语法的理解。跟随年轻活泼的特蕾莎修女，她用心学习了很多意大利诗歌，比如莱奥帕尔迪[3]的《致西尔维娅》（A Silvia），75年后，在距离意大利半个地球之遥的地方，她用一种老派的戏剧腔给我背诵了这首诗，她身姿挺拔，下巴微扬，多年前她被要求站在全班同学面前朗读时一定就是这副模样——

---

[1] 原文为意大利语。
[2] 原文为意大利语。
[3] 贾科莫·莱奥帕尔迪（Giacomo Leopardi），意大利19世纪著名浪漫主义诗人。

西尔维娅，你可曾记得

你在人世间的那段光阴

那时你娇艳动人

含笑的眸子秋波潋滟……[1]

在学校，斯特拉和西尔维娅·罗奇奥展开金牌之争，双方竞争激烈，后者的父亲是一名制帚匠，哥哥们则是这一片最聪明的一群男孩。西尔维娅赢得了金牌，斯特拉拿了银牌：让我们看看你是否和费利茜一样优秀[2]。

"显然，我不够优秀。"斯特拉说道。

每周三，当其他女孩们学习天主教知识时，拉比阿尔巴利就会戴着小眼镜来教她们有关犹太教的知识。这时，一个修女会在一旁监督，这么做不仅仅是因为他是女孩中唯一的男人，还因为她想确保她们在认真听课。不论如何，她们是来这里学习的，哪怕是学习她们自己的宗教知识。

斯特拉说，在场面上，她们从来没有因为自己的犹太教信仰而感到不舒服，每周三都有拉比来给她们上课，她们从不去做弥撒，相反，她们在花园里等着，做作业或玩耍，正因为如此，她

---

[1] 原文为意大利语。
[2] 原文为意大利语。

们被认为是与众不同的，遭到排挤。每年5月的圣母月，学校会举行很多活动，她们都不用参加，但从好的方面看，她从同学那里学到了很多关于天主教的知识，这是她从别的地方学不到的。

"我离我的梦想又近了一步。"斯特拉对我说这话时，眼中闪烁着光芒。离她拿着箱子去意大利上大学又近了一步。

斯特拉又补充了一点对学校的描述，这几乎就像是一个注脚。

她告诉我，二战结束后，她尝试去罗马的台伯河岸区找特蕾莎修女，她听说特蕾莎修女和其他修女当时住在那里。她有一个问题要问她，如果可以的话，她想问所有修女。她去找了两次，结果都无功而返。

她的问题是什么？

"哦，很简单，"斯特拉平静地说道，"我想知道，作为我们的老师，作为我姐姐和她的朋友们的老师，我们被围捕的那天，她们在哪里。我想知道她们为什么没有来提出质疑或反对，为什么后来我们离开的那天，她们甚至没来说一句再见。"

- 25 -

并非只有来自犹太社区的五个女孩跟着修女学习。一些富裕家庭的女孩也加入了她们的行列，她们的家已经搬出犹太社区，过着和其他犹太人不一样的生活。

她们的生活方式有什么不同？区别仅仅是她们有更好的房子吗？

更好更大的房子，没错，但又不仅如此。她们仿佛穿越到另一个世界，另一个世纪。她们生活的地方有电器，有像样的浴室和管家。虽然她们住的地方比犹太社区的女孩离学校近得多，其中一些女孩的家离学校只有几个街区，但她们还是坐车来上学，司机会为她们打开车门，她们伸出脚下车，先是一只穿着擦得锃亮的鞋子的脚，然后是另一只。斯特拉母亲的表亲梅纳谢家就是这些有钱人家的一员，他们是家族从事银行业的一支。一天下午，埃韦利娜·梅纳谢邀请斯特拉和她们的同班同学贝拉·阿尔梅勒共进午餐。阿尔梅勒也来自犹太社区，当她在餐桌前坐下时，不由得瞪大了眼睛，凑过去小声对斯特拉说："天哪，有餐刀！"

梅纳谢夫妇看到了巴黎、罗马和雅典某一阶层的人是如何生活的：他们的整个生活方式都已经现代化、都市化。在现代欧洲家庭中，餐桌上摆着餐刀，而在犹太社区，他们只用叉子吃饭：一把叉子和一片面包，因为他们的大多数菜肴都是以土耳其方式烹饪，食材都被剁碎，或是被切丁、切片，并且经过长时间烹饪变得十分软烂。谁还需要餐桌上摆一把需要额外清洗、晾干和收纳的餐刀呢？梅纳谢家是个大家庭，餐桌上有那么多盘子，那么多餐具……以及面包。面包吸满了酱汁,十分美味可口……

斯特拉补充道:"我们并没有那么原始。只是在我小时候,犹太社区可不是这样在桌子上摆餐刀。"

他们仿佛穿越到另一个世界。我问斯特拉这究竟是什么意思。这么说显然并不仅仅是因为他们在餐桌上放餐刀,有那些电器,浴室里有淋浴和浴缸?

"从某方面而言,的确如此。"她答道。

斯特拉解释说不仅仅是因为他们有各种管道,还因为水,总而言之,水有故事,很多个故事,是犹太社区的缩影。

在斯特拉的成长过程中,家里的院子中间都有一口井。没错,意大利人的确把自来水带进了犹太社区(尽管室内淋浴和浴室仍然很少见),还带来了排污系统,但这并不意味着水井就此干涸,情况恰恰相反。直到最后,莱维一家还是从井里打水来清洗地板和窗户。而且,因为即使意大利人来了,家里也还是没有冰箱,他们还会把水井当作冷藏箱。他们把水瓶放进大篮子里,然后把篮子放进井里,以此保持水的凉爽。夏天,他们还会用井储存西瓜,同样把西瓜放在篮子里,然后放进井里,这样储存的西瓜又脆又甜。楼上的邻居没有自己的井,想共用斯特拉家的井。有一天她甚至在她的露台安装了一个滑轮,把一根绳子吊到院子里,但是,塞尔玛坚决不同意,因为她不想收拾邻居留下的水渍等烂摊子。"你没法想象因此爆发的争吵。"

然后还有"芳香"（la dulse）——"我不知道为什么叫这个名字……香味（dulse）……甜味（dulce）……甜美（dolce）……芬芳？而事实上，它的意思却恰恰相反？"每隔一段时间，犹太教堂的司事就会在拉比的提醒下，匆匆穿街走巷，急切地喊道："芳香，芳香！"米丽娅姆和其他女人就会跑去把瓶子、碗和锅装满水，并用毛巾盖住干净的水，因为她们知道，在不长的一段时间里——也许只有几个小时，可能只有半天（事先从未明确说明），从水龙头流出来的水就会有毒，因为有一个恶灵经过犹太社区。在这段时间里，人们不可以喝水或洗澡，也的确没人会这么做。

维克托有一次跑到滨海大道曼德拉基奥（Mandrakio），在一家酒吧里喝了一杯水，以此证明这一传统是多么荒谬。他的行为激怒了米丽娅姆，她仍然对这种事深信不疑。至于费利茜，很容易知道她的想法：她当然是和"芳香"毫无关系。

斯特拉从来没有深入了解过"芳香"，她书里的那些人物也没有了解过这件事，我们能找到的其他人也没了解过。她想知道这个习俗是否可以追溯到奥斯曼帝国时期，当时根本没有自来水，自家没有水井的人会从公共喷泉中取水，其中两个在犹太教堂附近，另外还有两三个在犹太社区其他地方，还有一个在附近的土耳其社区。或许在某些时候，因为某些原因，水变质了？也许，发生冲突时，有人污染了水源？

这可能与另一个有关水的习俗有关，那就是家里一旦有人去世，就要把所有容器都倒空。我找到了两种可能的解释：一种是相信死亡天使会在其找到的存水里清洗他的死亡之剑；另一种说法是，任何恶灵都能在水中避难，伤害活人。我问斯特拉有没有听说过这两种说法，她摇了摇头。"你知道的，很多这样的事就这么发生了。没人告诉我们为什么。"

- 26 -

每周神圣不可侵犯的一个仪式是去土耳其浴室，米丽娅姆和女儿们每周四去一次，偶尔会在周五去，每次至少要待两个小时，通常会待更长时间。米丽娅姆最喜欢的服务员叫法特玛。即使在土耳其浴室人满为患的时候，法特玛也总是会称呼"米丽娅姆夫人"，欢迎其到来，并设法为莱维家的女人们保留最大的房间，让她们脱下便装，换上传统条纹浴巾和厚底木屐（在拉迪诺语里称为 *takos*，意大利语里是 *zoccoli*），给她们准备好搓澡手套（*stregadura*，源自罗得岛的拉迪诺语，是一种用来搓死皮的粗糙手套）和土耳其头巾（*yashmak*，有时镶有亮片，洗完澡后用来包裹湿发）。斯特拉在描述土耳其浴室时，混用了不同语言，这一点也不奇怪。因为土耳其女人、犹太女人，有时候还有一些意大利女人（但没有希腊女人），会在那里和谐共度一个下午。

一切从蒸桑拿开始，浑身蒸得滚烫，然后再走进一间大理石装饰的房间，房里有许多水槽，装有冷热水龙头，给一个叫作 taz 的锤制金属盆放水，这个盆通常是铜制的，她们或法特玛会戴上搓澡手套，用盆里的水擦洗身体，搓掉身体表面的死皮。之后，她会用一把白色的梳子给她们梳头发。"感觉就像你自己的一部分被洗掉了，而不仅仅是你的身体，这样你就会焕然一新，不仅如此，简直就像是每周都重获新生。我觉得我这辈子都没这么干净过。"

盆子不是用来泡澡的。的确有泡澡用的盆子，但是放在浴室的独立房间里，而且只被犹太女性用作浸礼池，因为在斯特拉的时代，犹太社区已经没有浸礼池。（多年后发现了两个浸礼池，都在犹太教堂里。）

莱维家的女人们离开浴室之前，法特玛会给她们端上咖啡、柠檬水和糖果，并给她们身上抹上鲜花水（*agua de flor*），主要成分是茉莉花。

"你喜欢这种香味吗？"斯特拉问我。

"鲜花水的味道？格林威治村有我不知道的新开的浴室吗？"

她大笑起来，然后走进厨房，再出来时手里拿着一个小玻璃瓶，里面的东西几乎都蒸发完了。"几年前我从土耳其带回来的。"她说完拔掉瓶塞，把瓶子递给我。

当然是茉莉花。一闻就知道。也许还有点橙花。

"你用它做饭？"我问，"所以你把它放厨房里？"

她摇了摇头。"以前，女人们头晕时会用它，所以放在身边随时用得上。"

我指出，现在的女人可不会随时头晕，或是真的晕倒。

"平等迫使你放弃某些东西。"斯特拉笑道。

- 27 -

土耳其浴室也是斯特拉小时候最喜欢的活动"浴室准新娘"（banyo de novya）的举办场所之一：准新娘在这里举行浸礼，参加之后举行的海娜彩绘派对（henna-painting party），大家一起跳舞，为准新娘唱歌，品尝准新娘的母亲和姨妈提前几天准备的多种多样的甜品。

斯特拉还是个小女孩的时候，她也喜欢看犹太社区举行的婚礼仪式。婚礼前一两个星期，包括新娘花费几年工夫做的绣品在内的嫁妆（ashugar）就会被送到她未来的丈夫家里，一路上通常会有一小群希腊音乐家用曼陀林和铃鼓奏乐送行。这些嫁妆被放在巨大的托盘上，被雇来运送嫁妆的人顶在头上。除了绣品，嫁妆还包括玻璃器皿、盘子、家用器皿和银器等。在一些家庭，这些都是由祖母负责准备。到了婚礼当天，新娘的父亲或哥哥会在犹太教堂把新娘交给她的丈夫，然后大家列队前往新娘家或新娘的朋友家参加随后的派对，具体看谁家的房子更大或有花园。如果新娘来自较富裕的家庭，大家也可能去里贾纳酒店或阿博格戴尔玫瑰酒店。

二战开始时，斯特拉的老师和（后来的）朋友路易吉·诺费里尼参加了一场这样的婚礼，年轻人会在婚礼上播放唱片。这是斯特拉第一次看到他跳舞，也是她第一次和朋友圈以外的男人跳舞。然而，其实当时随着越来越多的年轻人——主要是男人——离开这座岛，婚礼已经越来越少见。

关于婚礼的话题让我们说回费利茜。她有表现过对男孩子感兴趣吗？从来没人让她着迷吗？

"我们没有讨论过这种事，"斯特拉告诉我，"我告诉过你，她会和罗伯特·科恩坐在一起聊到深夜，有时候隔着房间，有时候一起坐在沙发（canapé）上。但他俩似乎只是聊天，至少我是这么认为。而且，他脚上的袜子从来不是一对。"

我问斯特拉，她的父母是否担心过费利茜，费利茜是家里的大姐，未婚，前途不明，对未来没有明确的计划。而她的回答一如既往，如果这个人不是费利茜，他们会担心。犹太社区的大多数父母表现得好像生活在50年前，甚至100年前。一个没有结婚的女人一定是有什么问题，会引来众人的关心，但费利茜不会：

她态度坚决，不想和婚姻扯上任何关系，她是个自由思想者。斯特拉推测："也许她出过什么事，我是说身体上。这事非常私密。如果是这样的话，我永远不知道……"

她沉默了一会儿。"有时我怀疑费利茜是不是认为自己没有吸引力。她并非没有吸引力，但现在我回想起每当我们包着头巾离开土耳其浴室时，只有费利茜会像土耳其女人那样用头巾蒙住整张脸。而且不只是在这种场合。她会抓住一切机会转过身，遮住脸，避免被拍照、被看见，有一段时间就这样……用很多方法。"

又是一阵沉默，然后我小心翼翼地问她，也许，费利茜是不喜欢男孩。

"我觉得不是，"斯特拉说道，"但我也不知道。我们当然从来没有讨论过这些问题。你要记住，她一直把我当作小女孩对待，就是她的小妹妹，而我实际上就是她的小妹妹。"

我问斯特拉，她认识的社区的人里有没有同性恋，以及人们是如何看待或对待他们。人们是否会讨论这个话题，哪怕是私下议论。她告诉我，直到二战结束后，她才有同性恋的概念，当时她来到美国，对人性有了更多了解。在美国，她回想起来，费利茜和她阅读并喜欢的作家恰好是同性恋，比如魏尔伦[1]、兰波[2]和普

---

[1] 保罗·魏尔伦，法国诗人。
[2] 让·尼古拉·阿蒂尔·兰波，19世纪法国著名诗人。

鲁斯特。她还想起一个最亲密的朋友，那个男孩非常英俊，一头金发，对他的母亲体贴入微。他过去常和女孩们一起出去玩，他十分温柔。回忆过去，她才发现他很可能是同性恋。他也死在了集中营。

"想想在另一个时空，他的生活会是什么样。"斯特拉若有所思地说。

他的生活和犹太社区其他人的一样吗？

"但他受到了双重伤害。他不能做自己……后来他就不可能是他自己了。"

- 28 -

犹太社区还有一家男性土耳其浴室，比女性浴室更豪华，但耶胡达不常去。他更喜欢在家洗澡。

除了一两家例外，犹太社区的其他家庭都没有浴缸，莱维家也没有浴缸或淋浴，米丽娅姆在院子里安装了一个洗澡系统：用一个巨大的罐子装开水，另一个大罐子装冷水，再装上一个帘子，做成一个小隔间，耶胡达每个星期就在里面洗一次澡。米丽娅姆会把不同罐子里的冷热水混在一起，根据需要从他的头顶倒下去——家庭手动淋浴。

和去土耳其浴室的频率一样，这样的手动淋浴也是一个星期一次。为安息日做准备。不过，如果有需要，他们当然也会在周中洗澡，手和脸则是经常洗。夏天，他们有大海，现代化的意大利人在那里安装了淋浴设备。虽然是冷水浴，但总算是淋浴。

至于上厕所，也是在院子里进行的事。院子里有一个小厕所，厕所门上有扇窗，里面放着一罐清水，而不是卫生纸，每个家庭成员都有自己的海绵，上完厕所后用来清洁自己。

"普林节[1]来了，逾越节近了[2]"，犹太社区流传着这个古老的说法（或者不太顺口的说法是，近在咫尺）。逾越节代表着清洁，洗净一切所见之物，以及所有看不见的。

斯特拉告诉我，普林节喧闹的庆祝活动结束时，你能感觉到社区的氛围迅速改变。母亲们、女儿们、希腊人，有时候还有这几周受雇的犹太女佣，会开始一年中最严格的家务管理。她们会清空所有衣柜、橱柜和抽屉，挪动每一张桌子和椅子。波斯地毯和土耳其地毯会被拉起来，用水和醋的混合液体擦洗，然后再挂在露台上晾干。她们还会清洗枝形吊灯，给银器抛光。那套放在橱柜里一整年没动过的特别瓷器也会被拿出来。房子里里外外都

---

[1] 犹太教传统节日，纪念和庆祝在波斯帝国统治的年代里，以斯贴皇后拯救犹太人逃离灭族危难。
[2] 原文为拉迪诺语。

会被刷白。然后是针对犹太社区范围的除垢、除尘和除秽，甚至要清洗门前的街道。邻居之间其实有细心安排，确保脏水不会从一栋房子溢出到另一栋房子：莱昂姐妹星期四一早开始干活，于是莱维姐妹计划晚几个小时再动手。隔壁邻居也会相应推迟一个小时开工，就这样一家家延续下去，一直到一条街的最后一家人，除尽最后一点灰尘，持续到一天结束的时候。

斯特拉摇了摇头，说道："这是一种你不了解的生活，你也无法理解。即使是我和我的兄弟姐妹们，当我们后来聚在一起时，也无法理解。耗费那么些时间和精力，数个小时，数天，有时是数个星期，就只是为了清洁？"

逾越节之前的时间，不仅仅是用来做家务。随着假期的临近，一种特殊的焦虑在社区中蔓延，在斯特拉幼年时期这种情况尤为严重。"绕远路走，"孩子们离开内城时，米丽娅姆不时这样警告孩子们，"别相信希腊人。"他们有时听她的话，有时不听。但在逾越节期间，他们肯定会照做，因为逾越节时，他们担心希腊人——有些希腊人——会朝他们扔石头。对于这一行为最常听到的解释是将扔石头与血腥诽谤的重新流行联系在一起，人们相信犹太人用基督教徒的血来制作无酵饼。实际上，当地曾发生过一起惨案，希腊人指控犹太人在仪式上谋杀了一个基督教男孩，这导致了对犹太人的封锁、非法监禁、酷刑折磨和审判，直到最后犹太社区获得赦免。但这是发生在1840年的事情。更有可能的原因是，犹太人对那些现代化的意大利人的热情，重新点燃了希腊人和犹太人之间早已缓和的紧张关系。不过，到了斯特拉十几岁的时候，扔石头的行为似乎已经逐渐消失。

赎罪日是另一个与水有关的节日。当一年中最神圣的日子快要结束时，一个土耳其人骑着驴，带着一些大罐子来到犹太社区。这些器皿看起来像典型的罗得岛双耳陶罐，让人不由得联想到古代的双耳陶罐。这些罐子里装满了附近罗迪诺公园的水，人们认为这是岛上最甘甜、最美味的水。这个土耳其人会在犹太教堂外耐心等待祈祷仪式结束，这时大家都会跑到外面喝罗迪诺公园的纯净之水，斋戒也就此结束。

现在把时间往前调：祖母们去世，带走了许多古老的习俗。意大利人定居下来，带来许多新的生活方式，包括：连土耳其浴室都不愿意去的耶胡达开始听从医生的建议，并开始治疗糖尿病，乘坐公共汽车去卡利塞亚[1]……当然是去打水。意大利人发现，或者说重新发现了这里的水的利尿作用和其他功能，他们修建了一个奇特的土耳其浴室，里面有夸张的摩尔式拱门和圆顶。这个浴室在二战期间遭受了猛烈轰炸。

---

1 卡利塞亚（Kallithea），罗得岛上的一处海滩。

水吸引了米丽娅姆，她之前从来没有独自旅行过，从来没有，甚至都没去过稍微远点的地方。可后来有好几次，她会收拾好行李，乘船去附近的尼西罗斯岛（Nisyros）待上好几天：水越多越好。无论像斯特拉的母亲这样的女人进行这样的旅行看起来多么现代，水本身却回归过去的意义，它们本是由希波克拉底[1]率先确认。

- 29 -

在犹太社区，每个人都知道其他人的事情。不仅如此，每个人都会置身其他人的事情之中。之所以会这样，部分是因为在犹太社区，大家都有亲戚关系——除非他们主动选择放弃这种关系。

我对此感到困惑。"真的都有亲戚关系？"

"在某种程度上……"

我请求斯特拉证明这一点。她是否可以粗略地计算一下，在犹太社区她到底和多少人有亲戚关系？

她从她的堂兄弟姐妹开始计算：8、9……12。另外还有父母的堂表兄弟姐妹的孩子，如果你把哈尔丰家、梅纳谢家（或梅纳塞家——家族分支不同姓氏发音略有不同）、诺特利卡家和皮哈斯家……都算上的话，可能得有45或50个。（"别忘了，我的外

---

[1] 古希腊医师，被西方尊为"医药之父"。

祖父母是堂兄妹，这还减少了一些亲戚数量。"）堂表亲的下一代呢？第三代？她甚至认不全所有人，甚至连其中一半都不认识。她表示她与某些朋友和同学的关系更亲密，但如果我坚持要一个具体数字，那好吧：150 或 160。实际可能更多。

如果按 1944 年犹太社区的人口来计算，那就代表着一共有 160 或 170 人，占整个犹太社区人口的 10%。

和你一起生活的人中有 10% 是你的亲戚？这种事真有可能吗？

"这不是可不可能的问题。直到今天，我还在和一些我并不知道有亲戚关系的亲戚见面。"

就在几天前的一个下午，她告诉我，她接到了一位女士从新泽西州打来的电话，这位女士出生在罗得西亚。她的母亲曾和斯特拉一起在奥斯威辛集中营待过，而且也活了下来，她的姨妈弗洛拉——大家庭中最小的孩子——在学校和斯特拉同班，但死在了集中营。她的母亲叫罗莎·伊斯拉埃尔，她的外祖母萨罗塔姐妹原来是梅纳谢家的人，后来嫁给了皮哈斯家的一个男人。这个男人是斯特拉外祖母的表兄弟，因为她的母亲来自皮哈斯家族，她的父亲当然（"当然"）是马兹利亚·诺特利卡——银行家家族的祖辈……

我把斯特拉告诉我的一一记下，但并没有记全。或者更确切地说，我只记下了要领：他们都是亲戚——互相关联。

——除非他们主动选择放弃这种关系:

甚至连犹太社区的建筑结构都把他们联系在一起。莱维家的露台与图列尔家的露台之间隔着一道矮墙,墙高不到一英尺,这意味着斯特拉的邻居博阿兹·图列尔和埃利奥特·图列尔出生时——当然是在他们自己家里,她可以在助产士(*la komadre*)的帮助下看到他们(斯特拉和埃利奥特一直是朋友)。她甚至不用下楼就能知道这个消息。

和露台一样,家家户户的院子都向其他家庭展示着自己的生活。女人们整天在院子里相互询问晚餐准备了什么,为什么这家的女儿或那家的儿子跟这家的儿子或那家的女儿出去了,谁(比如"街区达人"萨拉)前一天晚上很晚才回家,谁有什么不舒服,谁做了噩梦或好梦。还会传出歌声,不仅只是从一家里传出来,这歌声能将一个个家庭连接起来。当蒂娅·罗萨来访时,她会给孩子们唱歌,以此平息争吵或为大家鼓劲,她的歌声穿过一扇扇敞开的窗户或整个院子。斯特拉还记得,接下来一个邻居会从她的窗口探出头来,大喊:"啊,有人唱歌。"[1] 很快,一群女人都会从窗口或门口探出头来即兴合唱:

我爱的牧羊女

---

[1] 原文为拉迪诺语。

一个美丽的女孩

从小我就喜欢她

可她不再是我的朋友

从小我就喜欢她

可她不再是我的朋友[1]

在她第一次听到这首歌的八九十年后，斯特拉用极其微弱的声音给我唱了这首歌。这首歌唱的是一个男孩对一个牧羊女的爱，他从小就爱上了这个美丽的女孩，心里没有别人。我再次产生这种感觉，觉得自己不仅能看到斯特拉的青春，甚至还能看到她的母亲的青春，甚至比她的母亲的青春时代还要早的时候的景象，也许还要更早。

"不可思议。"我说道。斯特拉点点头说："不可思议，但也有可能导致幽闭恐惧症，这取决于你处于生活的哪一阶段。"

斯特拉说，在她小时候，一切似乎都很友好——我们会用英语"亲密无间"来形容——但随着她长大，一切都变得过于亲密无间。她晚上出门时，邻居家的女人们都会往窗外看，她回来时她们又会重复这一动作。她们会注意她的穿着，甚至是她朝哪个方向走。"后来我长大了，开始和年轻男人、意大利男人待在一

---

[1] 原文为拉迪诺语。

起……噢,她们可真是议论纷纷啊。"

但米丽娅姆不这么做:她反对这么做。她没兴趣听有关她的孩子或别人的孩子的闲话。

她对斯特拉说:你的声音太高了,邻居们都能听到。或者:你为什么不悄悄溜出去呢?抑或是:我们把秘密留在家里。

斯特拉竭尽所能,但那些女人的眼睛很锐利,耳朵灵敏得像狗耳朵。她们甚至能捕捉到最微弱的信号。

- 30 -

每个人都知道其他人的麻烦,以及这些人去了哪里,找了谁解决麻烦。斯特拉的外祖母萨拉·诺特利卡就是这样一个接受求助的人,她是另一种意义上的治疗师。例如一对夫妻关系不睦,丈夫想再要一个孩子,而妻子在生了六个孩子后,已经筋疲力尽,担心没有足够的食物、衣服和钱:他们如何解决这样的难题?他们会去找年长的女性,后者会给他们建议,给予忠告。

什么建议?什么忠告?

"进行这样的谈话时,门都是关着的。"

斯特拉知道他们会找外祖母。她知道他们会把门关上。她不知道他们究竟会说些什么。

而且……比如,她是否知道如果是关于生更多孩子的问题,这对夫妻是否采取了节育措施？"他们有自己的方法，但并不总是奏效。"

避孕失败的时候，会终止怀孕吗？

斯特拉的一个好朋友——"我永远不会告诉你她的名字"——怀孕了。她想去泡土耳其浴，那里偶尔会发生一些意外。另一个比斯特拉年长的年轻女孩知道该怎么做，她的男朋友给她分享了相关信息。她的父母安排她坐飞机去意大利旅行。那时候坐飞机去意大利旅行十分罕见。至于这个年轻女孩的情况，只有她的父母、斯特拉和另一个朋友知道。

这种事会是丑闻吗？

"当然。"

他们会说些什么？

"传说有个地方。他们总把它称为用于治疗的'浴'（terme）。既是身体上的治疗，也是精神上的治疗。你知道的。"

"没人好奇她为什么不能待在家里，接受静修疗法？"

"怀孕是静修疗法没法照顾好的事。而且，当时是20世纪40年代早期。那时我们的生活已经更加现代化。"

- 31 -

在一本关于罗得岛的书里，我了解到作者纳撒·沙哈尔

(Nathan Shachar)的相关见解,下一次见面时,我把它传达给斯特拉:"只有少数人有冷静的头脑和语言天赋,能够观察和消化一种生活形态开始让位于另一种生活形态时发生的一切。"

难以置信的是,他似乎就是在形容斯特拉。作为一个罗得岛的女孩,她当然在观察周围的一切,也自然而然地调整自己适应于周围不断变化的生活形态。从那时起,她自然也消化了她所看到的一切。然而,是什么让她成为这种人?成为少数拥有或发展出冷静的头脑、感知力和语言能力的人呢?

"我不知道我能不能回答这个问题,"斯特拉坦言,"这就好比在问:你的头发为什么是褐色的,或是你的眼睛为什么是绿色的?"

她沉思片刻,答道:"但我认为……我想,如果我能看到周围的变化,可能是因为我首先产生了一种意识,明白了另有一个世界。我对外面的世界有着强烈的好奇心,我想这就是让我对差异敏感的原因。我生活在犹太社区,但我知道,就在几个街区之外,有比犹太社区更丰富的地方。我会关注那些看起来与众不同的人,比如我的舅舅艾萨克·阿马托,他虽然只是个铁匠,但很有教养,完全是自学成才,热爱阅读。我在岛上长大,但我知道它只是茫茫大海中的一小块陆地。这是我由内而发的感觉,我的自我……"

斯特拉还记得,小时候她会望向地平线,她知道穿越一望无际的蓝色之后,有着不同的世界,不同的生活方式。她之所以知道这一点是因为:她第一次读到的那些故事;她从学校和费利茜那儿学到的有关罗得岛的侵略和转变的历史；她看到的停靠在港口的船只，其中一些载着第一批上岛的游客，另一些则载着第一批移民，他们在前往巴勒斯坦的途中短暂停留；以及她的家人身上留下的其他地方的印记——他们的过去，他们的工作，甚至是他们的名字和昵称。

她的父亲经营木材和煤炭生意，他将这些东西进口过来，销售给当地人。从哪里进口？也许是罗马尼亚，也许是乌克兰，但无论从哪里来，和许多商品一样，它们很可能都要经过土耳其。斯特拉无法确定这一点，当斯特拉不能确定或比较确定地说明某件事时，她宁愿不说。就像她的曾外祖父诺特利卡更早的时候经营的香料一样，重点在于这些商品来自国外。她的家庭已经以一种最基本的方式理解了有一个更广阔的世界存在，这个世界从遥远的地方向罗得岛供应商品，通常都要经过附近的伊兹密尔[1]这个古老的十字通道。

当然，还有她的外祖母萨拉，她经常去圣地，尽管事实证明她并非唯一一个去那里的家庭成员。斯特拉的叔外祖父耶胡达·诺特利卡是外祖父兄弟姐妹中最小的一个，也是斯特拉生活的时代唯一在世的一个。人们亲切地称他为哈吉耶胡达[2]，因为他

---

[1] 伊兹密尔（İzmir），土耳其第三大城市、第二大港，位于安纳托利亚高原西端的爱琴海边，是重要的工业、商业、外贸、海运中心之一。
[2] 哈吉本意是指赴麦加朝圣过的人。

经常去耶路撒冷朝圣,而非麦加。

一个男人因为旅行习惯而被赋予昵称,这让人印象深刻。斯特拉的姐姐们活泼生动的个性现在只能通过当年的信件再现,斯特拉回忆起当年令人激动的情景:邮递员骑着自行车飞驰进犹太社区,靠近一户收信人家就摇响铃铛,今天谁幸运地收到了来自法国、土耳其或美国的最新消息?当然,来信的消息会迅速传遍整个社区。信中的消息也是共享的。别处迅速走进家门。别处成为此处。

- 32 -

罗得岛的建筑上也留下了别处的印记:史密斯山上的希腊废墟,骑士团建造的坚固、宏伟的宫殿(palazzi),他们对这座岛的统治痕迹甚至延伸到了犹太社区,在离斯特拉家不远的一栋建筑上就挂着(现在仍然挂着)他们的纹章。

凯安察广场是犹太社区的主要广场(piazze)之一,广场上也有一栋属于骑士团的建筑,异常坚固。意大利人来了之后,在这栋宏伟的石质建筑内设立了文化机构:但丁·阿利吉耶里协会,它在几个重要方面扩展了人们认知的边界。但丁·阿利吉耶里协会拥有一个庞大的图书馆,自然没有什么能比书籍让年轻、好奇、机敏的男孩或女孩走得更远。不出意料,费利茜和罗伯特·科恩是犹太社区中最早充分利用图书馆的年轻人之一,另外还有一个叫朱塞佩·哈赞的年轻男孩，斯特拉曾戏谑地叫他约塞法奇。他出去散步时，会和他的老师弗拉特·安杰利诺谈论哲学问题，而斯特拉曾取笑他对知识的渴望："约塞法奇，来点逍遥学派[1]的东西吧？[2]"（在她问他是否要按照亚里士多德逍遥学派的模式来散步和谈论哲学时，语气中略带嘲弄，或者可以说是嫉妒。）但丁·阿利吉耶里协会还举办各种讲座。该协会成为这一片十分重要的场所，以至于1929年5月，当时的意大利国王维托里奥·埃马努埃莱三世访问犹太社区时，人们在凯安察广场铺满了土耳其地毯，通往但丁·阿利吉耶里协会的楼梯也不例外，国王还在协会接受了大拉比鲁本·埃利亚胡·伊斯拉埃尔（Reuben Eliyahu Israel）的祝福。

斯特拉也经常去图书馆，但同样重要的是，每年夏天，但丁·阿利吉耶里协会会聚集一批新的意大利学生，参加为期一个月的课程，协会为大家提供了与更广阔的世界联系的机会。斯特拉看过这些学生的到来，她对这些聪明、热情的孩子们感到好奇：他们从哪里来，要到哪里去，是否有一天她也能成为其中一员。

"我常常想起那栋建筑，"斯特拉说道，"那充满暗示性的纹章和漂亮的楼梯，是我曾祖父母、曾曾祖父母时代的东西，历史悠久。这些人在犹太社区过着他们的生活：当他们抬头看到这个

---

[1] 亦称"亚里士多德学派"，亚里士多德弟子世代相传组成的学派。
[2] 原文为意大利语。

将该社区与很久以前的统治者联系在一起的纹章时，他们会想些什么？他们是否会像我一样，对之前来过又离开的人展开各种猜测？或是推测这几百年间发生的变化？那些人消失了，他们的建筑怎么就留了下来？"

我们之间的沉默被打破。我感觉到斯特拉在权衡是否要分享一些看法，一些细节。这一次，她首先直截了当地表示，她甚至不确定是否应该补充这一点，因为它看起来太奇怪了，也许太不合适。然后她说：

"我不知道你听到我这么说会怎么想……但另一个让我感受到别处的地方是集中营。你要记住，我第一次离开罗得岛是他们带我去雅典，然后从雅典乘火车穿越欧洲。我望向窗外，看着一个个车站一闪而过：这就是我渴望已久的大陆。然后……后来在集中营，我们见到了法国女人，还有来自比利时的卡茨夫人和葆拉夫人。她们聊到巴黎、里昂和布鲁塞尔。她们真正看过和体验过——或者说与我渴望了解和拜访的这些地方有过联系。她们曾经住在那里。她们从那里来，她们曾经在那里……"

在最不可能的情况下，更广阔的世界变得更近一步。

- 33 -

意大利人来了之后：这句话在斯特拉的谈话中越来越多地出

现，同时也引入了前后两个阶段发生的变化，这两个阶段在政治上可能有所不同，但在经验上，以及在她的记忆中，往往混淆不清。

第一阶段开始于1912年，当时意大利人在意土战争中赢得了罗得岛，第二阶段大约开始于十年之后的1923年，当时意大利通过《洛桑条约》确立了对佐泽卡尼索斯群岛的主权，并加强了对该地区的控制。（佐泽卡尼索斯群岛又被称为"十二群岛"，实际上有15座较大的岛屿和150座较小的岛屿，位于爱琴海东部，其中许多岛屿无人居住，除了罗得岛，以及科斯岛、帕特莫斯岛和莱罗斯岛。）

纳撒·沙哈尔和埃丝特·芬茨·梅纳塞（Esther Fintz Menascé）等人详细讲述过意大利征服并统治罗得岛的故事。罗得岛自古以来就与意大利没有特别联系。意大利渴望通过获得殖民地来与更强大的欧洲国家竞争（他们最终在非洲获得了利比亚和埃塞俄比亚），这也是奥斯曼帝国瓦解时爆发的复杂争夺战和重新平衡该地区权力的斗争的组成部分。但是，眼看着自己的世界以这种方式发生变化，斯特拉一家和整个犹太社区又作何感想呢？

意大利人来了之后——

他们给犹太社区带来了电和自来水，从前大多数人都从井里和公共喷泉取水。

他们铺设并重新命名了道路，修复和改造了最初由骑士团建造的建筑。

他们引入了现代医疗，早期为犹太社区的病人提供免费治疗——如1918年西班牙大流感期间——后来他们又修建了一家现代医院。

他们给予《洛桑条约》正式认可后出生的儿童公民权。

在奥斯曼帝国统治下，犹太人和土耳其人一起在城墙以内生活，并经常一起工作，希腊人则要生活在城墙以外。意大利人来了之后，公民可以自由选择居住地。

意大利人把笨重的法西斯风格的现代主义建筑插入这座中世纪城市，以梦幻般的摩尔风格重新设计了城外卡利塞亚的温泉，修建并点亮了曼德拉基奥滨海大道，全面改造了港口（对斯特拉的父亲产生了影响）和土耳其露天市场。他们修建了一座剧院（普契尼剧院）、一座电影院（圣乔治电影院）、豪华酒店（阿博格戴尔玫瑰酒店），一家社交俱乐部（意大利之圈），以及学校、公共建筑、私人住宅和私人别墅，所有这些都是在斯特拉出生前及其童年和青少年时期迅速建造而成。

作为抗疟疾运动的一部分，他们抽干了沼泽的水。他们还植树造林，采用了先进的农业方法。为了鼓励旅游业，他们挖掘古代遗迹，并将骑士团建造的一座医院改造成考古博物馆。

他们要求每年逾越节前在犹太社区粉刷建筑需要获得许可。

他们彻底改革了教育制度。他们引进了公共汽车和出租车,(最终)取代了马车和骡子,尽管在斯特拉生活的时代仍然有马车和骡子来来往往。到1936年,已有成千上万的意大利人移居岛上,当地社会面貌因此改变。

他们引入时尚、电影、意大利文学、流行音乐和古典音乐、体育(罗得岛犹太青年队是犹太人的足球队)、美食(尽管犹太社区仍保持着传统烹饪法),以及一种可以被称为态度或心态的东西,这种东西显然更现代、更前卫、更西化,不经意间推动了犹太社区习惯和道德的自由化。这一点在年轻一代中尤为明显,年轻人逐渐不再在星期六早晨去犹太教堂,甚至在这特殊的日子敢冒险去海滩。这种现象最终传至斯特拉的父母那一代,至少影响了一些女性,比如米丽娅姆,她开始在星期六和她的朋友们到犹太社区以外的地方散步,或是去海滩、看电影,或是远行至罗迪诺公园。这座绿树成荫的公园距离城墙半小时路程,每个人在赎罪日结束时都会喝来自公园的甘甜之水。所有这些在意大利人到来之前都闻所未闻。

斯特拉将这一切告诉我之后,我问她,她是否认为,无论如何,这种现代化在一定程度上或很大程度上都会发生,即使是偏远如罗得岛,生活也会被进一步推进到20世纪。同样在那些年,在地中海南部和中东的一些地方,不也发生了这种渐进且不可阻挡的变化吗?

在回答这个问题的时候,她指出了一件意大利人到来之前,无论如何都不会发生的事情:意大利人到来的时候,他们也在不经意间引发了一系列事件,最终导致了这个在罗得岛相对平和地存在了近 50 年的社区的毁灭。

- 34 -

意大利人统治时期,罗得岛经历了不同的统治者。在称得上较好的统治者中,马里奥·拉戈(Mario Lago,1922 年 11 月—1936 年 11 月在位)是最早的一位,至少从年轻的斯特拉难免有限的观点来看如此。拉戈监造了许多更具野心的建筑和修复项目,改造了海滨,彻底改革了教育系统,并说服墨索里尼批准在罗得岛创办一所犹太学院。这一举动并不像预想的那样开明和慷慨,法西斯领导人明白培养未来的拉比是多么重要,这些拉比会分散在黎凡特[1],可能会对意大利人的统治表示理解和支持。(事实上,有人认为,将罗得岛上的犹太人与希腊人、土耳其人区别对待,给予前者明显的优待,是政府偶尔直截了当的分裂方式的一种,目的在于巩固其对这些截然不同、但此前又

---

[1] 一个模糊的历史上的地理名称,指地中海东岸地区,大致相当于今天的以色列、约旦、黎巴嫩、叙利亚和某些邻近地区。

在很大程度上相互包容的社区的权力。)

拉戈的继任者是切萨雷·德·韦基（Cesare De Vecchi，1936年12月—1940年12月在位），此人与拉戈截然相反。德·韦基是一名强硬的法西斯分子，也是墨索里尼背后的"四巨头"之一（指在1922年10月组织黑衫军向罗马进军，帮助墨索里尼上台的四个人）。韦基很难相处，他以佐泽卡尼索斯群岛总督身份被派驻罗得岛，实际上是对他本人的流放。他留着一撮小胡子，为人傲慢自大，行事十分教条主义。他一开始向拉比学院的学生保证，这个机构没有任何危险（"我可以向你们保证，如果意大利不尊重生活在其庇护下的所有人的宗教信仰，就不可能成为强大的帝国"）。然而还不到两年，他在颁布第一批种族法之前，就关闭了这所学院。后来，他继续严格执行这些法律，还无端增加了一些极具威胁性的总督法令。

斯特拉表示，其实在种族法出台之前，罗得岛的气氛就有所变化。"这种变化不易察觉，但令人感到压抑，就是有那么一种感觉。一开始，一些小商店被关闭或重建，土耳其市集被拆除，许多宣礼塔[1]惨遭切割。德·韦基希望罗得岛充满优雅、现代的意大利风格。在此之前，你知道的，我们过得很好，我的祖父母和

---

[1] 伊斯兰教清真寺群体建筑的组成部分之一，用作宣礼或确定斋戒月起讫日期，是清真寺建筑的装饰艺术和标志之一。

父母辈都过着土耳其式生活。"

我问她,过着土耳其式生活究竟是什么意思?

听到这个问题,斯特拉大笑起来,似乎这个问题的答案现在对我来说应该显而易见。不过,她随后还是提醒我,她父母的生活是多么地土耳其化。她的父亲在衣着(直到某一时期)、语言和整体感觉上等许多方面都很土耳其化。他与土耳其在事业上有着密切联系,包括(在他生意的一个方面)他有一个土耳其合作伙伴胡斯努。耶胡达其实从未完全信任意大利人,他认为意大利人只是暂时出现在岛上。米丽娅姆和胡斯努的妻子莫维什是朋友,每个星期六她们都会带着女儿们去胡斯努家的果园(*guerta*)野餐。他家的果园就在城外(和大多数土耳其和犹太家庭一样,他家也住在城里),里面有一块菜地。土耳其人不仅从罗迪诺给他们带来禁食后饮用的纯净水,还从他们的农场带来日常食用的酸奶、水果和蔬菜。而莱维家在犹太社区的许多邻居最初都来自伊斯坦布尔、博德鲁姆[1]和伊兹密尔。

但是,当斯特拉谈到土耳其式生活时,她指的是一种生活在远离大城市的小岛上的一个小社区里,在挥之不去的古老的、过时的风俗习惯影响下的感受。这与欧洲人的法式生活(*a la*

---

1 博德鲁姆(Bodrum),港口城市,位于土耳其爱琴海地区的西南部,爱琴海的最南端。

franca）截然不同。这意味着：如果你是像斯塔拉的祖母马扎尔托夫那样的上一辈女性，就从没冒险离开过邻近社区；你走进铺着地毯的房间之前，要脱掉鞋子，地板上通常都放着靠垫；或是像莱维家那样，在客厅里放上一张嵌进三面墙里的沙发，沙发上还铺着软垫；戴着菲斯帽去工作（斯特拉的父亲就是如此，直到他的孩子们让他别再戴那顶帽子），或在家里穿吉拉巴，如果你上了年纪，还会在家冲泡印度茶（又要提到她的祖母马扎尔托夫）；（如果你是某个年纪的女人，有时候也可以是某个年纪的男人）从没去海里洗过澡。在年轻人看来，"过着土耳其式生活"就是落后于时代的代名词："我们过去常常取笑我的父母，我们会说：'受够了土耳其那一套！[1]'"

既是取笑，也是反抗？"嗯，是的，我想这就是我们新一代的人都在寻找的表达方式，一种把自己区分开来的方式，与众不同……独立，"斯特拉若有所思地说道，"但与此同时，你知道的，我们也以积极的方式表现土耳其式生活：比如塞尔玛会弹乌德琴，她跟土耳其老师学的。我们在普林节时穿上绣着金线的漂亮天鹅绒长袍——这也是土耳其式的，因为这是为了在节日里敬献果仁蜜饼和其他美味甜品。"

月复一月，年复一年，这些旧世界遗留的痕迹开始消退，仿

---

[1] 原文为拉迪诺语。

佛大海改变其节奏和形态一样。在斯特拉的记忆中，这种改变与她的祖母和外祖母在 20 世纪 30 年代中期去世的时间一致，尽管事实上，正如变化的一般规律，这种改变从很久以前就已开始。早期建筑被改建或重新利用，传统习俗有所松动，待在自己的地方的自在感——在岛如家的感觉——也开始改变。例如，斯特拉还记得，当德·韦基的车队经过时，她不止一次必须停下手头的事情，立正注视。"与后来发生的事情相比，这只是微不足道的小事，但当时我们没有经历过这种事。"她还说，如果米丽娅姆发现哪个女儿没有按要求行事，使得整个家庭陷入与政府的矛盾中，她就会晕倒，她著名的偏头痛就会发作，或者更糟。斯特拉的哥哥维克托热衷于政治，是一个有共产主义倾向的反法西斯主义者，也是家里最直言不讳的人，甚至连他都说在当前情况下，最好服从权威。斯特拉就这样服从了权威。"我可能有向德·韦基敬礼，"她回忆道，"但我从来没有一刻害怕过他或是其他任何人。至少当时没有。"

- 35 -

德·韦基的影响十分深远，后患无穷。除了对种族法附加各种条款，以及颁布各种被视为相对次要的法令之外——比如将街道名称以著名法西斯分子的名字重新命名（元首大道，阿诺德大道——以贝尼托·墨索里尼的弟弟的名字命名），在德·韦基统治期间，还发生了两件令人特别恐慌的事情。

第一件事情可以说是斯特拉家的私事。作为重建圣卡特琳娜门计划的一部分，德·韦基征用了耶胡达从其父亲那里接手使用的仓库。德·韦基急于实现罗得岛的现代化，常常大范围采用这种手段：他只是将任何与其计划相违背的建筑（公平地说，他的一些前任也是这么干的）简单粗暴地抹去，以达到清理和改善罗得岛的目的，或者说将其恢复到更辉煌的过去的理想化模样。仓库的搬迁让斯特拉的父亲深感不安，他不得不搬到城里更远的地方去。

德·韦基做出的另一个改变则影响了整个犹太社区。为了修建新的公共花园，他下令将犹太人墓地从存在了半个世纪的地方移走。这让斯特拉感受到和见证了一生中最大的悲伤——并非她个人的悲伤，而是她的父母、她的家人和整个犹太社区的悲伤。伴随着宗教仪式，挖掘尸体的工作持续了好几个星期。有些坟墓没有任何标记，因为死者下葬的时候传统历年尚未结束。另有一些坟墓的历史可以追溯到 16 世纪，上面的标记已无法辨认。挖掘工作进行的几个星期，以及接下来的数月，犹太社区都被沉重的氛围所笼罩。从此以后，犹太社区再也不似从前。

"即使在当时，也有人窃窃私语：'这是个不祥之兆。等着瞧吧。'"

"你相信他们说的吗?"我问斯特拉。

她摇了摇头,说道:"但我们应该相信。"

- 36 -

那是我们自己的一小片土地。

斯特拉曾对我说过这样的话,不止一次。

那是我们自己的一小片土地——今天她又加了一句——直到他们将它从我们手中夺走。

他们从斯特拉和岛上其他犹太孩子手里夺走的第一样东西是上学的权利。对于一个把手提箱放在门边,渴望和姐姐费利茜一样优秀的女孩,一个曾经和西尔维娅·罗奇奥争夺金牌,从小就懂得教育的意义,知道教育能将其引向何方,将其变成什么样的人的女孩来说,这条法规——用她的话说——就像一记重拳击中了她。

"1938年秋天,15岁的我正准备上高中一年级,"她向我诉说道,"我等这一天已经等了很多年。这一次的驱逐,在我看来就是失去了一些非常个人的东西。我失去了做人的权利。我甚至不知道自己是否能够谈论这件事。"

斯特拉甚至不知道自己是否能够谈论这件事,但一旦开始诉说，她就很难停下来。她说，费利茜读过很多书，十分热爱历史，经常提起他们的祖先被驱逐出西班牙的故事。他们似乎从来没有忘记这段历史。犹太社区里的家庭都说着不同的语言，拥有各自的美食、迷信、疗愈方法、谚语和歌曲。他们知道，在过去，在那遥远的过去，他们曾被赶出自己的家园、自己的国家、自己的学校。"但现在，我们生活在现代世界，"她的声音越来越高，语速越来越快，"我们在罗得岛生活了500年，在过去25年里我们经受着这些有教养的意大利人的统治，他们给我带来了书籍、时髦的衣服，还带来了歌剧和电影——秀兰·邓波尔[1]！"和她的同学一样，斯特拉是个合格的"小意大利人[2]"，为了和其他学生一起在体育场迎接总督，她乖乖穿着百褶裙和白衬衫，脖子上戴着软绸围巾。他们让学生摆出不同队形，拼出 DUX[3] 和 REX[4] 字样。斯特拉站在 REX 的队伍中。"我站在字母 R 弧线的顶端，我感到十分骄傲。我们像所有天主教孩子那样游行，我们是小法西斯爱国者，然后，突然之间，我们什么都不是了。他们把我们变成了无足轻重的人。"

我静静地聆听，斯特拉尝试着找到一种说法，将这一变化融

---

[1] 秀兰·邓波尔（Shirley Temple），活跃于20世纪30年代的美国著名童星。
[2] 原文为意大利语。
[3] 拉丁语中有元首、领袖之意。
[4] 有国王、君主之意。

入她的年少生活。她描述了她的自卑感，这种感觉在之后的几十年里一直困扰着她。她一度认为这源自母亲的遗传，她的母亲曾经觉得自己在某些方面不如那些富有的亲戚。她还认为这或许与她是家里最年幼的孩子有关，她有那么多充满活力的哥哥姐姐。但她又说，她看见自己穿过小镇走向修女们，浑身充满力量和好奇，雄心勃勃；她在家偷听姐姐们说话，通过听她们说话来提高自己的法语水平；她在海边听男孩们说话，试图理解他们在说些什么，他们是怎么想的，他们有什么感受。"这不是一个自卑的人的行为。现在我明白了，这就是 1938 年在我身上发生的事情。我周围的世界变了，而我没有选择，也无所谓想不想，我就这么跟着变了。"

- 37 -

在这次谈话之后，我参加了米凯莱·萨尔法蒂（Michele Sarfatti）的一系列讲座，他是意大利种族法研究的领军学者。毫不意外，斯特拉也参加了他的讲座。她一如既往地坐得笔直，保持警惕，十分有耐心，但这份耐心又略显紧绷，像猫一样充满警惕。在意大利之家的楼上，就在我第一次见到斯特拉的那个房间里，萨尔法蒂用三个晚上的时间，详细展示了他一生的研究成果：从旧档案和文件中调取的各种数据，用一个个数据、一件件事实，描绘出墨索里尼时期犹太人在意大利或意大利统治下的罗得岛等领土上的生活。

我一边记笔记,一边用眼角的余光看向斯特拉。我想知道80多年后,当她听到自己的经历作为历史记录的一部分被客观重述时,有何感想。

第三天晚上的讲座过半时,萨尔法蒂回顾了1938年及随后几年的情况:

> 1938年秋冬时节,种族法颁布。

> 只在都灵出版的一本杂志上,出现过针对种族法的公开抗议。1938年9月,那不勒斯的街道清洁工发现了一张写着"停止种族主义"的小纸条。仅此而已。

> 所有公共部门开始解雇犹太人,比如军队、公共汽车公司和图书馆。

> 犹太演员和表演者被驱逐出音乐厅、剧院和电影公司。他们的名字从录音文件中被删除。

> 犹太律师、医生和助产士遭到驱逐或被限制工作。

犹太人被禁止当街头小贩、旅馆老板、马戏团演员、文具商和贩卖天主教圣物的小贩。

1938年，马克思兄弟[1]1935年的电影《歌剧院之夜》被禁播。

1938年，学校清除了所有犹太教相关痕迹：教师、学生、犹太作家、参考书中提到的犹太作家，例如斯宾诺莎[2]就不再被提及。马克思、爱因斯坦和弗洛伊德被从教科书中抹去，出版商停止印刷犹太作家的新书，亨利·柏格森[3]等作家的旧作则遭到没收、下架处理。

亨利·柏格森是费利茜最喜欢的作家，一提到他的名字，斯特拉的背变得僵直。从我坐的地方看不到她的脸。

在接下来的星期六，斯特拉向我强调，对她而言，种族法不仅仅是历史书中的一部分，也不仅仅是教授研究的一部分。根据

---

1 马克思兄弟（Marx Brothers），美国喜剧组合，在舞台、银幕和广播上流行了30余年。
2 巴鲁赫·德·斯宾诺莎（Baruch de Spinoza），著名犹太哲学家。
3 亨利·柏格森（Henri Bergson），法国犹太哲学家、作家，曾获诺贝尔文学奖。

种族法，她的父亲被迫将木材和煤炭生意卖给一个新的意大利老板，事实上成为了这个人的雇员。他们的生意越来越差，赚的钱也越来越少。家庭财务状况开始恶化，令人担忧。

她停顿了一下，继续跟我讲在某一年种族法颁布周年纪念日那天，她去给一群小学生做演讲的情形。

"想象一下，如果今天早上有人告诉你，你的父亲再也不能经营自己的生意，而当天下午，你再也不能上学，"她对他们说，"你可能要花一辈子的时间才能明白这对你的自我认知意味着什么，你在生活中应该得到什么。1938年发生在我身上的事情，让我成为今天的我。我把这当成一件针对个人的事。我觉得我和我的家人被当作动物对待——动物不需要工作或学习，不是吗？"

6年后，当斯特拉被送到奥斯威辛集中营时，她至少可以看见敌人："你知道你面对的是什么，你知道你必须做些什么才能生存。你学会了如何为你的生命而战。当我被赶出学校的时候，敌人是看不见的。我要对抗谁呢？我毫无头绪。"

- 38 -

种族法生效后不久的一天，斯特拉去巴尔韦拉书店看看有什么新书，书店就在犹太社区外面，但仍然在城墙之内。但丁·阿利吉耶里协会的图书馆因为新法律而关闭，剥夺了附近所有人看书的权利。现在就只剩下巴尔韦拉书店了。这家书店由店员罗莎·加兰特维持，她是一名非常优秀的女店员[1]，她虽然是犹太人，但暂时还能工作。

斯特拉没有很多钱可以买很多书，但她真的很喜欢看着这些书：《飘》，匈牙利、意大利或法国的最新小说。在书店的这个特别的下午，有一个男人也在浏览这些书，他身材瘦削，沉思不语，年纪较大——大概30岁出头——罗莎·加兰特把他介绍给斯特拉：路易吉·诺费里尼，男子高中（与女校共建，也由意大利人创办，由慈幼会神父（the Padri Salesiani）管理，但并非所有教师都是牧师）的意大利文学教授。诺费里尼问斯特拉，发生了这些事情后，她这时怎么学习。

"没有学习，"斯特拉答道，"就看看书吧。然后就等待。虽然我想要做更多……"

斯特拉和诺费里尼站在一堆书中间聊了一会儿，诺费里尼提出一个建议。他问，他下午教完课后组织一个影子学校怎么样？他，也许还有几个同事，可以偷偷地和有兴趣继续学习的犹太学生见面，这样他们也许可以为了未来保持学业。

他告诉斯特拉，他不想要任何报酬，只想做一件正确的事。

---

1 原文为法语。

诺费里尼教文学，比安奇教授教拉丁语和古希腊语，来自撒丁岛的索特朱教授教哲学，来自犹太社区的年轻人胡格诺已被学校开除，现在他自愿担任数学老师：在接下来的几年里，在这些教授家里开设的这些课程，将替代斯特拉和附近五个男孩的高中学习。

为什么没有其他女孩加入？"我问过她们，但没人想加入。"

一天晚上，第二节课结束后，诺费里尼让斯特拉留下来。"斯特拉，"他对她说，"你有一个非常聪明的大脑，但你必须保证努力学习。不好好使用你的大脑，会是一种遗憾。你必须跟上我们的课程，因为这场战争很快就会结束，所有这些反犹太主义的行为都会消失，到时候你就能去上大学，我相信会有这么一天。你能答应我吗？"

她答应了。

斯特拉几乎一开始就明白，诺费里尼代表着她渴望了解和成为的一切。他热爱文学、历史和音乐。他还是个有天赋的男高音，跟着当地的一位老师学习唱歌。她第一次听的咏叹调来自歌剧《乔康达》和《西部女郎》，就出自诺费里尼的吟唱。直到很久以后，她才有机会观看这些歌剧。

诺费里尼对诗歌见解独到。他更喜欢《神曲》中的《地狱》，而非《天堂》，因为他根本不相信天堂的存在。他的教学大纲中包括丁尼生[1]和拉斯金[2]等外国作家的作品。与特蕾莎修女相呼应，他鼓励她背诵诗歌。

四分之三个世纪过去了，在其位于格林威治村的公寓的客厅里，沐浴在午后阳光中的斯特拉仍然沉浸在那段深刻的回忆中，她用意大利语念出邓南遮[3]的名句：*Non è mai tardi per tentare l'ignoto, non è mai tardi per andare più oltre*，随后又翻译成英语："探索未知永远不会太迟，超越未知永远都不嫌晚。"

- 39 -

种族法的反响回荡在整个犹太社区，以不同的方式触动着不同的人，没有人预料到所有结果，也并非所有结果都可以预料。

"被学校开除的时候，我真的哭了，"斯特拉回忆道，"但最后我们能做什么呢？我是幸运的，或者说顽强的，随你怎么看。我找到了解决办法，至少解决了教育问题，至少暂时如此。不论怎样，我们必须接受新的现实。在我看来，犹太人接受现实的程度取决于他们的适应能力。我不是说接受现实就是好的，但你必

---

1 阿尔弗雷德·丁尼生（Alfredlord Tennyson），英国著名诗人。
2 约翰·拉斯金（John Ruskin），英国作家、艺术家。
3 加布里埃莱·邓南遮（Gabriele D'Annunzio），意大利著名诗人、小说家、剧作家，同时也是法西斯分子。

须继续生活。所以，我们继续生活。"

"可是，你难道没有——怎么说呢——觉得被这些意大利人背叛了吗？你曾经那么热情地接受他们，"我问她，"或者，至少因为他们的所作所为感到受伤害或困扰？"

斯特拉沉思片刻，回应道："你别忘了，我那时才15岁。我不是费利茜，也不是维克托，那个年纪的我对政治并不敏感。我认为我当时就是把我认识的意大利人同意大利政府区分开来，比如教我们的修女和诺费里尼。我认为他们是两种不同的意大利人。个人是一类人，政府是另一回事。我也不相信只有我一个人这么做。"

莱维一家继续生活，即使这意味着她的父亲的终结的开始——他的工作的终结，因为首先，根据种族法，他失去了对自己事业的控制，然后，因为维克托被事态发展激怒，耶胡达不得不安排他前往刚果（事实证明，这个决定代价高昂，却可能挽救生命）。最后，耶胡达的糖尿病也日益严重，他最终无法继续工作。我问斯特拉，种族法是否加剧了他的健康恶化。"你怎么能说两者毫无关系呢？他们颁布种族法，他的生意举步维艰，我们陷入艰难时期——非常艰难的时期。"

过了一会儿她继续道："但我们勉力支撑下来。我们……撑下去了。按照美国的说法是这样。我们有什么选择呢？"

因为勒妮至少完成了第三职业技术（*terza tecnica*）的教育，

相当于为将来从事办公室文员工作而进行的中学教育，而不是大学之前严格的高中教育（费利茜和斯特拉先后接受了这种教育），米丽娅姆鼓励她去找工作，她也真的在圣·彼得罗的律师事务所找到了一份工作。

斯特拉说："我要告诉你一些种族法颁布后发生的事情，你可能预料不到会发生这种事情。我们这些犹太社区的青年，被禁止与意大利人来往，或是去意大利人常去的地方，至少在一段时间内如此，于是我们加强了内部交流。我们的人数越来越少，但作为一个群体，我们变得越来越亲密，不同年龄的人彼此成为朋友，经常在阿尔哈德夫故居的台阶上聚集，深入交流，加深彼此的联系和纽带。"

罗得岛上的事情常常以其独特的方式发展。尽管德·韦基在种族法中加入了严格的附加条款，这些法律最终并没有严格执行。被禁止去电影院的犹太人最终又回到了电影院，被禁止去海滩的犹太人最终也设法溜回了海滩。起初，犹太人去看非犹太医生是违法的，但随着时间的推移，这条规定也被打破——斯特拉用流利的意大利语提醒我，正是她陪着尼索·科恩的父亲去意大利人的医院找多托雷·加利纳医生看的病。

拉比学院关闭了。尽管创办学院的动机十分复杂，但这个特殊机构的关闭还是令人心碎，正如我们无法忽视另外一些事实：当地意大利语报纸《罗得岛信使报》在报道当地生活时，开始毫不掩饰地使用反犹太语言，流露出反犹太情绪（1938年赎罪日前夕，一则报道的标题是"让所有犹太人见鬼去吧[1]"）；或是改变法律禁止犹太人拥有收音机（即使有人不服从）；或是禁止犹太人创业或继续生意，诸如此类，不一而足。

反常的、奇怪的，甚至是残忍的事情不知从何而起：斯特拉的同学埃韦利娜·梅纳谢的父亲约翰——"我们用法语叫他'让'"——曾经是犹太社区的主席，1939年初的一天晚上，他决定为当地法西斯显贵举办一次晚宴。他不仅精心布置了餐桌，还请了一个男管家和几个女仆住到家里，为晚宴服务。这次晚宴给人留下深刻印象，不过，是错误的印象。结果是：几天后他被一位参加晚宴的客人叫去（据说如此），被迫喝下一些蓖麻油（olio di ricino），然后被迫绕着体育场跑了几圈。"你可以想象在那之后发生了什么。"

惩罚结束后的第二天早上，梅纳谢的意大利合伙人把他送上了一架私人飞机。"砰一声，他就被带到了巴黎，很快他全家都跟着去了巴黎，他的妻子、埃韦利娜和另外两个孩子。他们最后去了布宜诺斯艾利斯。"

我问斯特拉，他犯了什么罪。

"我没法准确告诉你他犯了什么罪。他是犹太银行家，生意很成功，生活也很好，雇了一个男管家，在错误的时间邀请了一

---

[1] 原文为意大利语。

些错误的人吃饭。也许，在那个地方，在那个时刻，这就足够了。但这是一个征兆，是我们当时开始注意到的几个征兆之一。"

这种气氛的变化甚至渗透到了秘密学校。一天晚上，在索特朱教授家上课的时候，教授打开窗户，发现窗台的角落里有一个从未见过的金属小东西。他摸了摸那个东西，又拽了拽它，把它拽松了，结果发现是一个传声器。他的家被窃听了。斯特拉解释说："索特朱反对当权者，所以很可能已经被政府盯上。"当时他的妻子跑进来，焦急地询问："我们该怎么办？你应该停止授课？如果我们遇到麻烦怎么办？"

"让他们听，"索特朱教授平静地回答，"也许这些法西斯分子能学到一点哲学知识。也许这能帮助他们开阔眼界……"

种族法其实无意中在某方面还挽救了一些人的生命。种族法中有一项引起极大争议的条款，该条款取消了1919年1月以后来罗得岛（或在欧洲大陆去到意大利）的犹太人的权利。这些"外国人"被要求在1939年3月之前离岛，这意味着大约有500人要被迫转手生意和房屋，收拾财物，举家迁往别处。这些人在丹吉尔[1]、巴勒斯坦、比属刚果[2]、罗得西亚和南美洲落脚，结果他们

---

1 摩洛哥北部港口城市。
2 比利时对刚果进行殖民统治时期对刚果的称呼。

因此没有被驱逐去集中营。

永世流浪的犹太人[1]，不是自己选择，就是被动受命——通常都是被动受命。斯特拉冷冷地说道："虽然如此，有时候，这也是我们的救赎。"

- 40 -

斯特拉是个欠缺爱情经验的年轻女孩，"爱情"却悄悄找上了她。她逐渐意识到——她读过夏洛蒂·勃朗特[2]的书——在老师和学生之间，尤其是年长的男人和年轻女人之间，可能会迸发一种能量，一种活力。在秘密学校的最初几年，斯特拉才十五六岁，她和诺费里尼还只是学生和老师的关系，但等到她十七岁的时候……在她十七岁的一天晚上，他们并排坐在他的书桌前。他们已经完成了当天的授课。斯特拉合上书，诺费里尼把手放在她的手上。只是这样，没有更多动作。"那种战栗又来了，那是我生命中第二次产生这种感觉。随之而来的是一阵寒意。它从头到脚穿过我的身体……"

后来，诺费里尼提出送她到老城的城门口。他住在老城外，

---

[1] 原文为意大利语。
[2] 19世纪英国女作家，代表作有《简·爱》等，作品中有强烈的女性独立意识。

而她当然住在古老的城墙里面。他们一路谈论文学。文学和诗歌，没有谈论在他书桌前发生的事情。他们道别时，他的脸红了。

我问斯特拉是否还记得当时的感受。

"他的年龄无关紧要。毕竟，这是另一个——另一个时期的事情。他从没有越界。我没有觉得自己被占了便宜。他是我的老师，现在他成了我的朋友，比朋友更多一点。"

"比朋友更多一点……"

"不是你想的那样，"她说，"当时不是那样的。"她停顿了一下继续说道："路易吉并不年轻，也不是特别英俊，但他吸引了我。而我似乎也吸引了他。从那以后，一切都感觉不一样了。"

- 41 -

诺费里尼成为了斯特拉的朋友，不仅仅是她的朋友，还融入了她的朋友圈，她也成为他朋友圈的一分子。一天，他对她说："有个人你一定要见见，他是一名律师，也是这里意大利军队的一名中尉。他是我有幸认识的最优秀的人之一。"

诺费里尼是在意大利之圈认识真纳罗·泰肖内的，他是那不勒斯的一名律师，出身于一个杰出的律师家庭。意大利之圈曾经是罗得岛某一阶层人的社交俱乐部，自从1938年犹太人开始遭到驱逐后，现在这里被改造成了军官、专业人士及其家属的聚集地。泰肖内快 30 岁了，比诺费里尼年轻，斯特拉和他认识后，不由得联想到费利茜：他也有点不合时宜，他的本性更适合 19 世纪中叶的生活，而不是 20 世纪初。他对军人（以及律师）的义务和责任的看法比较老派。他总是称呼女性为"夫人"或"小姐"，在很长一段时间里，他甚至称呼她"斯特拉小姐"。相较而言，诺费里尼更平易近人，和他们是同类人。泰肖内还会写浪漫诗歌。他送给斯特拉一本书，并在上面题了字，让人联想到但丁：在我人生之路上，你将永远是一盏明灯[1]。

泰肖内为人正派：业余时间，他曾为当地一个希腊男人无偿辩护并胜诉，这个希腊人被指控反抗意大利政权，这起案件十分引人瞩目。他还是个运动健将，和斯特拉一样擅长游泳，这一点和诺费里尼截然不同。他帮助斯特拉学习自由泳，这种泳姿刚刚传入罗得岛。他还教她如何从跳板（*trampolino*）上顺畅地跳入水中。一天下午，他们超过其他所有游泳者，游到很远的地方。他游到中途停了下来，这时，凉爽的深蓝色大海中只剩下他们两个人。"你觉得我们能一直游到土耳其吗？"他大笑着问道，有些忘乎所以——至少当时斯特拉这么认为。现在，回首往事，她重新审视了泰肖内的这个问题，不知道他的笑是因为激动还是紧张，又或者他其实是在和她一起探讨这个想

---

[1] 原文为意大利语。

法，在问她如果局势变得糟糕，我们能不能游到土耳其，救自己一命？

没过多久，斯特拉意识到他们之间也有很多共鸣（*simpatia*）。

就在那个夏天，她对自己的某些方面有了更多了解：

"那一年，那个夏天，我第一次感受到自由——我可以变得自由。我可以自由地做我想做的事情，不用在乎别人会说：'哦，斯特拉，她跟一个意大利男人上课，跟另一个意大利男人去游泳。'大家的确在议论我，但这些毫无意义，我认为这些议论毫无意义。我觉得我妈妈对此有所帮助。她欢迎路易吉到我们家来。她知道我和真纳罗是朋友，她甚至会在他生病的时候给他送吃的。她理解这些意大利人对我们犹太社区的许多女孩有着强大的吸引力，我现在认为，她的这种理解很现代，真的十分令人惊讶。她思想开明，并且十分信任我。她信任我和这两个意大利男人之间的友谊。"

那年夏天，她的母亲说了一些令斯特拉终生难忘的话。犹太社区有个穷人家的年轻女人和一个意大利士兵出去玩，结果这个女人怀孕了。年轻女人家的所有人都痛心不已，邻居们开始议论纷纷。米丽娅姆本来就反感各种流言蜚语，她说："凡是有女儿的人，都不应该开口议论这种事。"莱维家没人谈论这件事。

- 42 -

一天下午，一个男人从罗通达（La Rotunda）海滩边的一栋房子里朝海滩扔杏子，斯特拉和她的朋友克拉拉·加布里埃尔和米歇尔·梅纳谢正走去海边游泳。克拉拉和米歇尔住在科斯岛[1]，当时过来罗得岛玩。现在回想起来，斯特拉觉得那个男人一定认识两个朋友中的一个，很有可能是米歇尔。谁接住了扔下来的水果？当然是斯特拉。她是三人中最高的。那个男人笑了。斯特拉和她的朋友们也笑了。那个男人从露台走下来，向她们做了自我介绍。

伦佐·罗西年近40岁，是一名成功的商人和企业家，接受过大学教育，爱好书籍、音乐、古董和历史，兴趣广泛。他在妹夫的建议下来到罗得岛。他和妹夫在岛上合租了一栋房子，同时还聘请了一名瑞士建筑师在特利安达村（Trianda）附近为他建造一座漂亮的别墅。他还在特利安达种植葡萄——葡萄酒只是他的众多产业之一（他的葡萄酒厂CAIR至今仍在生产葡萄酒）。没过多久，他和斯特拉成了朋友，而且是好朋友。

第三个年长的意大利男人？

---

1 佐泽卡尼索斯群岛中的第二大岛，仅次于罗得岛。

"你还是不了解我，迈克尔，"她对我说，"我不按常理出牌。我对所有友谊都持开放态度，无论是和男人还是和女人，还是和不同背景或年龄的人。你不需要和你感兴趣的每个人上床，当然你也并没有这么做，我并不是刻意如此。我就是这样的人，这就是我的生活方式。"

不久之后，斯特拉介绍罗西认识了诺费里尼和泰肖内，罗西经常邀请他们所有人星期天去他的新别墅享用午餐，同时受邀的还有为他工作的圣·彼得罗姐妹，以及其他活泼好动的年轻人和不那么年轻的人。他雇了一个会做饭的希腊女人伊万杰琳。斯特拉19岁生日的时候，他给她买了一辆蓝色的（bluette）比安奇自行车。这件礼物有点出乎她的意料，但她还是接受了，因为这是一件实用的礼物，适合他们的生活环境，有了自行车，出入犹太社区就更方便。

后来，斯特拉发现罗西虽然继续管理自己的企业，但其所有权已经正式转移到他信奉天主教的妹夫名下，她才意识到罗西是犹太人。"我们完全不知道。无论怎样，他看起来绝对就是意大利人。他从没去过犹太社区的教堂，他不关心这些事。但他似乎来自托斯卡纳[1]的一个古老的犹太家族。"

他想给自己找个妻子吗？我问斯特拉。而她或许是候选人？

---

[1] 托斯卡纳（Tuscany），意大利中部的一个大区。

"也许，我是，"她闪烁其词，"也许，我不是。"

她的眼睛闪闪发光。我觉得这背后有一个故事，但我现在已经学会耐心等待。

"我喜欢罗西的谈吐和修养，"她补充道，"我喜欢在他的午餐会上被当作一个完全成熟的成年人来对待——当然，我也努力做到成人样！他对我们的秘密学校以及诺费里尼和其他教授为我们做的事情很感兴趣。现在我想知道，身为犹太人，他是否设想过如果他处于我们的境地，他会怎么做。他的兴趣爱好和好奇心非常吸引人。对我而言，他的整个思考和生活方式是我梦寐以求的生活体验。"

- 43 -

斯特拉曾谈到在种族法实施后的几年里适应新现实的情况。但对于同一经历，她后来又以另一种态度给出了截然不同的看法。前后两种态度可能都是真实的，或者说在不同时期都是真实的。

不同看法：

"坦白说，种族法塑造了我。我已经告诉过你，被学校开除是最大的耻辱。这段经历造就了我，你也可以说是畸形的我。"

她继续解释说，直到今天，她仍然觉得自己不如她认识的大多数人。即使在工作的时候，她也要努力坚持自己的主张，维护自己的权利。她帮别人赚了钱,但在很长一段时间里,她自己可以说一事无成。她没能实现自己的心愿、计划和抱负。

这一模式不断重复。她上过吉他课,但到第三节课的时候,由于没能掌握这门乐器,她放弃了。她上过英语修辞课,但只上了不到一个月。她报名参加了哥伦比亚大学的创意写作班。教授读了她的第一份作业——她的生活写真,然后夸奖道:"斯特拉,你有很棒的想法,你必须扩展它们,我会帮助你。"而斯特拉的反应是确认自己不是当作家的料。她太缺乏耐心,无法克服困难继续行动或是完成令人恼火的项目。她希望所有事情都能一蹴而就。后来,她又去纽约大学学习心理学。"我一直坚持到考试的时候,突然我就慌了。"

说到考试这个词的时候,我注意到斯特拉的脸色都变了,她的表情变得很僵硬,看起来很痛苦。而她也注意到我注意到她的变化。

"发生了一些事情,和我的教育状况有关……"

她停顿了一会儿。她看了看右边的书墙,又看了看挂在一面墙上的母亲的照片,然后看向房间的另一头,那里有更多书。

"教我们的教授们——诺费里尼、索特朱和比安奇——他们发现,虽然我们被禁止上学,但我们仍然有资格参加中学毕业大考。"这是允许他们上大学的考试。"于是我们同意了他们的建议。我同意了。怎么说呢,我有认真学习。我了解考试内容,我知道答案。我做好了准备。相信我,我真的做好了准备。"

考试在男校（scuola maschile）举行，考官是男校的牧师老师们。斯特拉走进考室，这是她两年来第一次走进教室，她看到考官们在一张桌子后面一字排开，看着她，等着她，她突然脚步踉跄。更糟的是：她失去了理智。"我彻底僵住了，仿佛做了一个噩梦，你想张开嘴尖叫，却发不出声音。"

她完全清醒，却发不出声音。发不出一个音节、一个短语。她了解考试内容，但她不能参加考试。她不能开始考试。

斯特拉向我描述完那天的情形时，她的脸上并没有显露出太多不安，而是完全没有表情。遥远的冻结。

"在后来的生活中，每当我想到那个时刻，那个场景，就会把它想象成西班牙宗教裁判所——我自己的小西班牙宗教裁判所，"她继续说道，"只有我要负责任。在我的余生中，这次的失败如影随形，一直困扰着我。哪怕我到了美国，住在纽约，过着幸福的生活，我也知道我是个失败者。我渐渐明白，那是因为——或者我渐渐相信，或是告诉我自己，部分原因是——那天我不能开口，不能说出脑子里的所有答案。"

但她的考试经历不是在一个特殊的背景下，在她无法控制的情况下发生的吗？人生的失败：这是不是有点……以偏概全，或太绝对了？

当我问斯特拉这个问题时，她沉思了一会儿，然后说："对我来说不是。"

- 44 -

随着1940年6月意大利加入第二次世界大战的轴心国阵营，随着欧洲大陆难民的涌入，一批人下定决心，无论如何都要去巴勒斯坦。实际上，在佐泽卡尼索斯群岛水域航行的移民船的数量远远超过斯特拉的想象，在两艘令人难忘的船出现后，斯特拉开始明白这些人是谁，他们要去哪里。这两艘船给她和整个犹太社区的人都留下了深刻印象。

第一艘船是"边缘号"，和许多同类船只一样，当它从黑海的康斯坦察港出发时，悬挂着巴拿马国旗，载着来自捷克斯洛伐克[1]、奥地利、匈牙利和罗马尼亚的600名犹太人。这艘船于1939年6月抵达罗得岛，然后又搭载了200名乘客——其中许多是居住在岛上的"外国"犹太人，即1919年1月之后到达罗得岛且须在1939年春天之前离岛的犹太人。然而重新启航后不久，7月3日，"边缘号"在锡米岛[2]附近起火，在德·韦基的命令下，意大利海军成功救出所有814名乘客和13名船员，他们被带回罗得岛，安置在足球场的临时营地里，并由犹太社区

---

[1] 1918年10月28日至1992年12月31日存在于中欧的一个共和国，后分裂为捷克和斯洛伐克两个国家。
[2] 锡米岛（Symi），希腊南斯波拉泽斯群岛中的一个岛屿，位于罗得岛北部。

的部分居民照顾其饮食起居，等待8月13日再次启程前往巴勒斯坦。

斯特拉家楼上的邻居丽贝卡·莱昂并没有被要求离开罗得岛，但却主动选择离开。斯特拉问她为何这么做时，她说自己是一名犹太复国主义者，她在巴勒斯坦看到了未来，而不是罗得岛。

丽贝卡并非她那一代人中唯一的犹太复国主义者，她可能比斯特拉早了半个世代。"当时有各种会议，各种对话，有犹太复国主义者和修正主义者的辩论——你会听到雅博廷斯基[1]、特伦佩尔多[2]和魏茨曼[3]的名字被热烈讨论，尤其是被年轻人讨论——但并不是每个人都能搭上船离开，甚至并不是每个人都在谈论搭船离开。更多年轻人去了比属刚果、罗得西亚和美国。"说到这儿她停顿了一下，然后继续道："你必须记住，我是家里最小的孩子。我不可能去任何地方。"

比"边缘号"更引人注目的是"彭乔号"极富戏剧性的荒诞旅程。"彭乔号"是多瑙河上的一艘轮船，1940年5月，它悬挂着保加利亚国旗，搭载着500多名希望到达巴勒斯坦的乘客，从

---

[1] 弗拉基米尔·雅博廷斯基（Vladimir Jabotinsky），犹太复国主义领导人，领导了激进的犹太复国主义修正主义运动。
[2] 约瑟夫·特伦佩尔多（Joseph Trumpeldor），犹太复国主义先驱。
[3] 哈伊姆·魏茨曼（Chaim Weizmann），犹太复国主义政治家，以色列第一任总统。

布拉迪斯拉发[1]出发。这艘内河船本就不适合海上航行，在多布拉河（Dobra）上耽搁了6个星期后，它终于在9月成功驶入黑海。它经受住了暴风雨、狂风和英国人的考验，当时英国人试图阻止犹太人移居圣地巴勒斯坦。不仅如此，它还成功穿越博斯普鲁斯海峡、达达尼尔海峡，驶入爱琴海，及时到达比雷埃夫斯，让满怀希望的乘客们赶得上庆祝犹太新年。

"彭乔号"随后又向东驶去，经过斯坦帕里亚岛（Stampalia）时，一艘意大利拖船将其领出意大利水域。过了几天，10月9日这天，"彭乔号"的锅炉发生爆炸，船在卡米拉尼斯（Kamilanisi）这座两英里长的荒芜小岛上搁浅，总的来说，乘客很快在那里下船，尽可能地抢救食物、补给和其他物品，然后眼睁睁看着船下沉，只留下一张破碎的红毯——一名乘客如此描述。约翰·比尔曼[2]在其生动再现"彭乔号"经历的作品《奥德赛》中称这张红毯是大量臭虫尸体，它们在这些乘客荒诞的旅程中一直折磨着他们。

一艘英国船发现了被困的"彭乔号"，并向国际红十字会报告情况。没过多久，德·韦基就接到墨索里尼的参谋长彼得罗·巴多格里奥的命令，再进行一次救援——没人希望600名平民死在意大利的领土上。而德·韦基的管辖范围勉强可将卡米拉

---

[1] 现斯洛伐克共和国首都。
[2] 约翰·比尔曼（John Bierman），英国知名记者、编辑、作家、纪录片制作人和历史学家，于2006年去世。

尼斯包含在内。再一次，相当于一个村庄人口的欧洲犹太人被带到足球场。他们最终被安置在空军营房里，由犹太社区居民、犹太救济组织和当地政府提供食物（在资源紧缺时期，伙食也很紧张），德·韦基对此十分不满。在给上级的电报中，他请求他们尽快将其从这些难民手中解救出来，他说这些难民给罗得岛带来很大负担。他还与相关政府（德国和斯洛伐克）进行接触，要求他们派人接走各自的公民。虽然奉命救了这些犹太人，现在他却试图将其送回他们已经逃离的危险之地。

幸运的是，这些国家都没有兴趣接回自己的公民，这些犹太人在罗得岛生活了一年多，实际上处于一种监禁状态，没有工作，缺衣少食，不能接受教育，孩子没有玩具，更糟的是，他们对自己的命运一无所知。

斯特拉与"彭乔号"有一段难忘的缘分。她不知怎么得知乘客中有位医术高超的眼科医生，于是决定去看看他是否能检查一下她父亲的眼睛，她的父亲正因糖尿病而逐渐失明。

对于一个年轻女孩，能在如此意外的情况下，如此成熟冷静地想出这种可能解决其父亲健康问题的办法，我表示十分钦佩，斯特拉只是耸耸肩回应说："我就是这种人。我总是在寻找各种想法，尝试各种新事物。我爱我的父亲。我愿意做任何事来帮助他。"

那位医生说法语，斯特拉很容易向他表达自己的诉求。他得到许可来到犹太社区，为耶胡达做了检查。"我不得不遗憾地告诉你，"他说，"随着时间的推移，你的父亲肯定要失明。我无能为力。"

这不是一个容易接受的消息，但斯特拉认为知道总比不知道好。

为了表示感谢，她邀请医生的妻子到土耳其浴室泡了一下午澡。这个女人说一口流利的法语，看起来时髦又老成。泡澡时，她毫不犹豫地脱下所有衣服，赤身裸体地站在那些素未谋面的女人面前。泡完澡后，斯特拉陪她回到了足球场。

1942年1月，这些乘客被转移到意大利卡拉布里亚大区的费拉蒙蒂（Ferramonti）拘留营，他们的命运变得清晰起来。"他们走的时候我们都哭了，"斯特拉回忆道，"我们觉得他们正在走向不确定的恐怖未来。"恰恰相反，他们与拘留营的其他外国犹太人和外敌一起一直待在拘留营，直到1943年9月被同盟国军队解放。

- 45 -

罗得岛上有两处中心海滩，罗通达海滩是其中更优质的一处。第二年夏天的一天下午，斯特拉站在罗通达海滩上的一个跳板底下排队，那里似乎暂时没有人在意犹太人又开始游泳了。斯特拉前面是一个她不认识的男人，这个男人皮肤黝黑，气质吸引人，但看上去不像意大利人。斯特拉不知道他来自哪里，直到他开口说话，她才意识到他不仅不是意大利人，而且他既不会说也听不懂意大利语。她很快弄清楚他来自维也纳，而且会说法语。

这个男人告诉斯特拉自己为乌尔里希·克勒曼将军做事，这位德国军官刚刚被派往罗得岛。

斯特拉当时就对他说："我是犹太人。"[1]

他耸耸肩回应道："这没什么。"[2]

那年夏天，她在海滩上碰到这个男人好几次，每次他看见她，都友好地朝她点点头。有一次，他们甚至一起去游泳，仿佛两个普通人在正常的时间正常的地点见面一样。

没过多久，斯特拉参加了在朋友斯特拉·西迪斯家花园举行的生日聚会，西迪斯家不在犹太社区里面。晚饭后，女孩们像往常一样，效仿她们的母亲，在院子里围成一圈，开始唱歌。只是她们不再唱古老的拉迪诺语歌曲（kanzones），而是唱在海滩的舞台边或唱片上听到的现代歌曲。那年夏天她们最喜欢的歌是《你

---

[1] 原文为法语。
[2] 原文为法语。

会回来》：

> 你会回到我身边
> 你是我心中唯一的梦
> 你会回来
> 离开你柔情的吻
> 我活不下去[1]

她们还没唱完，就发现自己多了一些听众：一群男人一个接一个地从隔壁房子的阳台走出来，手里拿着餐后酒和雪茄，从阳台可以俯瞰西迪斯家的花园。这群男人中就有斯特拉在海滩上认识的那个男人，还有他的上司，斯特拉自然而然地认为那就是克勒曼将军本人。

将军倾身靠近斯特拉在海滩认识的那个男人，后者正在翻译克勒曼的话：他不知道女孩们是否也知道这首歌的法语版本，因为这首歌在法语中也非常流行。

斯特拉回答说她们当然知道。

她们愿意唱法语版吗？

为什么不呢？——

---

[1] 原文为意大利语。

我等待着你

日日夜夜等待

我将永远等待

你回来[1]

这时德国军官们跟着唱起来——

无论你在何方（无论你在何方）

我就在这里

无论你还亲吻了谁（无论你还亲吻了谁）

哦，我都原谅你

你走吧（你走吧）

让我解脱

回来吧——别让我等太久[2]

一曲唱罢，掌声四起。克勒曼微笑着向女孩们道谢，然后走进屋里。

---

1 原文为法语。
2 原文为德语。

- 46 -

在这位热爱音乐、态度友好的将军的指挥下，这些受其邀请唱歌的年轻女孩们将会被驱逐到奥斯威辛集中营。多年来，斯特拉给我讲了好几次这个故事，不难理解其中缘由。然而真实情况是，她将记忆中的两个不相关的聚会混淆了：斯特拉·西迪斯的生日聚会（1943年4月11日）和年轻女孩们为德国人唱歌的那个晚上（大约是克勒曼上任那一年5月的某一天，很可能是1944年4月逾越节爆炸事件发生的时候）。这种记忆的混淆并没那么有趣，但在前一次的聚会上发生的事情肯定很有趣。

2011年，学者马尔科·克莱门蒂（Marco Clementi）和罗得岛国家档案馆负责人埃里尼·托里乌（Eirini Toliou）得知，当地警察局存放了成百上千份近70年的旧文件，这些旧文件一直无人整理，警察局即将扔掉它们，以便腾出空间。这两位学者被告知须立即来处理这些文件，否则将永远失去它们。得知消息后，他们立即动身赶到罗得岛警察局，结果发现了政府宝藏：这些旧文件总共有9万多页纸，记载了意大利人对该岛的统治，最早的文件可以追溯至1912年。在这些文件中，有一份匿名告密者的报告，这个告密者很可能是个意大利人，他（或她）受邀参加了斯特拉·西迪斯的生日聚会，他（或她）一定是西迪斯的朋友或朋友的朋友，随后他（或她）将其发现交给了当时的罗得岛总督。"(1943年)4月11日星期天下午"，报告这样开头：

> 犹太公民斯特拉·西迪斯于1919年4月14日在罗得岛出生，是贝霍尔·哈森和丽贝卡·哈森的女儿，尚未结婚，现受雇于"商业"公司，她在维克托·伊曼纽尔三世大街9号举办了一场生日聚会。

告密者接着列出了宾客名单。许多意大利士兵在场，包括一个叫塞尔维齐的人，据查此人是真纳罗·泰肖内身边的一名中尉，真纳罗刚打赢了一场为一名反抗意大利政府的希腊人辩护的官司，意大利政府因此不怎么待见这位律师。除此之外还有几名年轻女士，她们被一一列出：比切·桑彼得罗、科恩·维多利亚、诺特利卡·萨拉、斯特拉·莱维和雷娜塔·莱维姐妹、西尔维娅·阿尔哈德夫和索菲娅·阿尔哈德夫姐妹、诺特利卡·拉凯莱、西娅隆·卢西亚和娅露希·帕拉舍维。告密者指出，除了信奉天主教的桑彼得罗和信奉东正教的娅露希，其他人都是犹太人。

> 西迪斯给客人准备了曲奇饼干、芝麻饼干、糖果和苦艾酒。聚会上用留声机播放了几张唱片，大家一边跳舞一边听收音机。

没有国家机密泄露,没有隐情揭露,没有犯罪,没有违规行为(种族法颁布后,犹太人禁止拥有收音机,甚至是那台收音机也被仔细鉴别过,认定属于斯特拉·西迪斯的天主教徒姐夫埃内斯托·利奇特里)。表面上看,这份报告平淡无奇。令人惊讶的是它的存在本身,以及这一页纸只是数千页档案中的一页,现在看来,那些不含恶意的细节记录(芝麻饼干、留声机)证明了法西斯政府在遥远的罗得岛建立的监视机构,可能特别关注犹太社区中与意大利士兵有来往的年轻女性,这一行为是如此荒谬,令人痛心疾首。

斯特拉和她的朋友们过着自己的生活,丝毫没有意识到他们最寻常的相遇、活动和谈话都遭到监控和窃听(索特朱),并被保存和分享。(监视并不局限于犹太人,政府感兴趣的希腊公民受到相同待遇。)事实证明,更为严重的问题是,不仅仅是他们,犹太社区每一个居民的身份其实都已被调查得一清二楚,并被记录在案,这种官僚主义尽职尽责的行为,将在第二年7月给他们的生活造成不可挽回的后果。

- 47 -

我问了斯特拉一个问题——一个相同问题的不同版本——我们快要谈到导致被驱逐的事件时,我问过斯特拉五六次这个问题:

在罗得岛，他们对战争知道些什么？他们如何理解战争？更具体而言：关于欧洲犹太人的遭遇，他们知道些什么？他们如何理解？

我总是得到不同版本的相同答案：

战争发生在遥远的欧洲。

或是：

可怕的事情正发生在犹太人身上，但这似乎是另一个世界正在发生的事情。

或是：

一场悲剧降临在阿什肯纳兹犹太人[1]身上，但谁又关心过生活在遥远的罗得岛上的我们，哪怕是为我们操点心？

或是：

即使他们把5万犹太人从萨洛尼卡[2]驱逐出去，也没人告诉我们。或是有人对我们隐瞒了这个消息。我们没有在英国广播公司（BBC）的节目上听到相关讨论。

有一次她对我说：

也许我们不想知道。不能让自己知道。

她只这么说过一次。

---

1 阿什肯纳兹犹太人（Ashkenazi），源于中世纪德国莱茵河一带的犹太人后裔，阿什肯纳兹在希伯来语中指德国。
2 萨洛尼卡（Salonika），希腊第二大城市，北方工业重镇。

我阅读了相关资料。

我了解到，早在 1934 年，伊斯拉埃尔·科恩[1]的一篇文章《德国的犹太人》就在犹太社区流传。在这篇文章中，科恩颇有先见之明，准确地将对德国犹太人的迫害描述为一场悲剧，其范围和意义之大，使其足以自成一类。他表示，这场悲剧与其他所有现代政治运动的区别在于其种族仇恨性质。他宣称这代表着中世纪野蛮的回归。

在超过 16 页的文章里，科恩分析了德国对犹太人的仇恨的兴起、起源、想法、表现和传染力。

我把这些说给斯特拉听时，她表示："我们知道。"

我了解到，在 20 世纪 30 年代中期，罗得岛上就有过抗议德国行为，参加者以年轻人居多。

"是有过。"斯特拉表示肯定。

我了解到曾有一位拉比建议抵制德国商品。

"他的确说过。"斯特拉回应。

然后她提醒我："记住，大家都担心德国。但罗得岛不是德国。"

我整理并回顾了斯特拉之前告诉过我的关于这一时期岛上生活的一些事情，大约从 1938 年秋天种族法颁布开始，到 1940 年

---

[1] 伊斯拉埃尔·科恩（Israel Cohen），犹太复国主义领袖，作家和记者。

6月意大利参加第二次世界大战，然后几乎一直延续到1943年7月墨索里尼倒台。

她告诉过我，他们会听广播，即使在禁止听广播的情况下，他们也能通过BBC伦敦电台（*Radio Londra*）追踪战争进程。"但没人在广播里提集中营，"她清楚表示，"从没提过。"

她告诉我，在1938年和1939年，甚至是更早的时候，罗得岛上的梅纳谢、诺特利卡、阿尔哈德夫等富有家庭的人就看出了某些迹象，他们中的许多人当时都不住在犹太社区，他们知道是时候该离开了，于是搬去巴黎、丹吉尔、埃及和其他地方。

她还告诉我，在她自己家里，塞尔玛（她的许多朋友都是狂热的犹太复国主义者）结婚并前往美国让人如释重负，她在那里不会有任何政治麻烦，陷入危险境地。

她告诉过我，费利茜从报纸上看到，她的偶像之一弗洛伊德于1938年离开维也纳前往伦敦。那时费利茜就知道——他们都知道，如果弗洛伊德离开了他心爱的家，就意味着在欧洲其他地方，犹太人的生活都已很危险，非常危险，而不仅限于德国。

她还告诉我，维克托是家里最有政治意识的人，他发现意大利人和德国人走得越来越近，令人不安。她告诉我，当勒妮和斯特拉像所有其他学生一样参加法西斯游行时，他表现得十分愤怒。她还补充说，他现在也讨厌殖民主义，讨厌女孩们放学回家唱《小黑脸》：

> 小黑脸，美丽的阿比西尼亚[1]姑娘
>
> 等待和希望的时间已经到来
>
> 当我们靠近你时
>
> 会带给你另一种法律和另一位国王[2]

这支进行曲是为第二次意大利-埃塞俄比亚战争而作，讲述了意大利士兵如何将一个美丽的阿比西尼亚女孩从奴役中解放出来，给予她更美好的生活，这首歌让维克托愤怒不已。

出于政治和经济两方面的原因，维克托也离开了罗得岛（过了这么久，斯特拉指出，讽刺的是，他去了另一个殖民地）。费利茜也走了，因为显而易见，她在罗得岛的生活没有希望。不过，家里的其他人没有离开，但他们并非没有为此努力。耶胡达长姐拉谢尔·哈森的儿子，也就是他的外甥乔·哈森曾主动提出支付他们去美国的旅费，就像当初耶胡达为他提供旅费一样，但美国人不给他们签证，因为即使他们家只剩下四个人，人也还是太多了。

莱维夫妇之所以想要离开，主要出于经济上的考虑，也因为他们觉得未来变得不确定，而不是因为他们对未来有什么具体的预知，他们对此一无所知。他们生活的社区里近1650名其他犹

---

1 当代埃塞俄比亚联邦民主共和国和厄立特里亚的前身为埃塞俄比亚帝国，又称阿比西尼亚。
2 原文为意大利语。

太人中的大多数也对未来毫无所知。从理论上来说，在被驱逐出境前几天还有机会离开的时候，如果大家知道接下来会发生什么，谁还会留下来呢？斯特拉说："没有哪个正常人会这么做。"

我提到"边缘号"和"彭乔号"，一船又一船犹太人为了逃离欧洲大陆来到罗得岛。以"彭乔号"为例，这艘船在罗得岛停留了一年多，船上的人和罗得岛上的人多有互动，尤其是和斯特拉及其家人（眼科医生和他的妻子），他们从来没有谈论过他们逃离的地方，以及为什么要逃离吗？斯特拉答道："我们知道他们为什么离开自己的国家，我们觉得没有必要问一些试探性的问题进一步惹恼他们。再说一次，事情就在那里发生，离我们很远，离我们的世界很远。事情发生在那些犹太人身上，没有发生在我们这些犹太人身上。别忘了，早在纳粹开始实施'最终方案'之前，'彭乔号'就离开了欧洲大陆。"

尽管如此：那些迹象、报告、预兆、担忧和报纸文章，虽然都不是决定性的，却也不是不易察觉的。你明白了什么？变成了你为什么不明白？我温和地提问。我试图回顾过去，看看乃至在被剥夺公民权之后，在听到关于德国反犹太主义（以及更频繁地面对意大利的类似行为时）的报道之后，在那些明显见多识广的富有家庭纷纷离开之后，这个世界在他们眼中是什么模样，他们有何感受。

斯特拉平静地回答："迈克尔，你是在从一个已知的角度回顾过去。你必须记住一点，我们当时一无所知。甚至当我们登上带我们离开罗得岛的船的时候，想的还是，哦，我们要去另一个岛了。我们要去劳动营了。这一切都是暂时的。我们会回来的，我们当然会回来。"

- 48 -

1943年7月25日，墨索里尼被推翻，彼得罗·巴多格里奥元帅领导成立临时政府。墨索里尼的画像很快就从当地政府办公室移走，但岛上接下来好几个月的生活——当然就像斯特拉所经历的一样——感觉没有变化，没有受到任何影响。他们还是一如既往地远离行动中心。

1943年9月8日，意大利宣布与同盟国停战。三天后，罗得岛落入德国人之手。

怎么会这样？

回想一下过去也许会有所帮助。1939年5月，德意两国签署《钢铁盟约》，两国建立起军事和政治联盟，这一联盟关系一直持续到墨索里尼下台。墨索里尼下台仅两个月后，同盟国军队在意大利南部的萨莱诺（Salerno）登陆，意在将德国人赶出意大利。与此同时，德国人准备入侵意大利。德国人说到做到，他们于1943年9月占领罗马，同月又取得了遥远的罗得岛的控制权。

在讲述最终毁灭罗得岛犹太社区的这三天的故事时，每一位历史学家都强调不同的角色的责任、不同的转折点或信息——或错误信息。在斯特拉的表妹埃丝特·芬茨·梅纳塞看来，时任罗得岛总督的一战老兵、海军上将伊尼戈·坎皮奥尼（Inigo Campioni）过于尊重和信任其新晋盟友和对手乌尔里希·克勒曼。纳撒·沙哈尔指出这是事实，尽管坎皮奥尼收到了一封来自罗马的电报，敦促其瓦解德国人解除"人数上占优势，但战斗力不足"的意大利军队武装的企图。（据说1943年秋天驻扎在岛上的意大利军队多达35000人，而德军只有大约10000人，不过后者的装备更精良。）梅纳塞详细描述了坎皮奥尼和克勒曼的会面，称两人达成君子协议，将保持各自军队的独立状态："我找到了一个战友[1]"——据说克勒曼离开城堡时说了这么一句话。只是在这之后不久，他就命令手下按照精心筹划已久的计划袭击意大利人。（按照马尔科·克莱门蒂的说法，另有在制定中的计划，按计划英国军队有可能对罗得岛采取行动，首先是在1940年—1941年计划了一次，然后是在1943年，两次计划都遭到美国人的抵制，因为他们认为这座岛的重要性微乎其微，不值得为之烦恼。）

德国人继续向前推进，意大利人激烈而短暂地抵抗了三天，双方各有死伤（最可靠的数字显示，德军损失91人，意军死亡

---

[1] 原文为德语。

125人)。意大利人本应获胜，但在9月11日上午11点，坎皮奥尼宣布投降，随之交出意大利对罗得岛22年的部分统治权，继而是全部统治权。

犹太社区的居民对这一切，或者说其中任何一点，又有什么感受呢？

"我们有两种截然不同的感受，"斯特拉告诉我，"特别是后来，当我们更清楚地了解到发生了什么事时，我们为意大利人的失败感到耻辱和愤怒，他们的人数更多啊。他们有武器，虽然不够精良，他们没做太多抵抗就放弃了。不过，最初几天里，我们的确吓坏了。宵禁时间一到，我们就把自己锁在家里。每天大约6点左右，商店就被勒令关门。没有一个人会走出家门。有一次，我们听到特别的脚步声，有一名德国士兵走过来，我的母亲说我们应该考虑从楼上的阳台逃走。最后我们发现，这名德国士兵是来犹太社区参观的。"

但随后，奇怪的是，再也没发生什么事，似乎再也没发生什么事。德国人忙得不可开交，他们把罗得岛交给意大利官员管理。商店重新开业。人们继续去海滩玩耍。总之，生活又恢复过来，虽然这是一种不太一样的、更安静的、更压抑的生活。人们不再整天敞开家门，也不再隔着院子打招呼或唱歌。晚上，米丽娅姆会在门口焦急地等待女孩们，希望她们赶在宵禁前回家。曾经吵吵嚷嚷的、喧闹的、生机勃勃的犹太社区现在安静下来，处于不安的戒备状态。

-49-

当坎皮奥尼把罗得岛控制权让给德国人的消息传来时，斯特拉的朋友伦佐·罗西正在贝纳塔尔家吃午餐。贝纳塔尔一家是犹太人，住在马拉什。贝纳塔尔家离宪兵队很近，所以离圣乔瓦尼教堂和港口也不远。罗西对主人的款待表示感谢后，就说自己要走了。向来彬彬有礼的他突然就从餐桌旁站起来，径直走了出去。他平静而决然地走过教堂，来到港口，那里有许多希腊水手正准备用他们的帆船把人运送到土耳其，他们已经听说德国人占领了这座岛。罗西先后询问了一两个希腊水手，从钱包里掏出所有钱，换取了其中一艘船上的位置。

他不是那天唯一一个离开或试图离开罗得岛的意大利公民。梅纳谢称，从史密斯山的山顶上，德国人看到一艘载满意大利军官的大船驶离港口。船上的军官也想逃去土耳其，他们都脱下了制服，试图冒充普通公民。德国人下令击沉的第一艘船上还有几个年轻犹太男人。船上的人并没有全部死去。有些人游回了罗得岛，还有一些人则被一艘较小的船带到了土耳其。

罗西成功地乘坐另一艘船离开。他再也没有回到他的别墅，德国人很快就征用了他的别墅。他的衣服、书籍、收集的古币都没带走。伊万杰琳继续留下来做家务，至少暂时如此。

那艘船把罗西带到了土耳其，在那里，英国律师帮助他到达了埃及的亚历山大城。他最终从那里前往瑞士，他在瑞士有商业合作伙伴和朋友，还在那里的银行开了账户。

我问斯特拉这样的消息是如何传回犹太社区的，是有报纸报道，还是大家口口相传，还是……她告诉我，街头巷尾自生传言。就像他们知道他是犹太人一样。什么事刚一发生或曝光，大家就都知道了。

二战后，斯特拉想找罗西。在佛罗伦萨，她找到了他的妹妹，后者告诉她，他得了重病，正在瑞士休养。后来，斯特拉在纽约的时候，他给她写了一封信。他提出设法再见一面的想法，但为时已晚。"我告诉他，我不回意大利了，不会回去生活了。也许很长一段时间都不会再回去看一眼。"

我问斯特拉怎么看待罗西从午餐桌径直走上船，即时开始流亡？这不会影响任何人的想法吗？

"我现在都还不能确定，我想，当时我们都觉得这跟生意有关吧。他是犹太人，又有钱，留下来对他来说太冒险，不确定性太大了。"她停顿了一下，继续说道："显然，现在当我告诉你这个故事的时候，当我听到自己向你讲述这个故事的时候，我听出了话外之音，但当时我们没有像他那样预见到德国人接管的后果。"

斯特拉回忆说，至少一开始，德国人似乎对犹太人表现得毫无兴趣。宵禁仍然有效，但整个岛都是如此。犹太教堂仍然开放。他们没有制定任何法令来扩大1938年的种族法。他们没有强迫他们戴六芒星标志[1]。他们没有骚扰犹太社区的居民。在意大利市政管理的帮助下（他们继续管理这座岛，德国人只是取得军事上的控制权），这些罗得岛的新统治者正忙着把任何反抗他们的意大利士兵送进战俘营，同时针对占岛之后盟军可能发动的袭击做准备。他们忙得不可开交。

"这是我们的新现实，我们只是生活在其中。我们脑子里有很多与命运无关的事情，比如寻找食物，吃的东西越来越少。我还要操心父亲的健康问题。不管怎么说，眼下犹太社区的生活多少又回到了从前的状态。"

- *50* -

我是犹太人。

这没什么。[2]

---

[1] 二战期间，纳粹强迫犹太人佩戴黄色六芒星标志。六芒星即所罗门封印，是犹太教和犹太文化的标志。
[2] 原文为法语。

因为斯特拉认识克勒曼的工作人员，因为那天晚上聚会上（后来的第二次聚会）的年轻女孩们为所有男人唱了歌，所以在德国人占领罗得岛后，发生了一件令人十分震惊的事情——也令我大吃一惊：斯特拉在几个朋友的陪伴下去见了克勒曼本人，请求帮助。

"你，一个年轻的犹太女孩，去见掌控罗得岛的纳粹军官克勒曼，请求帮助？"

她平静地点点头。

"和你的犹太朋友们一起？"

她又点了点头。

"你凭什么认为这么做是安全的？"

"我们没想过安不安全。我们就这么去了。"

斯特拉继续告诉我，她和那个维也纳男人后来又在罗通达海滩遇见过，她还在西迪斯家的第二次聚会上见到了他。那天晚上，斯特拉也一起唱了歌。斯特拉·西迪斯的姐姐维多利亚爱上了意大利士兵埃内斯托·利奇特里（年轻女孩们在第一次聚会上听的收音机就是他的），并嫁给了他。和德国人控制罗得岛后继续留在岛上的许多意大利士兵一样，埃内斯托也即将被运送到德国的战俘营，维多利亚为此心烦意乱。当斯特拉·莱维和她的朋友们想到，斯特拉在海滩遇到过克勒曼的工作人员，并一起游过几次泳，当她告诉他自己是犹太人时，他说了这没什么，他还（代表克勒曼）让她们唱了《你会回来》，她们认为不妨去找找克勒曼，问他能否让这对小夫妻在一起多待一段时间。她们又能因此损失什么呢？

斯特拉·莱维、斯特拉·西迪斯和姐姐维多利亚，还有另一个维多利亚——西迪斯姐妹的表亲维多利亚·科恩一起穿过城区，来到大团长的宫殿，这是圣约翰骑士团建造的一座令人敬畏的建筑，德国人在那里设置了办公室（出于安全考虑，他们把主要总部设在了内陆的普罗菲蒂斯·伊利亚斯山）。斯特拉在海滩认识的那个男人友好地接待了她们，然后去找克勒曼。随后，克勒曼走出办公室，了解她们的请求。这场会见持续了大约三分钟。

第二天，遣送埃内斯托的事就暂缓执行，至少可以缓几个月。在1944年4月被送往德国之前，他还获得另一次暂缓执行的机会。他的妻子为了在教堂举行婚礼而皈依了天主教，并将因此免于驱逐出境。

- 51 -

在战争年代，犹太年轻女性的成长比其他时候更为迅速，并承担了以前家庭中由儿子承担的责任。大多数犹太人的儿子都在国外谋生，女儿们并没有真正变成家中兄长式的人物，但也开始过上自由、独立的生活，这在十年前是不可想象的事情。如果有更多男人留在家里,她们可能永远不会得到这种自由和独立。

这些年轻女性头脑灵活,适应能力强,还很勇敢。与她们的父母不同,她会说意大利语,这让她们很容易在犹太社区和更广阔的罗得岛之间建立联系。她们还勇于面对挑战。勒妮和斯特拉很快意识到她们必须照顾父母。为了帮助养家糊口,斯特拉灵活掌握了黑市的运作规律。勒妮率先去了圣·彼得罗律师的事务所工作,斯特拉紧随其后在伦佐·罗西安排的公司找到了一份工作。即使在他离岛后,她也能继续保持这份工作。在摆满书的房间里,她坐在一张长木桌旁做着基本的会计。她的顶头上司清楚,如果她不是罗西的朋友不可能得到这份工作,并怀疑她会用"邪恶之眼"[1],但斯特拉对此毫不在意。家里需要她的收入。此外,勒妮就在同一栋楼的楼上工作,这栋楼也是骑士团修建的。斯特拉·西迪斯、圣·彼得罗的女儿、克里斯蒂娜和比切也都在一家名为"商业"的进出口公司工作。午餐时,年轻女孩们会在楼外的大理石阶上见面,石阶连着这栋楼的上下层。她们还会和在同一栋楼工作的戴丝波拉、米哈利和约蒂·帕帕萨纳西斯兄妹一起出去玩。罗得岛人越来越少,他们开始寻找希腊伙伴。无论如何,大家都决意尽情享乐。

---

[1] 在意大利文化中,"邪恶之眼"(di malocchio)是最常见的迷信之一。意大利人相信,如果有人因为嫉妒或羡慕你的美貌或成功而盯着你看,就是在对你施以"邪恶之眼",用这种方式诅咒你运气不好或不幸。

一家之主耶胡达的衰落，一直困扰着莱维一家在罗得岛最后几个月的生活。这一情况要追溯至1938年，受制于种族法，耶胡达失去了对生意的控制权，维克托的离开和他自己的逐渐失明，又使情况进一步恶化。在德国占领时期，耶胡达已经完全停止工作，一家人都靠女孩们的收入和之前的积蓄生活，他把这些积蓄锁在一个抽屉里。

斯特拉回忆说："我记得当时经常担心花光钱。我还记得父亲不得不从抽屉里摸出现金，因为他看不见了。"

工作和宗教活动一直是耶胡达的生活支柱。现在，其中一个被完全夺走了，他作何感想？斯特拉之前告诉过我，和大多数夫妻一样，耶胡达和米丽娅姆从来没有一起出过门。她还补充说她从没见过他牵自己家孩子的手，或是和自家孩子或其他人的孩子玩耍，或是像母亲那样在外面闲逛，听尼索·科恩的希腊朋友在安息日结束时来附近演奏音乐。当然，他也从没像米丽娅姆那样沿着曼德拉基奥滨海大道散步，也不去看电影，或去海滩游泳。

以前，耶胡达工作非常努力，很少回家吃午餐——家里总会有一场关于谁来给他送午餐的争论，他的午餐总是装在一个三层金属午餐盒里，而这项任务更多地落在斯特拉身上，因为勒妮会因为有一个过于勤劳而不回家吃饭的父亲感到难为情。耶胡达生了七个孩子，亲自将其中五个抚养长大，然后安排嫁人或是送去其他地方。他请来小舅子艾萨克·诺特利卡协助经营，一直到生意做不下去为止（1940年艾萨克带着费利茜离开了罗得岛），之前斯特拉还提到过，他还为外甥乔和伊莱基姆·哈森提供了去美国的路费，许多犹太社区家庭都会这么做：有钱的表亲会帮助没钱的表亲，没钱一方可能会努力回报，开启慷慨的循环。现在，工作、资助、帮助、便利、经营，所有这一切都结束了。斯特拉告诉我："想象一下你不能再做你该做的事情，你不能再做以前做的那些事情，你会作何感想。"

从1943年底到1944年初，家里的积蓄真的开始见底，轮到米丽娅姆用唯一的方法出一份力：她把自己的珠宝首饰典当给了她的另一个叫贝霍尔·皮哈斯的表兄。她先是典当了几大条金手链（*manillas de chatón*），这些手链和寄去美国给塞尔玛和萨拉的手链一模一样。不久，她又典当了几串珍珠项链、几对金耳环和一堆细金手链。犹太社区的女人习惯在胳膊上戴一堆金手链，几乎能叠到手肘位置。所有这些东西都给了这个开当铺的表兄，他有土耳其国籍，因此逃过了被驱逐出境的命运。

二战结束后，贝霍尔·皮哈斯仍然拥有米丽娅姆的珠宝首饰，但当他联系上斯特拉的兄弟们时，他们没有就赎金达成一致意见，赎回这批珠宝首饰的事情就此不了了之。

斯特拉表示："那时候，我已经不关心这些事情了。一点也不关心了。"

- 52 -

斯特拉打开门,看起来似乎前一天晚上一夜未眠,或是睡得很少。她的眼神空洞呆滞,蒙着一层阴影。她重重地跌坐在惯用的扶手椅里。

她开口道:"我昨晚梦见了我的两个姐姐萨拉和勒妮。一团糟[1]——我告诉过你,勒妮不喜欢这种字眼,是吧?在梦里,她们对我们在罗得岛的房子充满疑问,搞不清现在谁拥有它……"

"斯特拉,谁拥有它呢?你知道吗?"

"20世纪70年代末我回去的时候,我终于可以找人问问我们被驱逐出境后发生了什么事。我听说当时岛上的希腊人都快饿死了,他们闯进来,把所有能吃的都吃光了,带走了所有能卖钱的东西。冬天时,他们还把我们的家具当柴火烧了。我甚至不知道这是不是真的……"

房子呢?"别忘了,房子是我祖母的,几个堂兄弟对房子的归属有不同意见,他们认为自己也拥有部分产权。就像对我母亲的珠宝首饰一样,我们也对这栋房子放了手。我们以极低的价格卖掉了属于我们的产权,基本上放弃了与犹太社区的最后一点有形联系。

---

[1] 原文为意大利语。

我们家没人想要这房子。你会发现,犹太社区里没有人再回去长居罗得岛。我们中的许多人甚至好几年、几十年都没回去过……"

勒妮首先出现在梦里,接着是萨拉,房子一团糟,她们大感不解。一开始,房子似乎是罗得岛的房子,后来又变成了不同的房子,一栋现代的房子,勒妮在梦里对斯特拉说:"你不想来这栋房子吗?这栋房子比其他的都好。"

流离失所,重新安置,对于家在哪里、家是什么感到困惑:很难想象出更符合斯特拉情况的梦境,尤其是现在,考虑到我们最近谈话的主题。

她继续对我说,梦在她的生活中扮演着重要角色。而且,梦不仅仅对她一个人如此重要。她说,勒妮曾做过一个梦,除了她们的妈妈和斯特拉,她当时从没把这个梦告诉过任何人,而在此之前斯特拉也从没泄露过这个秘密。

首先,她设定了场景:离凯安察广场两扇门的地方,就在但丁·阿利吉耶里协会旁边,有一栋带阳台的建筑,可以从阳台上俯瞰广场。在勒妮的梦里,有两个年长的女人站在这个阳台上。一个是她们的外祖母萨拉·诺特利卡,另一个则是萨拉的姐妹马扎尔托夫·德·雅各布·帕夏,她(在现实生活中)离开罗得岛去了西雅图生活。阳台上还有其他几位年长的女性,但勒妮想不起来她们是谁。下面的街上,站着两个拉比,整个社区的人都从他俩面前走过。拉比们对他们说着"你走这儿"和"你走那儿"。

斯特拉、萨拉（萨拉·诺特利卡，斯特拉的表妹）和勒妮也在这群人中，萨拉和勒妮后来都和斯特拉一起被关进了奥斯威辛集中营。她们的外祖母萨拉·诺特利卡（表妹萨拉·诺特利卡的祖母）哭喊道："可她们是我的孙女呀！"

第二天早上，勒妮把这个梦告诉了她们的母亲，米丽娅姆跑到犹太教堂点起一盏油灯。她跑出门的时候还念叨着："一切都会好起来。[1]"

勒妮在被驱逐出境之前做了这个梦——多久之前？几个月前。

斯特拉说："勒妮根本不是会做这种梦的人。她并不爱搞神神秘秘那一套。她自己都不敢相信自己会做这样的梦。她不停地摇头，我也不停地摇头……"

斯特拉继续向我讲述了犹太社区的一些事情。人们会做梦，会看到幻象和幻影。她的舅舅艾萨克·诺特利卡在去美国之前，在至圣日（High Holy Days）之前的一天凌晨，他正走在去诵读赎罪诗（selichot）[2]的路上，就在离他住的海之门附近不远的地方，他看见一群身高是普通人三倍的巨人，沿着马路缓慢前行。后来，他把这件事告诉了米丽娅姆，他将那些巨人描述成我们中最优秀

---

1 原文为拉迪诺语。
2 在犹太教斋戒日和至圣日之前的一段时间，作为忏悔和宽恕的祈祷而背诵的礼拜仪式诗。

的人[1]。也就是说：天使，或是像天使一样的人。他知道他看到了什么，他知道他们是谁。

德国人占领罗得岛，并开始将意大利士兵和军官送往战俘营之后，斯特拉做了一个重要的梦。1943年夏天，路易吉·诺费里尼回到意大利。他加入了游击队，再也没有回到罗得岛，因为从那以后就不可能再回来了。他离开了他的好朋友真纳罗·泰肖内。

"我和真纳罗很多时间都在一起，我们一起出去玩，一起唱歌，互相倾诉，交换诗歌……他本人就是一首诗，他也写诗，其中一些是写给我的。我有一整本他写的东西。也许有一天我会拿给你看……"

说完这些，斯特拉陷入了沉默。

"我之前跟你说过他的事。但我从没告诉过你这件事。"

她的梦：她在1943年12月做了这个梦，确切地说是在8号晚上。泰肖内赤裸裸地躺在犹太社区的中心广场上。就是这样：一个影像，她如此关切的男人真纳罗·泰肖内无声的裸体影像。

斯特拉醒来后十分不安，像之前的勒妮一样，她跑去向母亲描述了她的梦，她的母亲立刻说："去门柱圣卷那祈祷一下，然后去教堂再祈祷……快点。"

斯特拉照做了，但祈祷无济于事。她一整天都心神不宁。最

---

[1] 原文为拉迪诺语。

后,她骑车去了阿博格戴尔玫瑰酒店,她知道岛上的军官们某个特定时间都在某个特定房间用餐。在骑到意大利广场之前,她被泰肖内的卫兵(soldato attendente)拦了下来,他说:"斯特拉小姐,我正要去找你。我们收到命令,泰肖内必须离开这座岛,被送往德国的监狱。德国人告诉他,他必须执行命令,他已经回家准备了。"

"准备?"斯特拉问道。

"收拾衣服和其他东西。"

一小时后,泰肖内的另一个朋友,一名叫尼诺·加尔佐里尼的中尉来到斯特拉家门口,告诉她泰肖内进了医院。他不愿意进监狱,选择了开枪自杀。当晚,他就去世了。

我问斯特拉,她怎么可能在梦中看到这场悲剧,或者说它的梦境版?

"犹太社区的生活就是这样。我们会感知到一些东西,一些迹象,一些预言。我想,我们可能更容易接近……那些看不见的东西,也许是因为我们的关系如此紧密,或许……我真的不知道为什么。在这里就绝不会发生这种事。我几乎不认识这栋楼里的人,更不用说格林威治村了,而我已经在这里住了半个多世纪。"

因为这是一起自杀事件,他们不允许在比较大的圣乔瓦尼教堂举行葬礼,只能在较小的圣弗朗切斯科教堂举行仪式。"我们都去了,连我的母亲和她的一个朋友都去了,她们待在外面,我、勒妮、萨拉·诺特利卡、维多利亚·科恩和其他几个朋友都进了教堂里面……"说到这儿她停顿了一下,"我这辈子从来没有……从来没有感受过……"

斯特拉说不出话来了,但她的表情代替话语完成了无声的交流。70多年过去了,我还能清楚地看到这场死亡是如何纠缠、困扰着她。

泰肖内留下了几封信。在给他的上校的信中,他用正式而凝重的语气表示,他很清楚他和其他士兵目前无法为意大利在爱琴海地区遭受的侮辱复仇,他拒绝在不光彩(*senza onore*)的投降后当俘虏。他说他已经做出了他觉得必须做的决定:

> 作为一名长期驻扎在爱琴海地区的军官,我的行为准则比较老派,我将留在这里,带着额头里的子弹被埋葬在这里,我将亲手平静地把子弹送进额头。
>
> 在决定以这种方式奉献自己时,我的内心已经做好了准备,我将满怀力量与信念,以及从未感受过的内心的平静,予以执行……
>
> 意大利再生之时,替我向其致意。
>
> 告诉她,我爱她胜过自己的生命。

他对他的父亲写道:

> 人们会告诉你，我是一名值得尊敬的士兵。我已尽我所能来捍卫家族荣耀。
>
> 我要拥抱你、妈妈和所有人。我感觉从未与你如此亲近。

当他们返回犹太社区时，邻居家的一个女孩低声说："看斯特拉，她在为她的意大利男朋友（*fidanzato italiano*）哭泣。"

斯特拉摇着头说道："谁不会为失去这样一个人而哭泣呢？"

- 53 -

接下来在1944年春天，英国人开始轰炸罗得岛，试图从德国人手里夺回该岛，岛上的局势再次发生变化。

只要英国人的目标还是马里查村（Maritsa）附近的机场，老城就很安全。但当他们的袭击目标转为停泊在港口的德国补给船，并且开始在白天发动袭击，而非天黑之后时，情况开始恶化。港口靠近犹太社区，而轰炸机常常无法准确击中目标。

每次飞机从头顶飞过，或是响起空袭警报，米丽娅姆就会脸色苍白——如果情况更糟糕，则脸色蜡黄——以及无法控制地颤抖，耶胡达则能保持冷静。"该来的总要来，"他说，"该我死就死。"不止一次，斯特拉发现早在警报响起之前，母亲就已经躲进了避难室。她穿着外套躲在角落里，被吓坏了。避难室并不在地下，而只是图列尔家一楼的一个房间。这个房间的天花板是拱形的，还用沙袋加固了。当他们半夜听到警报声时，会穿着睡衣匆忙跑下楼，等到解除危险的警报响起，才返回去继续睡觉。

米丽娅姆觉得斯特拉疯了，因为她坚持要上楼去帮助邻居阿梅利耶·莱昂。她的脚骨折了，斯特拉扶着她一瘸一拐地走下楼，然后又得扶着她一瘸一拐地走回去。（阿梅利耶是丽贝卡·莱昂的姐妹，年轻的犹太复国主义者丽贝卡搭乘"边缘号"去了巴勒斯坦。）但是，如果让阿梅利耶一个人待着，万一出了什么事，斯特拉没法原谅自己。

1944年2月8日，一枚偏离目标的英国炸弹落在犹太社区，炸死8个人，其中包括2名儿童。他们消失得无影无踪，一开始有传言说他们被当成能带来好运的人，被人绑架了，"这不是真的，"斯特拉说，"我了解这家人，我知道他们的房子。房子彻底炸没了。没留下任何痕迹。"要么是意大利人，要么是德国人（更有可能是意大利人）迅速清理了废墟，让人觉得这家人消失了。

2月的轰炸过后，没人愿意在一楼以上的房间睡觉。大家暂时停止了睡觉。每个人都战战兢兢，心事重重，担惊受怕。

斯特拉的内心也发生了变化："我再也认不出犹太社区。这不仅仅是指认不出四周街道，还包括我对它的感觉。"现在，当斯特拉回到熟悉的街道时，它们对她来说已不复从前。她自己的那一小片土地变成了别的东西。她已经开始脱离那片土地。"犹太社区对我来说是陌生的，我几乎认不出它来。我从来没有想过会发生这种事情，从没想过。"

1944年4月，逾越节的第一天，阳光明媚，斯特拉、勒妮和萨拉·诺特利卡相约在办公大楼的台阶上见面。像往常一样，她们坐在错落的台阶上热聊。大约上午10点左右，英国飞机从头顶飞过。几分钟后，警报响起，与往常有所不同。她们看见炸弹从天上掉下来，黑色的菱形炸弹恶狠狠地落向犹太社区。她们齐刷刷地站起来，开始往家跑。当她们跑到家附近时，看到的是满目疮痍，到处都是碎石瓦砾。斯特拉急忙去找她的父母，他们都躲在避难室里。米丽娅姆抖得厉害，但她还活着。

其他人就没那么幸运：那天上午，26人在离开犹太教堂的时候被炸死。

"我们要怎么留在这儿继续生活？"米丽娅姆问道。

"我们不留在这儿。"斯特拉答道。

他们收拾了一些生活必需品，然后和斯特拉·西迪斯一家一起住到了犹太社区外面。他们把床垫铺在地上，在那里蹲坐了几天。后来，他们的希腊朋友帕帕萨纳西斯一家为他们在附近的特利安达村租了一栋房子，把他们带到那里生活。随后的几天里，又有其他来自犹太社区的家庭加入了他们。

他们搬到特利安达村后,斯特拉和勒妮只回过犹太社区一次,她们是去收拾一些衣服和日用品。

犹太社区空无一人,一片寂静,它并没有完全被遗弃,只是沉睡过去,仿佛被施了魔咒似的。莱维姐妹穿过大街小巷,一言不发,也没有看对方一眼。"这里曾经那么热闹,这样的生活持续了许多年——数百年,我知道曾经的生活结束了,"斯特拉说,"即使那天我无法用语言表达出来,但我就是知道,我能感觉到,我的心里,我的身体……"

她们收拾了几个袋子,收集了她们能带走的所有食物,然后关好并锁上了前门,锁上了那个她们记事以来就一直生活的家。她们把其他东西原封不动地留在了那里:剩余的衣服、亚麻织品、家具、照片和纪念品,全部留下了。

"战争一结束我们就会回来。"勒妮对斯特拉说。

- 54 -

"所以,7月,你们住在特利安达。"我很想知道斯特拉会不会详细告诉我接下来发生的事情。她不止一次威胁过不告诉我,但在我们聊了这么多年之后,她给了我一个惊喜。她径自继续这个故事:

"那是7月。1944年7月19日,男人们被要求带着文件到空军总部（*aeronautica*）报到。"空军总部是指意大利空军在雷吉娜·埃莱娜大道的前总部，现在它已经成为德军指挥部（*kommandantur*）。

是一名德国军官下达的这一命令，他去见了犹太社区主席雅各布·佛朗哥，解释说所有13岁及以上的犹太男子第二天都要到那里集合。

"我听说了这件事，"斯特拉继续说道，"我对自己说，父亲几乎已经失明，他不可能去。我要替他去。"

斯特拉拿着父亲的身份证，和其他男人们一起出现在空军总部。她走近负责的德国军官，那是一个她从未见过的人。他朝一个会说拉迪诺语的男人指了指。

当时，斯特拉并不觉得有人把德语翻译成拉迪诺语很奇怪。当时的情况下，仅仅是听到有人说拉迪诺语——碰巧还非常流利，就让她心存感激。多年后，斯特拉才知道，那个男人叫佩波（或科斯塔）·雷卡纳蒂（或里卡纳蒂、雷卡纳蒂斯，写法有时不同），他曾被征召为德国人工作，先是在萨洛尼卡，后来又到了罗得岛，他的任务是安抚惶恐不安的犹太人。（他也为自己谋利，为行贿的人牵线搭桥，帮助犹太社区里偶尔逃过此劫的人逃脱抓捕，他的这一行为显然得到德国人的默许。）

雷卡纳蒂让斯特拉和其他来到空军总部的忧心忡忡的女人们先出去。斯特拉的朋友米哈利·帕帕萨纳西斯和约蒂·帕帕萨纳西斯也来了，他们想了解发生了什么事，他们能做些什么来帮助他们的朋友。过了一会儿，雷卡纳蒂宣布，犹太社区的女人们第二天要带着她们失踪的丈夫、孩子、衣服和所有贵重物品——珠宝首饰和钱，以及一些食物过来。她们还被告知，如果不按照指示出现，男人们就会被枪毙。

回到特利安达，米哈利和约蒂提出要和斯特拉和勒妮结婚，他们想的是，如果他们在教堂结婚并皈依天主教，她们就会安全。姐妹俩十分感动，但无法想象离开父母自谋生计的生活。

与此同时，德国人来到村子里，一些犹太"志愿者"帮助其传播消息，并寻找可能没有听说过这些指令的犹太人。

"我们仍然——仍然——不知道他们为什么要把我们召集到一起，"斯特拉回忆道，"我们以为他们要把我们带去一个营地，也许是另一座岛，去干活。我们需要钱来买食物。真是令人惊讶，人类的大脑试图理解——"她停顿了一下继续说道，"不管怎样，我们照吩咐做了。我们回家收拾好行李。"

第二天一早，斯特拉和母亲、姐姐一起出现在空军总部，她穿着一件白底绿点的夏裙，和一双最喜欢的撒哈拉凉鞋（*sahariane*），这种凉鞋在罗得岛非常流行，有白色的皮带子和软木底，她这一身行头是当时经典的夏季装扮。

米丽娅姆穿着一件浅色裙子，披了一件外套，把钱和珠宝首饰缝在了腰带上。

有些女人遵照命令，直接上交了珠宝首饰，但米丽娅姆没有，镇上最好的珠宝店老板西尼奥拉·本维尼斯特也没有。本维尼斯特把她的贵重物品都冲进了马桶，马桶很快溢出水来。她开始号啕大哭。"可怜的人啊，"斯特拉摇着头说道，"她疯了。"

现在，集中起来的犹太男女被要求一个接一个地报出自己的姓名，然后从一张名单上一一划去他们的名字。7月21日和22日——他们被关在空军总部两天两夜。他们睡在地板上，吃自己带来的食物。浴室里也挤满了人。水都用完了。

克勒曼不见踪影。相反，一批新面孔的德国军官似乎在掌控局面。他们是最近从雅典来的党卫队[1]，岛上的人也是第一次见到党卫队的人。

2015年，我在罗得岛拜访斯特拉的时候，她告诉我，德国人故意选在7月23日星期天拉响空袭警报，尽管当时并没有空袭。警报响起，除了一个人以外，社区其他所有人——主要是老人、女人和儿童，大约有1650人——都排成长队。雅各布·佛朗哥站在队伍最前面，他们被命令盯着地面，由德国军事警察、一小支德国步兵和几个宪兵护送着穿过小镇。他们朝曼德拉基奥滨海大道走去，然后沿着古城墙走去港口。婴儿和蹒跚学步的幼儿都

---

[1] 德国纳粹党的法西斯特务组织和军事组织。

只能被抱在怀里。有些老人拄着拐杖。大一点的孩子则和父母手牵着手向前走。

斯特拉向我描述这一天发生的事情时，我想起了她童年在犹太社区听到的一句话，那句话曾在铺着鹅卵石的街道上回荡：送葬队伍来啦，送葬队伍来啦[1]——只不过，在斯特拉小时候，送葬队伍只为送走一个男人或一个女人，而斯特拉和她的家人会安全地待在家，锁上所有门，关上窗户，躲避死亡和悲伤。而这支送葬队伍是由整个犹太社区的人组成，其中 90% 的人正在走向自己的死亡，尽管他们当时并不知道这一点。

- 55 -

不出所料，斯特拉没有按照指示行事。她抬起头偷偷环顾四周，周围没有一个人，没有人围观，没有人抗议。

她一眼就认出了一个负责监视他们的宪兵。他骑着摩托车跟在队伍后面。多年以后，她在那不勒斯的港口遇见了他。他认出了她——他们认出了彼此——但出于恐惧或羞愧，他转身消失在人群中。

---

1 原文为拉迪诺语。

走着走着，斯特拉发现自己正盯着一段由骑士团修建的厚实坚固的城墙，城墙上有一扇小窗户，很可能是土耳其人统治时期开的。墙的另一边住着诺特利卡家的几个人，包括斯特拉的伯母蒂娅·拉谢尔。蒂娅·拉谢尔的女儿莱亚·阿马托和萨洛莫内·胡格诺就在靠墙的院子里举行了婚礼，斯特拉正是在这次婚礼上第一次看见路易吉·诺费里尼跳舞，并且和他一起跳了舞。走上一段木楼梯可以到达窗户所在处，楼梯本身通向一间没有明显用途的小房间。斯特拉猜测姨婆莱亚·加兰特·诺特利卡住在这个房间里，她有哮喘。她习惯（慢慢地、小心翼翼地）爬上这个通往小房间的木楼梯，没有任何特别目的，其实还是有一个非常特别的目的：不用离开犹太社区，就能从土耳其人凿穿骑士团堆砌的城墙而打造的窗户探出身子，呼吸海上的空气。

莱亚·诺特利卡是作家、教育家埃弗拉姆·加兰特的姐妹，埃弗拉姆曾帮助将世界犹太联盟介绍到罗得岛，开启了这个古老、稳定的传奇人类社区缓慢西化的进程，那一刻，他们也是被这扇窗户引导着，走出这座岛。这扇窗是斯特拉看到的最后一件将她和犹太社区联系在一起的东西。

1650人花了几个小时才全部抵达港口，三艘破旧的货船停在岸边等候。老人们下到货舱，挤作一团。斯特拉惦记着她的父亲，希望他能安全上船，坐着的时候能有足够的空间伸伸腿。她和勒妮安顿好她们的父母，表妹萨拉·诺特利卡照顾好她的父母，她们就去甲板上和其他年轻人待在一起,她们能够看到大海。

最后,船起锚驶出港口,驶入一望无际的大海。

斯特拉从来没有从这种角度或这个距离眺望过这座岛。她就这么站着,一动不动地望着这座岛,看着它越变越小。最终,这座岛变成了一个点,然后是一个微粒。再然后,它就这样消失在地平线上。

- 56 -

罗得岛在 10 个月之前才落入德军之手,而就在短短几天之内,几个德国党卫队军官就能找到、辨认、集中并运走住在罗得岛上的 1650 个人,他们是怎么办到的?

简单的回答是,德国人进行了多次有效驱逐,但这次得到了意大利人的帮助。确切地说,是岛上的意大利宪兵的帮助。

斯特拉和她的幸存的同伴,以及写过关于罗得岛犹太社区相关故事的学者都怀疑,意大利人在驱逐过程中发挥了一定作用,但没人知道意大利人究竟扮演了什么角色,直到埃里尼·托里乌和马尔科·克莱门蒂发现了证据,证明意大利人准备了一份罗得岛犹太人名单,并把它交给了德国人。

米凯莱·萨尔法蒂、西蒙·莱维斯·苏拉姆(Simon Levis Sullam)、迈克尔·利文斯顿(Michael Livingston)和其他研究法西斯时期历史的作家指出，在意大利本土对犹太人的驱逐行动通常有意大利警察共谋或明确参与其中，在某些情况下，甚至有普通意大利人参与。但是，在克莱门蒂和托里乌调查过罗得岛遗留的档案资料，并在其著作《罗得岛最后的犹太人》中进行披露之前，没有人知道意大利人在多大程度上、以何种方式促成了这次特别令人心碎的驱逐。

阅读克莱门蒂和托里乌的书，就像是在窥视斯特拉关于被驱逐出境的记忆，看见让 7 月 23 日的驱逐成为可能的丑陋的基础、根源和触角。正如历史学家安东尼·麦克利戈特（Anthony McElligott）在其为《希腊的大屠杀》一书所撰写的文章中指出的那样："不能指望幸存者详细了解发生在他们身上的事情，他们对杀害他们的计划毫不知情。"就像那封告密者的信一样，克莱门蒂和托里乌的发现揭开了故事的另一面，而且意义更为重大。斯特拉在经历这些事时被隐藏起来的一切，现在都变得异常清晰，令人不安。

克莱门蒂和托里乌用近乎法医解剖的方法对其发现的文件进行了分析，他们确定，"毫无疑问"——用他们的话说——在警察总部的要求下，人口记录办公室编制了一份罗得岛犹太居民名单，并将其交给了德国人，这件事大约发生在特莱西恩施塔特/特雷津集中营前指挥官安东·伯格（Anton Burger）及其助手阿道夫·艾希曼（Adolf Eichmann）被派去掌管爱琴海地区的时候。

7月12日到13日晚上,伯格突然拜访克勒曼。尽管克勒曼和伯格在指挥系统上存在一些冲突(伯格按麦克利戈特的说法就是:"一个反犹太主义的恶棍,可以指望他残酷对待任何反对派"),但驱逐行动的命令还是以海因里希·希姆莱[1]的名义发布并最终执行。

当时是德国人掌权,这一点无可争议,但克莱门蒂和托里乌发现了一些文件,证明早在4月——也就是伯格拜访克勒曼之前——宪兵就已经向市政当局索要了一份岛上犹太人的名单。克莱门蒂和托里乌尽最大努力找出了这些文件的经手人和批示人。他们仔细研究了那些铅笔记号、文件夹、官方印章、(细微的)矛盾、外观、气味、材料本身的重量,你几乎能感觉到他们停下来喘口气,然后说:"有时候复杂的解释看起来很简单,甚至平庸乏味。"

他们还表示:

> 对罗得岛犹太人的驱逐和随之而来的毁灭之所以会发生,只是因为意大利当局在实施过程中的充分合作……这不仅仅是收集1944年罗得岛犹太人驱逐名单的问题,而是意大利人在驱逐事件发生前、发生期间和发生后都积极参与其中的问题。

---

[1] 海因里希·希姆莱(Heinrich Himmler),纳粹德国法西斯战犯,历任纳粹党卫队队长、党卫队帝国长官、纳粹德国秘密警察首脑、警察总监、内政部长等要职,先后兼任德国预备集团军司令、上莱茵集团军群司令和维斯杜拉集团军群司令。

整件事到此结束也就可以了，但历史学家卢卡·皮尼亚塔罗（Luca Pignataro）研究了这些文件以及其他相关文件，认为意大利人不应该受到如此指责。后来，在他关于意大利控制下的佐泽卡尼索斯群岛的书中，他提醒读者注意，当时意大利当局其实抗议过驱逐行动。想要弄清楚 1944 年 7 月 23 日之前意大利和德国当局之间究竟发生了什么，可能需要一些时间，这一点毫不意外——如果我们真能找出真相的话。但无论怎样也改变不了的事实是：德国人有名单，名单指向一个个犹太人，而这些犹太人被带走了。

当我和斯特拉讨论这些事情时，她想得更多，她表示："这根本说不通，一点也说不通。"她又补充说，即使过去这么多年，她仍然无法理解当德国人在 1944 年 7 月已经失去包括罗马在内的整个意大利南部，并且即将从佛罗伦萨撤军，为什么还要付出如此大的努力，花费如此大的精力和金钱来围捕这些无辜的人，其中大多数还都是老人或小孩，还要将他们一路运到奥斯威辛集中营杀害，"这么做的目的究竟是什么？"

- 57 -

在斯特拉看来，罗得岛已经从地平线上消失。而从那些继续留在岛上的人的角度来看，那三艘船也是如此。

大约有 50 个犹太人留了下来。

一个是 90 岁的老妇人，她独自生活，没有人告诉她有关围捕或驱逐犹太人的事情。一个希腊家庭发现她在幽灵般的犹太社区四处游荡。她饥肠辘辘，迷失了方向。一个月后，她死了。

莉娜·阿马托是阿尔贝托·阿马托和雷娜塔·科里的 8 岁女儿，她被藏了起来，后来被杰罗拉莫·索特朱和比安卡·索特朱夫妇收养，文学教授杰罗拉莫·索特朱是"秘密"学校的老师之一。索特朱夫妇的收养救了莉娜一命。

维多利亚·西迪斯嫁给了意大利士兵埃内斯托·利奇特里，现在是利奇特里太太，斯特拉和她的朋友们曾尝试向克勒曼求助以帮助埃内斯托。因为已经皈依天主教，所以维多利亚的名字不再出现在犹太人的名单上。

塞拉赫丁·于尔屈曼是土耳其驻罗得岛的领事，他 30 岁出头，1943 年夏天才来到岛上，他成功拯救了 43 个犹太人。这些人曾是奥斯曼帝国的臣民（或和土耳其人结婚，或是土耳其人的子女），他们要么因为种族法失去了意大利国籍，要么从未获得过意大利国籍，于尔屈曼因此默认其成为土耳其人。

这些人中有的是主动来找他，有些则是在向科斯塔·雷卡纳蒂行贿后引起他的注意，还有些则是他们前往空军总部的途中被这位领事拉了出来，比如斯特拉的邻居图列尔一家，他们的母亲马蒂尔德 1910 年出生于土耳其的伊兹密尔。于尔屈曼坚称，由于土耳其仍然保持中立，不允许基于宗教的歧视，如果将这些人驱逐出岛，将引发严重的外交事件。虽然受益于恪守规则的德国人不愿意驱逐仍然中立的国家的公民的事实，但于尔屈曼在帮助拯救犹太人方面，仍然表现出了相当大的外交勇气。

毫不意外，这些留下来的土耳其犹太人的日子并不好过。德国人要求他们每天早晨到指挥部报到。到 1944 年底、1945 年初的时候，他们都选择或被迫移民到土耳其。最后一个土耳其犹太人离开罗得岛的那天，罗得岛从事实上实现了排犹（judenrein）。

- 58 -

一路走走停停，从罗得岛到比雷埃夫斯港的旅程持续了 8 天。船上的条件很糟糕：甲板下面堆积起人类的排泄物，而老人们就挤在甲板下面。食物日渐减少。大家都口渴难耐。阳光灼人，大家无比焦虑。

因为母亲感到头晕，斯特拉想办法向（德国）船长要了一个柠檬。令人意外的是，他特意找了一个柠檬给她。

她回忆道，他长着一张让她觉得可以信任的脸。他似乎不太乐意当这个船长，掌管这艘船。也许这只是她一厢情愿的想法，或是决定这么想。

和许多年轻人一样，她也一直很担心她的父母。耶胡达和米丽娅姆安静地坐着，脸上的表情严肃而又困惑。他们不时朗诵或唱诵祈祷。他们不问任何问题，斯特拉或其他人也给不出答案。斯特拉对我说，很难知道他们在想什么，即使在那种时候，他们就像大多数乘客那样，似乎仍然相信他们是被带到另一个岛上生活一段时间。哪个岛？待多久？没人知道。

到达莱罗斯岛的时候，另一艘船加入了他们的行列。这艘船上载着来自科斯岛的大约100个犹太人，除了13个被于尔屈曼拯救的犹太人以外——又因为他们是土耳其公民——岛上犹太社区的人都在这儿。

从罗得岛开出的船在莱罗斯岛停靠，以便装载以下东西：食物、水和岛上的一个犹太人。

在萨摩斯岛附近，斯特拉再次向船长求助。她好几天没洗澡了，甲板上又热得要命。她询问船长是否能让她和朋友克拉拉·加布里埃尔去游个泳——"我们是游泳好手"——出乎意料的是，船长同意了她的请求。两个年轻女孩脱掉裙子，穿着内衣跳进深蓝色的海水中。后来，从船上放下一个绳梯，方便她们爬回船上。

一个男孩想加入她们，但没有获得许可。斯特拉不知道是不是因为船长觉得那个男孩很强壮，可以游到岸边逃走。

一路上死了5个人。他们的尸体被随意抛到船外。

回过头再看，斯特拉对这趟旅程还有其他更为敏锐的想法。不是什么想法，而是没有答案的疑问。

"我们为什么不反抗？我们有好几百人，而他们只有几个人。我们为什么没有，我为什么没有想着采取一些行动？"（我暗自揣测，是不是因为船长给了她柠檬，并允许她游泳？）

还有——

"我们经过了各种各样的土耳其船只。他们为什么没有做些什么？"

还有——

"英国人也在这片水域。他们封锁了罗得岛周围的海域。他们肯定知道发生了什么吧？他们要让这些船停下来有多难——我应该说，有多容易？我既怪德国人，也怪盟军。他们为什么什么都不做？因为他们不想拿自己的船和军队去冒险救几个犹太人？"

- 59 -

8天后，他们抵达了雅典的比雷埃夫斯港，身穿制服的盖世太保[1]——斯特拉此前从未见过他们——在卡车上等着把他们送往海达里的监狱，他们将在那里被关押三天，然后乘火车前往奥斯

---

1 德国纳粹秘密警察的德语音译。

威辛集中营。

"在船上待了 8 天后,老人们几乎都走不动路了,"斯特拉回忆道,"我父亲站不起来了。他和我舅舅马兹利亚待在一起,舅舅会帮助他。一个德国人要打我父亲,我冲过去替他挨了一拳。我不理解这一切。我不理解的事情太多了。"

在海达里,男人和女人被分开,并被要求脱光衣服,以确认是否有人私藏珠宝首饰。一旦发现这些东西,德国人就会立即没收,包括米丽娅姆缝在腰带上的珠宝首饰。

斯特拉又一次尝试改变规则。她想也不想地走近一名卫兵,通过帮助翻译的希腊男人,请求允许她去看看她的父亲,她实在受不了不清楚父亲的情况。她在男士营房见到了舅舅马兹利亚,问他需要些什么,他回答说需要水。斯特拉发现有人在喷泉上挂了一根水管,所有人都朝喷泉跑去,她也跑了过去,设法给父亲和舅舅打了水。

她提前想到随身带了个碗。她已经明白提前做点准备是多么重要。

其他人就没这么幸运了。埃丝特·芬茨·梅纳塞曾讲述有一个犹太男人抱怨很渴,结果有人给他喝了尿,这个男人当天下午就死了。他是死于脱水的几个人之一。

梅纳塞的祖父是虔诚的犹太教徒,他反对为了搜身而脱光衣服，这一举动激怒了德国卫兵，他们把他打死了。

在海达里，大约有 700 到 900 个来自雅典附近的犹太人加入了他们的队伍。1944 年 8 月 3 日，这些犹太人和来自罗得岛和科斯岛的犹太人，以及来自莱罗斯岛的那个犹太人一起，被装上卡车运到火车站，随后被转移上了货运车厢。

几乎是在最后一刻，土耳其领事可能是收到塞拉赫丁·于尔屈曼的提醒，成功挽救了另外几个拥有土耳其公民身份的犹太人，其中包括犹太社区主席的儿子阿尔贝托·佛朗哥，他的母亲是土耳其人。

其他所有人都挤上了火车，开始了漫长而艰苦的北上之旅。

- 60 -

"你知道我们经常谈论我的记忆力吗？"斯特拉问道，"嗯，现在我们来到了我的记忆空白期。我丢失了火车上的很多记忆。尽管我很努力地回忆，但除了我的家人，我想不起和我们关在同一节车厢的其他人的模样，总共有近 70 人。我想这是因为这一过程实在太难以忍受。"

难以忍受，但斯特拉别无选择，只能忍受。事实上，在车厢门打开之前，她已经酝酿了一个计划。她提着父母的行李袋匆忙爬上车厢，以便在一个高高的窗户旁边为他们占个地方。她在车厢外就注意到这扇窗户（车厢仅有的两扇窗户之一），并提前计划好了自己的行动。

她在窗户旁安顿好，等着勒妮和父母来跟她会合。米丽娅姆和耶胡达坐在他们的行李袋上，可以呼吸到一点新鲜空气。窗户乍看微不足道，后来却被证明至关重要。因为车厢内很热，空气质量很差，随着火车行驶的时间越来越长，车厢内的空气变得越来越糟。

斯特拉提到行李袋时，我不由得想起她14岁时打包的那个手提箱，那个要陪她去意大利上大学的手提箱。我跟她说起这一点时，她点了点头，然后表示仿佛命运的安排，她第一次离开罗得岛就是去奥斯威辛集中营。登上火车的时候，她和其他人都不知道要去哪里。她再次提醒我，在他们到达奥斯威辛之前，他们从来没有听说过"奥斯威辛"这个词，一次也没有。

渐渐地，她的父母开始明白一些事情。她的父亲用了"出埃及"（*exodus*）这个词。她的母亲问道："我们正离开希腊吗？我们在南斯拉夫[1]吗？"斯特拉站在窗边，尽其所能回答母亲的问题。即使如此，她也无法给出最佳答案。

火车经过希腊和南斯拉夫，然后是匈牙利和捷克斯洛伐克，

---

1 1929年至2003年建立于南欧巴尔干半岛上的国家。

最后到达目的地波兰。这趟旅程持续了 13 天。

火车上的人在水桶里方便。斯特拉和勒妮为耶胡达和米丽娅姆临时拉了个类似窗帘的东西,这样他们至少可以保留几分钟的隐私。

姐妹俩大部分时间都站着。斯特拉偶尔会坐到母亲腿上,试着睡一会儿,尽管她知道这可能会增加米丽娅姆的痛苦。

火车中途停靠在一个车站,透过高高的窗户,斯特拉看到一个意大利士兵在站台上巡逻,以防有人逃跑。这个士兵是一路押送他们的五六个士兵中的一个。她和他攀谈起来,问他现在在什么地方,他觉得这趟旅程还有多长时间结束,等等。火车再次启动后,他给她拿来一些面包。他这么做了不止一次,而是三次。

最后她问他:"他们要把我们带到哪里去,你知道吗?"他摇摇头,答道:"他们让我们在最后一站下车,小姐。"

斯特拉的叔外祖父耶胡达·诺特利卡经常去圣地朝圣,因此获得了"哈吉"的昵称,他在这趟旅程中途死了。火车在捷克斯洛伐克的某个车站停靠时,他的尸体和其他死去的人的尸体(旅程结束时,总共有 20 多人死去)一起被抬了下去。

"他们把他埋在哪里?"我问斯特拉。

"你应该问他们把他扔到了什么沟里。"

斯特拉的伯母蒂娅·拉谢尔之前住在哈吉耶胡达家后面,曾帮助照顾他的妻子莱亚。她跟着抬他尸体的人一起走下火车,为他哀悼。她在火车站号啕大哭,这是在远离罗得岛的地方上演的最后的"哭丧",这时没人再来阻止她。

在这个车站,包括她叔外祖父尸体在内的所有尸体被抬下车,斯特拉注意到站台上有个水泵,就是那种必须操纵提水杆才能把水打上来的水泵。她比划着走近负责的军官,这次这个军官是个德国人,她问他能不能让她用水洗头。他允许了。就像那个船长给了她一个柠檬,并允许她游泳,那个意大利士兵给了她面包一样,他也给了她一种类似人类安慰的许可(或是以此安抚她)。

斯特拉高声呼喊坐在旁边车厢里的表妹萨拉·诺特利卡,几秒钟后她就出现在斯特拉身边。"我从包里拿出一块肥皂,我、勒妮和萨拉一起下了车。当然,我母亲开始颤抖,脸色发白,她以为我们不会回去了。但我只是盯着那个水泵,径直冲了过去。我们轮流抽水、清洗。我洗了头,勒妮和萨拉也洗了头。还有我的脸。我还洗了脸,她们也洗了脸。"

她们在站台上时,斯特拉注意到站长的孩子们在盯着她们。从他们的眼神中,她看出来她们在清洗之前是多么可怕。也许在清洗之后也没好多少。

- 61 -

1944年8月16日,几艘船从罗得岛出发三个半星期后,这些被驱逐者抵达了奥斯威辛。

在抵达前一天晚上的某个时候,火车停了下来,正如那个意大利士兵告诉斯特拉的那样,他和他的战友们下了车。

火车进站时,太阳已经出来了。车厢门打开后,来自萨洛尼卡的囚犯走上车厢,帮忙搬运行李箱。他们用拉迪诺语低声说:"把婴儿交给老人。""可是,为什么?"斯特拉问其中一个人,"老人们都这么累了。"

没有人回答,因为党卫队就站在外面,能听见。直到后来,斯特拉才明白,这些来自萨洛尼卡的人是想拯救那些母亲,如果她们抱着孩子,几乎肯定会死去。没有孩子的女人,只要看起来健康,就还有活下去的机会。由于车厢里有跳蚤和各种污秽,散发着恶臭,党卫队守在后面等着。大家刚从车上下来,他们就立即把男人和女人分开。斯特拉的父亲只有一只眼睛能看清东西,于是她叮嘱舅舅马兹利亚:"牵着爸爸的手。"她的舅舅回应道:"别担心。"

穿制服的人决定谁健康,谁不健康。斯特拉本能地站在母亲身旁。她和勒妮站在米丽娅姆两旁,用丝巾遮住头,这样她们三个看起来就差不多。有狗在旁边围着转。丝巾骗不了任何人。一个军官伸出一只手做了个手势，斯特拉知道，她必须让母亲走了。米丽娅姆和她的姐妹蒂娅·拉谢尔，以及拉谢尔的女儿莱亚一起走到了一边，莱亚手里还抱着她的儿子皮波，斯特拉特别喜欢这个表外甥。

"我们很快会再见面。"她们说。

即使经历了火车上的一切，他们仍然相信他们会一起住在集中营里，也许会和老人分开住，也许被派去照顾老人，为他们做饭，等等。他们或许会被安排工作，而老人们会待在"家"里打扫营房、做饭。"这是我们给自己编织的奇妙故事，是我们为了安慰自己而编造的想法或谣言。我们还像在罗得岛上那样思考，以为一切都会迎刃而解。这是将天真伪装成希望，或者反过来。"

- 62 -

斯特拉、勒妮和她们的表妹萨拉以及其他年轻女人被带到一个大房间，并被示意脱掉衣服。她们的衣服被迅速拿走。她们的头发被剃光了，然后被引导着走进淋浴间。斯特拉走进大房间，然后转身开始跑。看到那些光头的人，她以为全是男人。她不知道其他所有女人都被剃光了头发。她的表妹萨拉跟在她后面喊道："斯特拉，是我们，我们在这里。"

后来，一个卫兵推搡着她们去穿堆在桌子上的衣服。没有内衣，所以她们没穿内衣。

第二天，她们被文上了编号：斯特拉的号码是 A24409，勒妮是 A24408。她们必须用一种她们不懂的语言记住这些编号，因为这些编号是她们的新身份。

她们的一切都被夺走了：她们的父母，她们的头发，她们的东西。现在是她们的名字。

但没有夺走她们的鞋子。斯特拉仍然穿着她的凉鞋——暂时如此。

她不记得她们头几个晚上睡在哪里——"更多记忆空白点"——但她记得接下来发生了什么。第三天，她们被转移到比克瑙[1]的 B 区，那里是奥斯威辛集中营的延伸部分，步行三公里距离。（安妮·弗兰克[2]将于 9 月初到达这个集中营。）比克瑙和奥斯威辛一样死气沉沉，这里没有树木，没有鲜花，没有色彩。从各个方面看，与斯特拉唯一住过的地方，也是她唯一知道的地方罗得岛相比，比克瑙截然不同，置身此地仿佛置身月球。

---

1 奥斯威辛集中营又被称为奥斯威辛－比克瑙集中营。
2 安妮·弗兰克（Anne Frank），二战犹太人大屠杀中最著名的受害者之一，她记录的亲历二战的日记后来成为国际畅销书《安妮日记》。

年轻女人们走进大门时，看到了哨塔和带刺的铁丝网。有人统计了她们的人数，把她们分配到各个营房。她们很快分成五五一组，之所以五个人一组，是因为她们一大早就在起床号中这样排队等候。这是规矩。斯特拉所在的五人组里有她自己、勒妮、她们的表妹萨拉·诺特利卡、露西娅·佛朗哥（萨拉·诺特利卡的表姐妹）和维多利亚·科恩。

"这个小组是我们的救星。在奥斯威辛，即使是在8月的清晨4点，寒冷也会让人窒息，而到了中午，高温又会把人烤焦。集中营的头儿每天早晚两次来数人数。我们五个人紧紧依偎在一起。我们轮流交换位置，给站在中间的人取暖。没有朋友，你永远做不到这一点。"

做到这一点：存活。"你的身体必须存活下去，你的精神必须存活下去。它们需要不同的技能。"

她们被分配了工作，毫无意义的工作：早晨，她们把砖头从营地的一端搬到另一端，下午再把它们搬回去。休息的时候，她们纷纷跑去厕所。

她们搬着这些砖头来回走动，嘴里还唱着歌，她们焦急地提高嗓门，希望歌声能越过重重障碍，飘去其他营地被其他人听见。

妈妈，我很开心

因为我回到你身边

我的歌声告诉你

这是我心中最美好的一天……[1]

她们还会唱一首拉迪诺语歌曲,这是她们的母亲和姨妈们最喜欢的一首歌,这首歌在犹太社区广为流传,是她们青春的回忆——

我爱的牧羊女

一个美丽的女孩……[2]

如果她们的母亲听到这首歌(她们的母亲、父亲、姨妈、叔叔……家里的某个人,家里的任何人),一定会用一句歌词、一段旋律,甚至是一个词来回应。但没有人回应。没有歌声传回来。没有任何声音。"这时我们才意识到他们不在那里。"

才意识到是因为事情不是突然一下发生的,因为她们不是突然一下就明白的。因为没有人来告诉她们,她们的父母、姨妈、叔叔,她们的朋友的父母、姨妈和叔叔,都惨遭杀害了。

---

[1] 原文为意大利语。
[2] 原文为拉迪诺语。

"难道就没有一个确切的时刻,你明白了这一切,完全明白了吗?"我问斯特拉。

"这是这个世界的问题,迈克尔,不是那个世界的问题。不仅从来没有一个时刻我能准确地说我是这个时候明白的,从来没有这么一刻,而且在很长一段时间里我都不允许我自己,我们中的任何一个人都不允许自己去感受。我们忙于生存。"她停顿一下继续说道:"当然,它一直都在那里,无处不在,这方面的认知。它就像一团火焰,过于猛烈而无法靠近。如果我们触碰到它,我们自己也会死。"

斯特拉告诉我,她最先停止做的一件事就是思考——思考每个失踪的人的遭遇,思考她和其他来自罗得岛的年轻女人可能会遭遇什么。思考太危险了。如果你在那个地方像许多人那样思考,像许多聪明人那样思考,如果你心里想:我们受到的待遇比动物还差,你至少会给动物食物和水……如果你这么想,你就是在找死,或者你会自杀。

"直到后来,我才允许自己去猜测,父亲临终前是否对上帝说了话。母亲去泡土耳其浴的时候都会不舒服,有时候会呼吸不畅,偏头痛发作时会冲出犹太社区,跑去那个由她的土耳其朋友看守的灯塔,爬上灯塔,俯瞰大海。她在毒气室里有什么感觉?她会恐慌吗?她会头晕吗?她感受到上帝的存在了吗?"

许多年后,马德里的一个女孩问斯特拉:"经历过奥斯威辛集中营的事情之后，你还相信上帝吗？"斯特拉答道："如果你问我上帝是否在那里，这不是上帝的问题，而是人的问题。不是上帝创造了这个地方，是人。"

在向我讲述这些事情之后，斯特拉陷入了一阵沉默。然后她继续说道："很早的时候，几乎从一开始，就发生了一些奇怪的事情。我把自己从奥斯威辛集中营的斯特拉身上抽离出来，就好像发生在她身上的一切都是发生在另一个斯特拉身上的，而不是我这个斯特拉，不是来自罗得岛的斯特拉，不是我认识的那个斯特拉。我看着这个人——另一个斯特拉，她走过这片荒漠，但我不是这个人。"

过了一会儿，她又补了一句："没有别的办法。"

- 63 -

她们被分配到的营地有两个独立房间，分别给（女性）营地负责人（Blockälteste）和房间负责人（Stubenälteste）使用，一个叫玛格达的女人早上负责把她们打醒，她手里拿着鞭子，不情愿地为她们端上"咖啡"——她们私下称之为"脏水"（acqua sporca，用菊苣制成）。营地负责人和玛格达都是波兰犹太人。斯特拉将玛格达称为matta，意思是疯子，或精神有问题。萨拉也是个疯子，不过是和玛格达完全不同的疯子。一天清晨，她实在受不了了，把"脏水"泼向玛格达，后者把她赶出了营地。玛格达不得不回来干活，毕竟她自己也是因犯，但从那天起，她就对罗得岛来的年轻女人充满敌意。

2004年，斯特拉回到奥斯威辛探访时，她提到了玛格达，导游说："你和玛格达在一个营地？每个人都在谈论她。"斯特拉告诉导游，她听说二战后人们试图找到她。导游表示："我理解人们曾经幻想被解放，然后把她撕成碎片。"

营地的其他女人都是阿什肯纳兹犹太人，她们开始用意第绪语和罗得岛的女人们说话，因为斯特拉和她的小组成员听不懂——她们没有能力听懂，这些阿什肯纳兹犹太人不相信她们也是犹太人。

终于迎来第一个星期五的夜晚。其中一个阿什肯纳兹犹太女人用人造黄油和从旧毯子上挑出的线（做烛芯）做了两支蜡烛。那天晚上和她们在一起的是她们的朋友弗秋内·梅纳谢，她比她们年长一些，大约27岁左右，另一个因犯问她知不知道怎么做蜡烛祈祷，弗秋内正好知道。这是一个考验。她通过了。

"所以，你们是犹太人。"她们表示肯定，反正斯特拉推断她们是这么说的。

其他阿什肯纳兹犹太人在那之后变得更为友好，尽管萨拉会低声对斯特拉说："别对她们那么友好，她们都是小偷。"斯特拉表示，回想起这一幕会觉得很有趣，因为不久之后，她们都会以这样或那样的方式成为小偷。"萨拉的不信任是她勇气的体现。她有勇气继续做一个小心谨慎的人。"

至于斯特拉，集中营版的斯特拉很快变得让罗得岛版的斯特拉认不出来。一夜之间，她仿佛变成了一个会抢劫、欺骗、同流合污的人，一个多疑、警惕、狡猾、奸诈的人，她每天都想尽办法让自己、她的姐妹和朋友们活下去。"就好像我靠着某种生存本能在生活，而我却不知道自己有这种生存本能。"

这种生存本能不是在前几个月的经历中萌芽和发展起来的吗？在罗得岛，她去黑市寻找食物，并在父亲第一次被捕时主动提出代替他；在船上，她向船长要来一个柠檬给米丽娅姆，并且请求允许她游泳；在火车上，她占据了最好的角落，与意大利士兵建立联系，勇敢地询问是否可以洗头。这些似乎都是一个人天生足智多谋的确凿证据。

"在奥斯威辛，本能决定一切，"斯特拉说道，"但光凭本能又不足以解决一切问题。"

- 64 -

许多来自罗得岛的女孩很快就死了，在斯特拉看来，她们中的许多人比她强壮。游泳冠军卢纳·加布里埃尔就是其中之一。

她的腿肿了起来,这是斯特拉第一次听说"静脉炎"这个词。她们把她带到医务室(rewir)就不管了。她的妹妹克拉拉是斯特拉的朋友,虽然身体没有那么健壮,却活了下来。马蒂尔德·卡佩鲁托是斯特拉的同学,一天晚上她发烧被烧醒,开始尖叫。"她疯了。"玛格达把她带走了,从此再也没人见过她。

还有几个人死于腹泻,要么是因为饥饿,要么是因为喝水,斯特拉和她的小组成员们早就知道喝水很危险。"比起饥饿,我们更加口渴,"斯特拉说,"但我们知道最好还是不要喝水。"

奥斯威辛-比克瑙集中营的网站解释了这一切:

> 饥饿病是一种典型的营地疾病。它通常伴有腹泻(经常便血)、腿部肿胀、视力和听力受损、记忆力减退、精神崩溃等症状,最严重的是疲惫到崩溃。大多数囚犯同时有多种病症。

饥饿病:当我读给斯特拉听时,她说:"我们身体的遭遇,让我们失去人性。进入集中营的人现在变成了另一种形式的人,他所做的事情不再具有人性。而这一过程只需要一个星期。"

夜里,她们躺在床上,努力适应前所未有的极度饥饿的状态,这时,黑暗中会响起一两个年轻女人的声音:你还记得星期五妈妈做的布尔卡斯吗？或是，我姨妈做的特拉瓦多斯[1]是我吃过的最好吃的，我不知道她是否和别人分享过食谱，我不知道它们究竟为什么如此美味。这时有人会说：请别说了，你必须停止谈论这个话题，你要把我逼疯了。讨论美食话题的声音会逐渐消退，漫长的夜晚继续，直到第二天晚上，或是又一个夜晚，有人又开始说：你还记得……

斯特拉静静地躺着，心里想：我必须把这些回忆、这些联想，从我的脑海中抹去。这是唯一的办法。

从一个月到下一个月，许多女人的月经消失了。斯特拉推测，她们喝的汤里放了一些东西，导致她们暂停月经。但这更有可能是创伤和营养不良综合作用的结果。

每个星期她们都要接受某种化学物质消毒：前面，后面，腋下。

斯特拉告诉我，有种病症一夜之间就消失了，那就是勒妮的哮喘，以及她的脆弱。一夜之间？斯特拉说的不会是字面意思吧？"如果你想治愈哮喘，"她讥讽地说道，"就去集中营吧。"

---

[1] 特拉瓦多斯（travados），一种坚果馅的油炸糕点。

- 65 -

斯特拉认为，如此多健康的年轻女性的死亡，是营地负责人（*Lagerälteste*）决定将其和法国女人关在一起的原因之一。在意大利之家的第一个晚上，我们坐在一起时，她就给我讲了这个故事："她想知道为什么这么多来自罗得岛的女孩在抵达集中营几天之内就死了。事实上，通过问我们说什么语言，营地负责人做了一件在我看来可以称之为高尚的事情。她让我们有机会了解规则，以及我们被要求做的事情。"

这些法国女人中有几个其实来自比利时，她们是：卡茨夫人和她的女儿葆拉，莱维夫人，伊达和米纽什两姐妹，弗洛尔和米丽娅姆。"夫人"专门用来称呼年纪大一些的女人，她们也许40岁，甚至还不到40岁。她们很惊讶罗得岛的女孩会说法语，直到我们向她们解释了世界犹太联盟的情况，她们才理解。

罗得岛女孩和法国女人被分派到一起干活。一天早上，当她们把砖头从营地的一端搬到另一端时，卡茨夫人问她们："你们看到烟囱了吗？[1]"说着她指了指烟囱和从烟囱里冒出来的烟。斯特拉对我说，如果她是小说中的人物，这一刻可能是她顿悟的时刻，

---

[1] 原文为法语。

但在现实中，这只是她在所有其他信息之外接收到的另一条信息。她的注意力在别处：如何紧紧护住她的那片面包。她最近才发现，最好在睡觉时把面包压在耳朵底下。土豆也是一样，因为其他囚犯会偷走所有东西，就像她表妹说的那样。"只不过这不是偷窃，而是生存。"

能重新用一种语言交流和相互理解，使营地生活变得更易驾驭。"不懂德语让我很担心，"斯特拉坦言，"不按照要求做事，不理解发生在我们身上的事情，这会让我们一直处于危险境地。"

法国女人们分享了她们的智慧：喝咖啡（嗯，是菊苣）而不是水，因为它至少是煮过的；不要抱怨生病或牙疼；绝不要像她们的一些朋友那样，同意去医务室；学会将就，让一切为自己所用。

斯特拉学会的第一个德语单词是 *organisieren*，在意第绪语里是 *organisir*：组织。这是一个单词，也是一个概念，在奥斯威辛意义重大。它意味着将就，让一切为她们所用，学习偷窃（一切可以偷的东西）、以物易物（食物换鞋子、内衣）、隐藏、重新发明物品、资源最大化、与你相信你可以信任的人合作。它还意味着用铁丝修鞋子，用报纸做填充物，以及通过用智慧战胜看守和不太老实的狱友来照顾自己。

萨拉在这方面很聪明，但也有点鲁莽。在 B 区，一道栅栏将男女隔开，萨拉碰巧得知她的弟弟萨尔沃（萨尔瓦托雷）住在墙的另一边，和其他来自罗得岛的男人们在一起，其中还有斯特拉的一个表兄弟萨米·莫迪亚诺。

栅栏都通了电：在另一个营地，一位母亲想要见自己的女儿——她们是怎么分开的不得而知——结果触电身亡。

萨尔沃不知怎么让他的姐姐知道了他晚上很冷。一天清晨，萨拉非常偶然地看到一辆装满衣服的卡车经过。她追了上去，爬进车里，抓起一件毛衣扯了下来。站在一座哨塔上的卫兵发现了她，拉响了警报，并命令该区的所有人都进营房。萨拉很快被带走了。"我们等了两个小时，"斯特拉回忆道，"那是我一生中最糟糕的两个小时。我们都以为她被杀了。"

不可思议的是，萨拉回来了。"你没法想象我们看到她时发出尖叫的样子，我们差点晕过去。"

她们对萨拉说："你疯了吗？[1]"

我问斯特拉：萨拉是疯了，还是很勇敢？

她想了一会儿才说两者都有，然后又解释了萨拉的态度：最坏的结果就是他们朝我开枪。

她很幸运，他们没有朝她开枪。她只是被要求顶着一块瓦片，在外面坐一整天。

---

[1] 原文为拉迪诺语。

- 66 -

接下来的一个星期,我问了些最基础的问题。

他们吃些什么?

早餐时给他们提供的是"脏水",令人作呕。

午餐:汤,上层总是清汤寡水,锅底会沉淀些蔬菜,(偶尔有)肉。

晚餐:面包和面包伴侣(*companatico*),面包配一切,比如一片意大利香肠或是一片奶酪。

有时午餐和晚餐的"菜单"会互换。"它们不是真正的饭菜。我们都是动物,整天只想着吃的。"

他们怎么睡觉?

宽大的三层床,上面两层要爬上去,床垫其实是塞满稻草的麻袋。每张床睡五个人。"最重要的是把面包和鞋子压在头下睡觉。如果一个人转身,另一个人也要转身。说好听点是睡觉不容易。"

他们去哪儿上厕所?

在一个巨大的水泥房间里有一个平台,这个平台也是水泥砌的,上面凿了很多洞,排成一排。"你必须等上一个人离开,才能爬上去方便。这可能是我对奥斯威辛最恶心的记忆。我们在排空自己时,男人们总是在打扫。总是这样。一个法国男人曾嘲笑我们。"

他们每个星期洗一次澡。他们用一小块黑色肥皂洗澡,那块肥皂是什么做的?斯特拉不知道。洗澡时没有毛巾。

他们刷牙吗?"从来没有。普里莫·莱维曾经询问能不能把他的牙刷拿回去,对方告诉他:'你可不是待在自己家。[1]'"

把砖头从一个地方搬到另一个地方是他们唯一的工作吗?"主要工作,我从来没弄明白这么做的意义是什么。他们是在测试我们是否强壮吗?想把我们逼疯吗?这完全没有意义。"

她补充说,如果你会说德语,最好的工作是在"加拿大",这是一栋大楼的名字,囚犯们在那里整理人们带到集中营却被即时没收的所有衣服。任何贵重物品都要被分拣出来送往德国。这个地方被称为"加拿大",因为大家都认为加拿大是个富裕的国家。

斯特拉从一个在"加拿大"工作的人那里"买"了一件毛衣给勒妮——"加拿大"也向营地的黑市供应商品——她用她和勒妮攒下的三片面包付的款。她也是这么给自己买内衣的,只不过面包换成了意大利香肠。凉鞋坏了,她还有木屐可以穿。"我们有个团队,轮流放弃面包或面包伴侣。这是团队合作。"

---

[1] 原文为法语。

一百个星期六

停顿了一下，斯特拉接着说道："你知道，在集中营里，女人似乎比男人做得更好。"

为什么会这样？

斯特拉告诉我，她对这个问题想了很多。她认为这与女性创造、孕育生命有关："你会本能地保护和维护你的身体。"而一些男人则相反，斯特拉指的是那些"穆斯林"[1]，普里莫·莱维所说的"溺水之人"，这些男人——

> 是营地的主力军，是一群不断更新却又始终相同的无名非人类群体，他们默默地行走和劳动，他们内心的神圣火花已经熄灭，已经空洞得无法真正感受痛苦。对于他们是否还活着，人们犹疑不定，对于他们的死亡能否称之为死亡，人们也迟疑不决。面对死亡，他们毫无畏惧，因为他们已经累得无法理解死亡。

在经过的所有营地，斯特拉几乎都看到过这样的男人。"德国人本可以直接杀了他们，"她说道，"但他们知道反正这些男人一两天之内就会死掉，为什么要浪费子弹呢？"他们甚至不再引

---

1 "穆斯林"（*muselmänner*），在第二次世界大战大屠杀期间，德国纳粹集中营的囚犯使用这个专有名词指代那些忍饥挨饿、疲惫不堪的人，以及那些对即将到来的死亡无可奈何的人。

起迫害者的兴趣。"我看到一些我认识的人，他们在精神上和身体上都很强大，但他们就是撑不下去。"

斯特拉认为，知识分子男性尤其如此，可能是因为他们试图通过思考来解决发生在他们身上的事情，或者是因为他们无法把自己抽离出来。"女人从来不会让自己这样。我们抢着吃饭，头发一长出来，我们就尽力洗干净，我们会以物易物，讨价还价。我们了解组织，我们靠它生活，我们因它而活。我们尽一切努力继续活下去，绝不屈服。"

这也包括唱歌。甚至在放弃了让父母听到她们的歌声的希望之后，这些年轻女人还继续唱歌。她们在营房里唱歌，一边从重新长出来的头发上捉虱子，一边唱歌。她们一边干活一边唱歌。她们用唱歌来分散注意力，驱除恐惧。疯子（*la pazza*）米丽娅姆（这里指的是好的疯子，热情洋溢的疯子）会说："来，让我们听听你们的意大利歌曲！"于是，《妈妈，我很开心》《你会回来》《悲伤的星期天》的歌声此起彼伏。《悲伤的星期天》原本是一首匈牙利歌曲：

这种等待意味着痛苦

每个星期天为爱心碎……

……悲伤的星期天[1]

---

1 原文为意大利语。

她们了解到，这首歌的歌词背后还有一个自杀故事。一个匈牙利女孩认识的一个年轻女孩，在这首歌发行后不久就在布达佩斯自杀了。她们被告知，唱什么歌都行，除了这一首。

她们还会说笑。她们的玩笑和幽默都是黑色的、辛辣的，"你能在塞缪尔·贝克特[1]的戏剧中找到那种幽默"。

斯特拉说，很少有人对你说这样的事情。这些事情太可笑了，她们笑得停不下来，忍不住要笑，尽管这种笑带着黑色光环，就像绞刑架上的幽默，或是人们在葬礼上开始大笑一样。"你会穿一只长袜子，一只短袜子。他们给你一条裙子，但其实是一件衬衫，还有一半的内衣，一旦你拿到这么一件内衣，或是如果你有这么一件内衣，就会展示出来。要么是德国人故意这么做，要么是事情本身就不正常，乱七八糟，精彩绝伦。集中营就是这么精彩绝伦。这是我们从未经历过的世界。这种荒诞延伸到日常生活的细枝末节。荒诞和恐怖。"

死亡如影随形，在她们的意识中占据着最重要的位置。有人生病或死去时，德国人就会命令犹太人把那些躯体送到毒气室或焚烧炉，这样就没人会忘记自己的危险处境。"死亡就像这样，"斯特拉的两只手分别伸出一只手指，仿佛两把手枪，反复戳着自

---

[1] 塞缪尔·贝克特（Samuel Beckett），爱尔兰著名作家，曾获得诺贝尔文学奖。

己一侧脸颊。"死亡很残酷。他们利用它，利用它的威慑力，来展示他们的权力，同时提醒我们，我们不再是拥有自由选择权的人，只是一群无法控制自己命运的俘虏。"

- 67 -

10月底，在抵达奥斯威辛－比克瑙两个半月后，她们接受了第二次筛选。这一次她们赤身裸体地排队站在一个男人面前，斯特拉不知道这个男人是谁，不过人们低声说他是个医生。他的手里拿着一根棍子，这根棍子指引着她们走向生或死。

现在她们已经有了经验，已经积累了很多知识。当她们知道要开始筛选时，萨拉匆忙跑到厨房偷了一颗甜菜，分给所有女孩。她们把甜菜汁抹在脸颊上，让自己看起来红润健康。

"你觉得我能通过吗？"勒妮轻声问斯特拉。然后又自己回答："我不会通过。"

"我们会通过的。"斯特拉答道。不论她是否相信自己的回答，她都要这么说。

她们一个接一个地走向这个男人。

斯特拉说："我不敢回头看，也不敢往旁边看。但我还是看到了站在我前面的阿莱格拉·阿福扎拉代尔的结局。她也来自罗得岛，比我大两岁，和勒妮是同班同学，非常健康。她只有一个缺陷：小时候她被烧伤过，脸上有一个疤痕，十分明显，大到没法遮掩。就因为这一点，她被送进了焚烧炉。"

斯特拉通过筛选后，她感到有人碰了下她的肩膀。是勒妮。"这时我才知道她也通过了。"

她们五人组的所有女孩都通过了筛选。在淋浴间，她们抱成一团。

像往常一样，她们随机得到了新衣服。这次有一件大衣，因为她们要去德国，大衣必不可少。她们要坐普通客运火车去德国，虽然火车又旧又破，但至少不是运牲口的货车。火车把她们送到兰茨贝格的达豪集中营11个分营中的一个——考弗灵（kaufering）集中营。有囚犯死在这里，但它们更像劳动营，而不是死亡集中营。前一年的6月，德国人兴建了劳动营，把囚犯当成劳工，为德国生产飞机。德军的飞机都被盟军炸毁了。

她们正准备登上火车时，一名德国卫兵对卡茨夫人说："现在，你们可以有点希望了。"

- 68 -

斯特拉在火车上关注着周围的景观变化。最后，她们驶入一片森林，越往前走，树木的树冠越厚，颜色越绿。空气似乎更加清新，更加干净。她们走了整整一夜，一直到第二天早晨才在兰茨贝格车站下车，仿佛只是进行了一场普通的旅行。

事实并非如此。"当我们走下火车时，人们把我们当成动物，或卖艺的，看我们的眼神就像在看舞台上或马戏团的人。"

不过，兰茨贝格感觉与奥斯威辛－比克瑙完全不同。

斯特拉解释说："在比克瑙，虽然挤满了人，却像置身荒漠。那里没有生机勃勃的感觉。那是因为它没有生机，十分荒凉。兰茨贝格周围都是松树。"

她们到达营地时，女性营房仍然空着，随后才逐渐填满人。斯特拉和她的朋友们在这里被分配到的不再是无意义的工作，而是有点像那么回事的工作。她们要么在男人干活时被派去打扫他们的营房，要么就是被派去厨房干活。

斯特拉在厨房工作，搅拌一锅又一锅的汤，这些锅很大，只有她和萨拉两个高个子够得着。"你想吃什么就吃什么，"她说道，"煮土豆。汤。没什么肉，但萨拉有一次偷了一片滚烫的肉藏在腋窝里，还是这样的萨拉呀。"

斯特拉站起来示范，只见她双臂僵硬地放在身侧走路，就像一个玩具士兵，就像卓别林电影里的小流浪汉。

"我告诉过萨拉，如果她被抓住，就会被杀掉。她说：'没人会抓我。'"

的确没人抓她。但一个偷了一片奶酪的年轻男人就没这么幸运了。他被发现了，他们把他吊死了，吊在每个人都能看见的地方。

在兰茨贝格的第三或第四天，囚犯头目把斯特拉带到德国士兵的营房去打扫。她干活的时候，一名军官靠近她，问了句"聊几句？[1]"这类的话，她回答说："不会德语。[2]"也许是因为语言不通，也许是因为她很胆怯，这之后她只是继续打扫，没有发生其他事情。她打扫得很干净。第二天，囚犯头目把她送回厨房削土豆皮。她花了一点时间才明白，这名军官可能想从她身上得到比家务更多的东西。

一天早晨，她们像往常一样听着起床号早起，却发现打不开营房的门，营房是半地下的。斯特拉回忆道："我们以为他们把我们锁起来了，以为可怕的事情就要发生了。我们以为他们要杀了我们。我们开始尖叫，哭泣，每个人都心生恐惧。"

她们之所以打不开门，是因为夜里下的雪堵住了门。

最后，她们使劲推开门，蜂拥而出。

排队等待点名时，斯特拉看见雪花落在树枝上。这是她有生

---

[1] 原文为德语。

[2] 原文为 No deutsch。

以来第一次看到下雪。

- 69 -

兰茨贝格没有足够的工作给这些年轻女人做。到了圣诞节，她们又开始迁移，这是自奥斯威辛以来她们第一次分开。萨拉和露西娅（斯特拉提醒我，她们是表姐妹）留在了兰茨贝格，而斯特拉、勒妮和维多利亚·科恩，以及其他罗得岛女孩被转移到另一个营地蒂克海姆（Türkheim）。她们在圣诞节当天到达那里，得到了一碗碎豌豆汤，然后就开始腹泻。

蒂克海姆的条件更加恶劣，男人们的身体状况也很糟糕。德国士兵走了，只有几个党卫队队员和一些托特组织的老人守着。托特组织是一个土木和军事工程组织，以利用强迫劳动力而闻名（二战后期，他们负责建造集中营，并向生产制造行业提供劳动力）。男子集中营的囚犯头目来自萨洛尼卡，他性格刚强，和许多忍受苦难的狱友一样，他也奋起反抗。在普里莫·莱维的描述中，萨洛尼卡的犹太人十分顽强、聪明、凶狠、团结，擅长偷盗，"有活下去的强烈意愿，是为生存而斗争的无情对手，"斯特拉对萨洛尼卡的犹太人也有同感，"我遇到的那些犹太人都在港口干活。他们身强力壮，会互相保护。他们之间形成了深厚的纽带，我相信正是这种纽带支撑着他们。"

在蒂克海姆住了很长时间的女人们中,有的来自罗得岛,她们对新来的人持怀疑态度。她们会取代她们吗?她们会破坏她们与萨洛尼卡人建立的平衡关系吗?

当我问她"平衡关系"是什么意思时,斯特拉解释说,一些男人和女人在集中营秘密交往。既有囚犯之间的,也有和守卫之间的。这就是有几个女人得到了更好的室内工作的原因。这是另一种自我维持的方法。

斯特拉和她的小组分配到的任务是搬水泥。"这不是毫无意义的工作,也不是艰苦的工作。"她说道。负责监督她的一个老人[1]每天给她一个苹果,有一天下午,他给她带了两个奶油泡芙[2],她当即分给了所有朋友。葆拉读懂了老人的心思,对她说:"你想和他一起散步吗?"斯特拉答道:"不是那种散步。"

蒂克海姆的天气很冷,斯特拉的睫毛都被冻住了。斯特拉回忆道:"在奥斯威辛是他们把你杀死,而在其他集中营则是疾病杀死你。你必须随时适应新环境:天气、人、规则、人情世故。如果你的大脑不够强大,无法快速切换,无法看到每一个新现实,你就会灭亡。那些想着'够了,我们活在地狱,我们会死掉'的人,

---

[1] 原文为意大利语。
[2] 原文为法语。

他们没有生存本能。"

她停顿了一下，继续补充道："虽然我这么说，但我也知道我有运气。每个幸存者都有那么一两刻，甚至十刻的极度幸运的时候。"她坦言，能活下来与运气紧密相关，其重要性不亚于其他任何事情。"它与英雄主义毫无关系，这个词，这个概念，与集中营的经历完全不匹配。我们偷窃，我们欺骗，我们组织筹谋，我们把面包放在枕头下睡觉，命运对我们很仁慈。为什么阿莉塞·塔里卡应该通过筛选，而不是和我同龄的她的姐姐？为什么我不如卢纳·加布里埃尔或其他人强壮，却能活下来？这就是我所理解的运气（*suerte*）。"

斯特拉强调，她和所有年轻女人的机会和幸运时刻都挽救了她们的生命，在极端温度、臭虫肆虐、肮脏不堪的环境下，在长时间的饥饿、麻木、毫无意义的艰苦劳动、焦虑和困惑里，而这些特别时刻就分散其中，在此期间，她们每个人都知道自己的生命于抓捕者而言微不足道，可能就这样结束了——如果她们偷了一片奶酪，或偷了一件毛衣给自己或姐妹保暖，或是因为看了不该看的人的眼睛，或者只是因为一个男人路过，想要扣动口袋里的手枪的扳机。

斯特拉描述集中营的生活时，常常会笑。当她第一次这样笑时，我以为她是在笑贝克特式荒谬：不成对的袜子和不可预测的行为等。但她笑得如此频繁，我不由得开始怀疑，是不是只有通过大笑，斯特拉才能在她生命中的这一时刻，找到一种方法避开痛苦，把这些经历用语言表达出来，并将这些话实时传送到房间的另一端。

斯特拉不止一次跟我说起罗得岛的斯特拉，她在到达奥斯威辛不久之后就和那个斯特拉分离开来。但我认为，还有一个不同的斯特拉，她潜伏在——或者更准确地说，被排除在外——这个斯特拉向我讲述的所有关于她在集中营的经历的故事中：那个斯特拉很容易成为在奥斯威辛和其他集中营中丧生的90%的罗得岛人中的一员，那个斯特拉没有幸运经历，不能活下来讲故事。那个斯特拉没有故事可讲。这个斯特拉则不缺这些。那个斯特拉更能代表7月那天被驱逐出境的1650人的遭遇，而这个斯特拉是个例外，她能讲述来自无底深渊的故事，而且无论如何，结局都是光明的，因为这个斯特拉就在这里。

那个斯特拉纠缠着这个斯特拉。怎么可能不这样呢？

1944年12月和1945年1月，最后一批被驱逐者到达，他们是从布达佩斯来的匈牙利人。他们不能去奥斯威辛，因为俄国人在那附近。事实上，俄国人将在1月底——1月27日，解放奥斯威辛集中营。这批穿着皮大衣、戴着皮帽的女人出现时，斯特拉正在干活。"她们优雅得让我无法呼吸。"她们从布达佩斯来，穿着最好的冬季衣服，当然，这些衣服很快就被拿走。集中营唯一能得到的衣服是条纹制服。她们穿上了制服,但她们的头发没有被剃光。

"当你输掉战争时,继续疯狂驱逐人……"

在蒂克海姆,他们常常看到美国飞机从头顶飞过。"从远处就能听见它们的声音,隆隆隆,当它们撤退的时候,呜呜。他们要求我们进营房,但我们都留在外面观察。我们对着天空大喊:'来炸我们吧!摧毁集中营!'"

没有人来轰炸他们。没有人摧毁他们的集中营。相反,随着匈牙利人的到来,营房变得拥挤不堪,是时候再次迁移了。

- 70 -

3月,她们到达下一个集中营——达豪集中营的另一个卫星集中营。这个集中营只有数字代号,斯特拉记得是21或23。

这个没有名字的集中营由两个德国女人掌管,一个叫埃丽卡,另一个的名字斯特拉忘记了,或者说是从她的脑海中抹去了。她叫她"刻薄鬼"(La Cattiva),因为她会朝她们大吼大叫,用鞭子让她们守规矩。埃丽卡和"刻薄鬼"都被称为"小姐"。埃丽卡大约28岁,一头金发,脸颊红润,体格健壮,"典型的德国人"。"刻薄鬼"很瘦,长着一头铁丝一样的黑发,一双眯缝眼。

双颊红润、体格健壮的德国人埃丽卡负责监督斯特拉和其他女孩摘土豆——当时她们的工作。她们走起路来摇摇晃晃，因为她们会把土豆藏在裤子里，再把裤脚扎进袜子，裤子因此变得臃肿、沉重。埃丽卡会微笑地看着她们。而在"刻薄鬼"值班时，她们宁愿饿死，宁愿好几天不给营地补充食物，也不敢偷一个土豆。她们见过她如何对待一个偷东西的女孩：让她在雪地里跪了一整夜。

埃丽卡不一样。埃丽卡喜欢她们，因为她们是意大利人，她曾说："意大利人——漂亮。"埃丽卡最喜欢的是阿莉塞·塔里卡，她才13岁，是她们中年纪最小的，有一双和埃丽卡一样的蓝眼睛。当埃丽卡听到她们唱——

> 吻我，宝贝
> 用你那张小嘴
> 给我很多很多的吻……[1]

她会像小孩子那样，要求我们唱更多歌："唱啊，唱啊。[2]"

她们还会跳舞。疯子米丽娅姆（另一个疯子）会大喊："来吧，意大利人，我们要《假面舞会》[3]。[4]"一些女孩继续从头皮上捉虱子，

---

[1] 原文为意大利语。
[2] 原文为德语。
[3] 经典探戈舞曲。
[4] 原文为法语。

另一些女孩则会站起来跳舞。

在这个集中营，女厕所和男厕所只隔着一堵墙——一堵木墙，墙下有足够大的缝隙来传递东西。斯特拉和她的组员们用土豆和男人们交换木屑，她们用这些木屑点燃小炉子，偷偷煮偷来的土豆。斯特拉告诉我，她们还用这种方法换来一把切土豆的刀和一把吃土豆的勺子。提到刀子，我抬起头来，斯特拉尖刻地说道："不然你以为我们是怎么吃土豆的？你以为他们会像酒店那样给我们发餐具吗？"但她误解了我的表情。我是回想起那一次她和朋友贝拉去梅纳谢家吃午餐，看到餐桌上放着餐刀，而不是叉子时的情形。

至于勺子，她补充说明，如果你足够幸运能搞到一把，可以把它绑在腿上，这是你唯一珍贵的财产。

一天，她们把土豆塞到墙下。土豆很快被拿走，但没有东西被塞回来。"我想杀了那个男人。"萨拉怒道。斯特拉则说："可你连他长什么样都不知道。"

- 71 -

一天晚上，她们收工回来，发现比她们先回来的勒妮坐立不安。斯特拉问她发生了什么事，她说他们记下了她的编号，打算第二天把她送到另一个营地去——一个有去无回的营地。

斯特拉急忙找到卡茨夫人，对她说："自从我们来到这里，我和我姐姐就一直在一起，我们不能分开，不可能分开。我们必须去找埃丽卡，现在必须找到她，我们必须说点什么，我们必须做点什么。"那时已经是宵禁时间，但她们走到门口，弄出很大的噪音，埃丽卡从她的房间走出来，她穿着睡衣，裹着一条披肩，她问道："意大利人，怎么了？"卡茨夫人用德语解释了情况。埃丽卡记下勒妮的编号，走进办公室，换成了另一个编号。

我对斯特拉说："就这样，勒妮的命运被别人代替了？"

"就这样。"她说。

"你还记得当时的感受吗？"

斯特拉在很多个星期六给我讲过这个故事。有一次她回答说她没有任何感觉，只是为姐姐得救感到如释重负。还有一次，她告诉我她觉得很羞愧（vergogna）。

我知道羞愧是什么意思，但我还是让她解释一下。

"介于内疚和羞耻之间，比两者都要严重，甚至比两者加起来还要严重。"

她第三次跟我讲述这个故事之后，我又一次问她："事情就这样发生了，一个人的命运代替了另一个人的命运。你有什么感受？"

"你问的问题在那个时候、那个背景下没有意义。我的目标是活下来，让我的姐姐活下来。我们唯一能活下来的办法就是待在一起。"

她停顿了片刻,然后看着我眼睛说:"我们应该谨防根据此时此地的普遍标准,来评判彼时彼地的事情。"

"普里莫·莱维?"

她点了点头,继续说道:"此时此地很遥远,距离彼时彼地十分遥远。"

- 72 -

斯特拉开始重新长出头发,一天晚上,在与虱子做了一番无休止的斗争之后,她终于把头发洗干净了。随后,她走了出去,外面很冷,她得了胸膜炎。尽管卡茨夫人和其他法国女人一再警告她,绝不要靠近医务室,但她病得很重,所以还是去了。幸运的是,那里的医生是个会说法语的比利时人,而且也是犹太人。她留着黑色短发,戴着一副金属框眼镜,她当然能给斯特拉一些东西,让她感觉好一点。

斯特拉热切地看着医院的病床,但医生给她做了检查并打了一针后,对护士说:"这个人不用留下来。"她低声告诉斯特拉,她不能冒险在那里过夜。不管她病得多厉害,都得去营房睡觉。

第二天早晨,他们清空了医院,把里面的人都带到达豪集中营,用毒气杀死了。

这次转移病人的行动原来是一个更庞大的计划的一部分，与有什么要来的传闻有关。或者更确切地说是什么人：美国人。问题是什么时候来。

晨起的时候，他们要她们去领毯子，她们当天就要出发。目的地：阿拉赫（Allach），达豪的另一个卫星集中营，不过斯特拉和其他人当时并不清楚这一情况。没人告诉过她们任何事，从来没有。没人告诉她们要去哪里，或是会发生什么事情。当一名德国军官命令她们走起来时，她们就走了起来。当他命令她们停下来时，她们就停下来。

尽管如此，大家还是窃窃私语，传播流言：她们要被释放了。她们要被遗弃在路边。她们要被枪毙了。

她们冒着大雨出发。斯特拉努力一步又一步地向前走。地面满是泥泞。她的身体忽冷忽热，既烧得滚烫，又打着寒战。一整天都在下雨。晚上也在下雨，她们的毯子都湿透了。她一路都没感觉到温暖或干爽。她不停地咳嗽，几乎没有睡过觉。

第二天下午，她们走到一个地方——一块田野，远处有几个谷仓，在她眼里仿佛灯塔般耀眼。斯特拉热切地看向它们。她对勒妮说："我要在这里休息。我要藏在这里，也许我能藏在谷仓里……也许我会睡一觉，也许我会死掉。你继续走吧。"

勒妮只回了一个字："不。"

之前体弱多病的勒妮搀扶着斯特拉，她病得很重，浑身发热，十分虚弱。勒妮拖着她一步一步向前走，直到三天后到达目的地。

斯特拉告诉我，勒妮再也没提起过她做过的事情。当时没提过，后来也没提过。

在前往阿拉赫的途中，斯特拉、勒妮和维多利亚与萨拉和露西娅重新聚在一起，"我们再次见到对方时，忍不住尖叫起来"。

雨势渐弱，她们继续前行。为了补充营养，她们吃面包皮和剩下的各种面包伴侣。需要方便的时候，她们就围成一个圈，创造一点隐私条件。

卫兵一直跟着她们，但其他士兵在行进的人群中来来去去。他们中的许多人扔掉武器，脱下制服，他们希望其士兵身份也随之消失。随后，他们开始听到飞机的声音——头顶嗖地飞过一架又一架，紧接着是炸弹落下的呼啸声。原来是美国飞机朝慕尼黑扔炸弹。

- 73 -

阿拉赫集中营里住着政治犯，还有来自西班牙、意大利甚至是德国的士兵，有几个人参加过西班牙内战。其中也有犹太人，但绝不是多数。斯特拉当即注意到，这些男人把自己照顾得挺好。

他们能吃东西，相对比较整洁，他们的房间也很干净。

阿拉赫集中营用来住宿的不是营房，而是水泥修建的大房子，里面放着双层床。他们在这里和德国卫兵住在一起，不需要干活。

在那里待了大约一个星期之后，一天早晨醒来，他们听到有人在大叫："没有德国人了！""卫兵都走了！"

政治犯接管了集中营，并提供伙食。斯特拉得知德国人走了的那一刻，胸膜炎突然变得没那么严重了。

她和她的朋友们开始商量要做些什么，要去哪里。她们知道最近的城市是慕尼黑，但她们不会说德语。她们会遭遇些什么呢？她们不敢离开营地。她们决定等待。

过了一两天，她们听到远处传来吉普车和卡车的轰隆声。声音越来越大……然后，她们看见了他们：美国军队。他们开着车过来。他们正驶向达豪集中营，他们甚至不知道阿拉赫的存在。

"我们开始大喊大叫。美国人惊讶地发现了我们。从他们脸上的表情、他们看到我们时张大的嘴巴，还有他们瞪大的眼睛可以看出，他们不仅仅是惊讶，我猜他们应该是对我们的处境和身处的环境感到震惊。相反，我们只是盯着他们干净的制服和整齐的头发，对彼此说：'他们可真高啊。'"

美国士兵把口香糖和巧克力扔过围栏，就像电影里演的那样。

"当我们意识到我们自由了，我们跪倒在地开始哭泣。为了我们经历过的一切，为了我们曾经拥有的一切。我们能感受到周遭的事物了，我们允许自己体验痛苦。我们恢复了自我，我们再次成为人类——我们不需要保护自己免受生而为人的伤害。事实上，后来我们问自己，为什么这些不知从何而来的眼泪苦乐参半[1]？"

"在11个月里，我们终于第一次真正理解了这是怎么回事。我们的整个社区都在奥斯威辛化为了灰烬。这就是我们都不再回罗得岛生活的原因。在这一天之前，我从没见过我们的女孩哭过，不是因为悲伤而哭。我们忍受了巨大的痛苦，伤心欲绝。但我们从来没有哭过。"

我问她为什么。

"有个法国女人之前跟我们说过：'绝不要哭泣，那会让你软弱。'但坦白说，这由不得我们选择。眼泪自己就流下来了。"

一名美国军官负责这个营地。美国士兵给她们消毒皂洗澡，护士和医生给她们做检查。他们安排斯特拉和其他女人帮忙做饭和打扫卫生。美国人带来了罐头、牛奶、鸡蛋和橙汁粉，斯特拉从没见过橙汁粉。他们非常关心水的问题，最后红十字会来接管了。

一名医生当时就说："不要给他们太多油水。"他知道这会伤害他们，杀死他们。斯特拉到达奥斯威辛时，体重110磅[2]，而到

---

1 原文为意大利语。

2 1磅约等于0.45千克。

了被解放时，她的体重还不到 80 磅。她听说有些人开始不停地吃东西。他们的身体系统承受不了，不久他们就死了。他们不是死于饥饿，而是死于暴饮暴食。

斯特拉请卡茨夫人教她用英语说"姐妹[1]"和"兄弟[2]"。她对美国人说："姐妹——在美国。兄弟——在美国。"这是她第一次说英语。

- 74 -

在几个月甚至几年的时间里，斯特拉一直对集中营的事情避而不谈，现在她终于在许多个星期六对我吐露心声。我看到她如何克服自己的抗拒，有时候，她相对轻松地投入其中，有时候则在挣扎着决定要和我分享些什么，隐藏些什么。有好几次，我不得不为要求她再次讲述这些事，或是对我听说的和记录的内容进行澄清和进一步说明而表示歉意，我竭尽全力准确捕捉这些内容。我常常好奇，当我结束某个星期六的见面回了家，却给她带出一段难以忘怀的回忆，她的感受如何。

当我们的谈话自然而然地暂停时，我问斯特拉她究竟为什么

---

1 原文为法语。
2 原文为法语。

决定告诉我集中营的事。

她想了很久才回答:"因为你对我很有耐心,因为你想了解我的全部。"她停顿了一下,继续说道:"这并不容易。有一个……在我看来我必须面对的问题。早在我们见面之前就有了。你说得越多,那些经历就越会变成你的——它就成为了你。我不想让这段经历成为我人生的一部分,成为我的性格、我的灵魂的一部分。"

"但它不已经是你人生的一部分了吗?即使你不去谈论它。"我轻声说道。

"我越来越接受这一现实,"斯特拉回应道,"可是,即使是这样,即使是现在,我对你说它的时候,它并不是发生在别人身上,而是发生在我身上,只不过是一个不一样的我。一个用不同的眼睛、不同的大脑生活和观察的人。这么多年过去了,我还在努力理解这个女人,把她重新融入……我。"

正如她之前对我说过的那样,她在集中营时不得不缩小记忆范围。她尽可能清空了关于罗得岛的所有记忆,因为想到罗得岛就会将其置于失败的危险之中。

她从来没有想过、没有问过有关不久的将来的事情吗?她可曾和自己、狱友或看守说过或推测过,这一切会结束吗?或者:这一切将如何结束?将在何时结束?

她用但丁看到地狱入口时(维吉尔陪伴在侧)的一句话回答

了我:"进入的人啊,放弃所有希望吧。[1]"(我注意到,这几乎与她们离开奥斯威辛时德国卫兵对卡茨夫人说的话完全相反。)她接着又补充道:"我们永远活在当下。我们把过去和未来都编辑删除。这是唯一的办法。"

如今,75年过去了,斯特拉的思想更加自由,可以触及那些特别艰难的时刻,也可以跨越更宏大的主题和时间跨度。

她再次尝试想象,在她的母亲和姨妈们咽下最后一口气的时候,是否知道发生了什么。"谁先死的?谁倒在地上?她们抱在一起了吗?现在我会问自己所有这些问题,因为我有可能想象出她们无法想象的东西。"

我问斯特拉是否感到愤怒。她说:"出离愤怒,与愤怒不是一回事,是一种你无法言说的可怕的情绪。你不可能对所有德国人感到愤怒,但我很多年都不愿意去这个国家。当我们还在阿拉赫时,我看到衣衫褴褛的德国女人拖着她们的孩子和包裹走在路上,她们的家被毁了,她们的生活被毁了,你怎么可能愤怒得起来?即使不是犹太人,那些年也不好过。但是犹太人……犹太人……又不一样了。"

---

[1] 原文为意大利语。

斯特拉说，当意识到自己自由了时，她们已经准备好重新拥抱生活。

这么快？我问。

"是的，是的，是的！"她答道，"美国人一来，我们就开始铺床，尽力把头发梳好。仅仅在集中营，他们就让我们领略到外面世界的精彩。男人们就不一样了，每天有男人死掉。我看到尸体都堆了起来。"

一名美国军官用他的吉普车把萨拉送到慕尼黑，并给她塞了点钱。所有的商店都开着。她回来时带回了口红。

萨拉马上就想组织一场表演，和美国人一起唱歌跳舞。"我们欣喜不已，因为他们不是俄国人或英国人。于是，我们临时搭建了一个舞台，在上面又唱又跳。"

- 75 -

在阿拉赫，萨拉认识了一个法国男人，并和他有了进一步发展。为了看看这段关系是否有未来，她准备搭美国人的便车去巴黎。斯特拉和其他女孩认为（并告诉了她）她太冲动了，甚至有点鲁莽。"但你了解萨拉，都到现在了，我觉得你应该了解她。"

萨拉不在乎别人怎么想。这是一种解脱的方法，一种行动起来的方法。她向她们保证，她会去当地犹太社区寻求帮助，并与生活在刚果的兄弟们取得联系。"我会没事的,"她对她们说,而她也确实说到做到:她和法国男人的关系没有结果,但表兄弟的表兄弟收留了她,她很快就开启了人生新篇章。

几年后,斯特拉来到巴黎,找到了这些表兄弟——他们是米丽娅姆那边的亲戚,也是她的表兄弟——提起萨拉,他们都摇着头说:那个女人啊[1]。

在阿拉赫又待了大约两周,斯特拉和其他女人搭乘吉普车前往意大利的博尔扎诺市,这是阿尔卑斯山区的第一个意大利城市,就在边境线上。斯特拉终于要见到意大利了。

她们的司机叫布莱克,是斯特拉认识的第一个非裔美国人,尽管罗得岛偶尔也会出现有色人种。

她们在一个军营里受到热烈欢迎,不过一开始有些误会,那里的人不确定她们是不是囚犯,但误会很快解除。她们一年以来第一次洗热水澡,也是第一次用肥皂洗澡。斯特拉回忆她大概洗了五遍头发。一群修女和女性志愿者负责照顾,其中许多出身贵族家庭,不是男爵夫人(baronessa)就是伯爵夫人(contessa),她们给她们穿上干净的白色长睡衣,带她们去宿舍,宿舍里有舒适的床和笔挺的床单,她们很快就因为疲惫而昏睡过去。一直到

---

[1] 原文为法语。

听见这些好奇的女人站在门口窥探、猜测，并轻声说"让她们睡吧[1]"的时候，她们才醒来。虽然罗得岛的女孩们直到这时才醒来，但却继续装睡。她们不想离开这些床，甚至不想考虑搬走。

让她们睡吧：这开启了一种模式，在最初几个月和最初几年里，当人们犹豫、害怕或不知道怎么开口向斯特拉和其他人询问他们在集中营的经历时，就会这么说，他们认为不鼓励他们讲述那段经历是在保护他们。最好给他们时间休息和恢复，继续他们的生活，把他们的注意力转向别处。人们在很长一段时间里都这么想。

在博尔扎诺，她们被隔离了两个星期，所有人都很健康，但后来医生在其他营房检查出一例斑疹伤寒。面对可能出现的第二次隔离，罗得岛的年轻女孩们请求一个美国士兵载她们去别的地方。当他问应该带她们去哪里时，她们回答说：去最近的有犹太社区的城市。

这座城市是摩德纳，那里的犹太教堂已经关闭，看门人告诉她们，还没有人从躲藏的地方回来……或是其他地方回来。她们在这里没有发现一个犹太人。

"去博洛尼亚怎么样？"美国士兵问她们，于是她们继续旅程。

---

[1] 原文为意大利语。

- 76 -

在博洛尼亚，这些年轻女孩去了犹太教堂。她们谁都不认识。她们在这里没有任何熟人，她们身上也没有证件和钱。

她们很快就被楚克曼一家收留，这家人最近才从避难的瑞士回来。他们的大女儿是狂热的犹太复国主义者，已经开始帮助犹太难民，但她还没有真正见过一个幸存者。事实上，斯特拉、勒妮和其他女孩是第一批——即使不是真正意义上的第一批——从集中营活着回来的、说意大利语的犹太女性。

"但一定要给'回来'加引号，"斯特拉强调，"别忘了，这是我们第一次看到意大利。"

我没有忘记。

在博洛尼亚，她们被带到一家面包店坐下喝咖啡，吃她们想吃的所有糕点。她们被邀请去看歌剧，这是斯特拉平生第一次看歌剧。"大家盯着我们看了很长时间。我们还穿着美国的卡其色制服，所以他们知道我们是谁，知道我们从哪里来。"几天后，社区里的另一个女人——她自己也刚从避难处出来——带她们去了一家犹太人开的商店，对店家说："给她们都挑件衣服。"当时是5月，天气很暖和，但斯特拉还是选了一件毛衣，"只是想拥有一件毛衣。"

一天下午，一群女游击队员把斯特拉和其他女孩以及楚克曼家的女儿带到市郊的一个地方，有一些抵抗战士曾在那里被杀害，其中包括几个女游击队员。墙壁上有干涸的血迹，这里的气氛很紧张，几乎可以说是死气沉沉、令人不安。这段经历令斯特拉极为震惊，这种感觉在之后的几年，甚至几十年里一直挥之不去。现在回想起来，她觉得她们那么做是为了让她们知道，在意大利，不是每个人都是法西斯分子，不是每个人都支持或协助那个政权，事实上还有意大利男人——和女人——为民主和自由献出了生命。出于相似的目的，多年以来，人们坚持向斯特拉讲述意大利人拯救、保护或隐藏犹太人的故事，这是真的，很多人都这样做了。但也有意大利人制作名单，与法西斯分子和德国人合作，背叛他们的犹太邻居。同时接受这两种事实很难，但却很有必要。

通过楚克曼一家，罗得岛的女孩们认识了犹太旅或巴勒斯坦旅的成员。这支队伍在战争后期——大约1944年底——才组建起来，由来自巴勒斯坦托管地的犹太士兵组成，当时是英国军队的一部分。他们参加了意大利战役的后期行动，回家前在博洛尼亚稍作停留。就在双方介绍认识几分钟之后，一个士兵问露西娅是不是有个兄弟叫尼西姆，她的脸瞬间变得惨白，回答说是有这么一个兄弟，因为这个兄弟早在犹太人被驱逐出岛之前就离开了罗得岛，她已经好几年没见过他了。这个士兵告诉她，尼西姆·佛朗哥也是犹太旅成员，目前驻扎在奥地利边境附近。几天后，尼西姆来到博洛尼亚，与他的姐妹团聚，他是这些年轻女孩获释后见到的第一个来自罗得岛的人。

另一个叫库布里克的中士，帮忙把斯特拉姐妹的消息传给了她们的哥哥莫里斯，他托一个叫摩西·莱文的人给莫里斯写了封信。斯特拉从一个盒子里翻出一封褪色的信，读给我听：

博洛尼亚，1945年6月10日

亲爱的莱维先生：

此时你必然已经收到电报告知你，你的妹妹斯特拉和勒妮·莱维还好好活着。

昨晚经过博洛尼亚时，我在犹太社区大楼遇见了你的妹妹们。她俩看上去都很好。当天，她们需要休息一段时间。她们是被美军从臭名昭著的达豪集中营解救出来的。她们和另外四个来自罗得岛的女孩由英军巴勒斯坦部队的库布里克中士照顾。过不了多久，她们将很有可能经由佛罗伦萨转去罗马。库布里克中士会尽一切所能照顾好她们。他会很高兴收到你的回信。

随信附上库布里克的地址后,莱文继续写道:

> 她们非常渴望得到你,以及远在旧金山的姐姐和在刚果的哥哥的消息。但她们只记得你的地址。
>
> 我答应她们会立即给你写信。她们在可怕的环境中生活了一年,现在能康复实在很了不起。
>
> 你可以放心,巴勒斯坦的士兵会尽最大努力保护她们。那些士兵为犹太难民做了了不起的工作。

我试着想象莫里斯收到电报后,在遥远的洛杉矶打开这封信,读到他从未见过的两个妹妹勒妮和斯特拉的命运时的情景。他听说过、了解过有关父母的情况吗?(我想知道,谁代表死者发了电报?)他会因为信里没有提到他们而推断出什么吗?还是会从有关战争的事实中推断出来?显然,他至少读懂了这封信的深刻含义,他复印了这封信并把它给了斯特拉,后者又一直保存了这么多年。

- 77 -

罗得岛,雅典,奥斯威辛-比克瑙,兰茨贝格,无名集中营,阿拉赫，博尔扎诺，摩德纳，博洛尼亚：斯特拉和勒妮的奥德赛[1]之旅要将她们带往何方？

不是巴勒斯坦，虽然库布里克中士曾提议这个地方。

很长一段时间里，她们都没能去美国找哥哥姐姐们，因为她们没有证件，没有签证，没有护照：简而言之，没有证明其身份的文件。即使她们最终获得了相关文件，却因为她们仍然是意大利公民，而美国对意大利移民采取严格的配额限制，她们一次又一次地收到冷酷的信件，拒绝其入境。斯特拉把这些信件也翻出来给我看。["莱维小姐们将不得在配额名单上排队等候。她们被关押在监狱（原文如此）营地的事实并不能给予其优先入境权。"] 最终，她们花了一年多的时间才走出这一官僚主义的混乱局面。

她们是否应该像奥德修斯一样，回到出发的地方——罗得岛？只是，罗得岛又会是什么模样呢？

当我问斯特拉，她是否能在这个关键时刻重新斟酌自己的想法时，她提到了普里莫·莱维：他有工作，有家，有家人在等着他。而她没有。她们小组的其他人也没有。她们一无所有。没有

---

[1] 指古希腊史诗《奥德赛》，描述了古希腊神话中的英雄奥德修斯在特洛伊战争结束后，在海上漂流十年重返故乡的经历。

人对她们说："你们的罗得岛，你们所熟悉的犹太社区的生活，已经灰飞烟灭。"但她说，她的灵魂深处清楚，街道、城墙、窗户和院子本身并不能构成一个家。她的内心深处感觉到这种空虚（vuoto）。"我的父母、我的家人、我的邻居、我的朋友都不在了，回去犹太社区还有什么意义？回去会有什么感觉？我还没准备好去寻找答案。我还得准备很多年。"

后来，当阿莉塞·塔里卡的叔叔从巴黎来佛罗伦萨接她时，他证实了她们的预感，罗得岛的犹太社区已经不存在了。盟军的轰炸摧毁了许多建筑物，但并不清楚那些没受损的建筑物情况如何。起初，有传言说希腊人冲了进去，尽其所能抢夺食物和贵重物品，后来有消息称，宪兵收集了犹太人家里的东西并将其储存起来。

在她们这群年轻女孩中，有几个人想亲眼去看一看。丽贝卡·卡佩鲁托先去了开罗的姐姐家，然后回了罗得岛，看看家里的商店还剩下些什么，并卖掉了家里的房子。露西娅·佛朗哥也是如此：在回科斯岛的路上，她在罗得岛短暂停留，她也证实那里没剩下什么东西了。露西娅是和她的意大利男朋友奥托里诺（尼诺）·加尔佐里尼一起回的家。在1943年12月那个可怕的日子里，正是这名军官把真纳罗·泰肖内自杀的消息告诉了斯特拉，这也是斯特拉人生中几个奇异的巧合之一。他和露西娅最终结婚并搬到了刚果生活，他们在那里很快融入流亡的罗得岛人建立的当地社区。命运的经纬线在一些地方再度紧密相连，而在另一些地方，命运的经纬线永远地断了线。

许多从集中营幸存下来的罗得岛人都遵循了一种生活模式：匆匆结婚，安定下来，即使双方并不是很了解彼此。他们想要正常生活，想要安全感，想要被照顾，或是照顾别人。斯特拉说："他们忘记了——他们似乎忘记了——当时及之后发生在罗得岛上的事情。他们是怎么做到的？我永远无法理解……"

勒妮和斯特拉则不一样。她们没有着急。后来她们结婚时，结婚对象都不是罗得岛犹太社区的人。

但这是后话了。到了博洛尼亚以后，眼下的问题是，下一站应该去哪里——答案显而易见：佛罗伦萨，路易吉·诺费里尼正在那里等着她们。佛罗伦萨将成为勒妮和斯特拉解决证件问题的据点。佛罗伦萨的街道将成为斯特拉的大学：她将在那里生活一年多，她将探索这些街道，并在老师和朋友的陪伴下了解它们。她将沉浸在梦想中的意大利——那个她从 14 岁开始就为之收拾行李、等待已久的意大利。

- 78 -

不过，斯特拉已经记不清一些组织工作细节了。一开始，她认为是犹太旅的人开车把她们送到了佛罗伦萨,后来,她又重新思考了一下,不确定是不是联合分配委员会为她们购买了火车票,就像他们为她们支付了佛罗伦萨的住宿费那样(这一点她更为确定)。她推测,既做过记者又当过老师的路易吉一定知道她们在路上了,否则她们怎么知道去奥特拉诺区的皮蒂宫附近的安纳莱纳旅馆?她们在那里住了一年,得到了很好的照顾。而且斯特拉在那里又发生了另一桩巧合,但这次巧合要花一生的时间才能弄清楚:在安纳莱纳旅馆,她认识了佛罗伦萨犹太人埃马努埃莱("内洛")·卡辛,他之前隐藏在修道院和农舍里,最近出来后发现他的家被法西斯分子洗劫一空,后来又在解放战斗中毁于炮火。内洛的孙子亚历山德罗是纽约普里莫·莱维中心的副经理,他在斯特拉的晚年成为其重要的朋友。这对祖孙从未见过对方,但在斯特拉漫长的人生中,她却分别在人生早期和晚期将自己的部分故事告诉了这祖孙俩。

斯特拉记得比较清楚的是,有一天,她和一群年轻女孩——包括勒妮、露西娅·佛朗哥、丽贝卡·卡佩鲁托和阿莉塞·塔里卡——一起去找路易吉。当斯特拉还在罗得岛时,路易吉曾给她写信,她从信中得知他的学校在老城区(*centro storico*),离国家大街附近的洗礼堂不远。到达佛罗伦萨后,斯特拉就领着女孩们穿过阿尔诺河去找他,一两个女孩问她怎么可能找到地方,她答道:"那里有一面旗或标志什么的。我会感觉到。"女孩们一路闲逛，几乎看遍了沿路的每一家商店橱窗，因此她们到达目的地的时候，学校已经快放学了，而路易吉就像听到某种召唤一般，正站在街角和一个同事聊天。他的同事注意到这群穿着美军卡其军服的年轻女孩，并让路易吉转身看看。"他脸上的表情，那种喜悦……他飞快地跑过来，他亲吻了我们，我们所有人，甚至包括他不认识的女孩们。他叫勒妮'小妇人'[1]——受小说《小妇人》[2]影响。最后，他亲吻了我。他亲吻我时哭了。"

斯特拉坦言，在遇到其他重要的人之前，路易吉是她生命中第一个重要的人。

我问她当时有什么感觉，她转过头，没有回答。

那天晚上，在他们第一次正式交谈中，路易吉告诉斯特拉和其他女孩，1943年夏末，他回家探亲时，曾尝试回罗得岛，但因为他是共产党员，于是被禁止入境。他终于知道了她们和罗得岛其他犹太人的遭遇，同时还谈到他为人类已经沦落到如此境地而产生的羞愧感。他告诉斯特拉，他对真纳罗·泰肖内的自杀感到无比痛苦，他相信如果他当时在那里，真纳罗就不会自杀。

"你凭什么如此确定？"斯特拉问他。

---

[1] 原文为意大利语。
[2] 美国女作家路易莎·梅·奥尔科特创作的长篇小说，首次出版于1868年。

"因为如果我在那儿，他身边就会有个朋友。"

路易吉充当了她们在佛罗伦萨的导游，她们参观了所有知名景点。路易吉一边领着她们走过市区，一边对她们说："想象一下贝亚特丽斯[1]曾走过这里，但丁在这里写过诗。米开朗基罗在这里生活过、创作过"——还有多纳泰罗、弗拉·安杰利科、弗拉·巴尔托洛梅奥、乔托和波提切利[2]。斯特拉的梦想是学习，而路易吉的梦想则是教书。他带她们去看德拉·罗比亚家族、布鲁内莱斯基和阿尔伯蒂[3]的作品。他带她们参观圣马可的修道士小房间、老楞佐图书馆和楼梯，以及圣洛伦佐教堂的美第奇家族陵墓。

对斯特拉而言，这与其说是一种重生，不如说是一场彻底的新生。被她留在集中营的那个斯特拉已经死去（或者说她当时是这么认为的，如此希望的），因为那个斯特拉只是为了活着而活着，而不是为了认识、观察、研究或理解这个世界。刚获得自由时，她对自己而言就是个陌生人。她是谁？她在哪儿？她不再拥有家人、朋友或家的保护，她的生活中几乎没有什么熟悉的东西了。她没有兴高采烈或松了一口气这样的简单直接的感觉。在佛罗伦萨，与其说她恢复了自我，不如说找到了一个全新的自我。

---

[1] 指但丁钦慕的一名佛罗伦萨女子，她也被但丁写进《神曲》里。
[2] 以上皆为意大利著名艺术家。
[3] 以上皆为意大利著名雕塑家、建筑师。

但这个过程十分缓慢。

一天，路易吉带她们去圣十字教堂参观乌戈·福斯科洛墓，福斯科洛是一位出生于希腊的威尼斯诗人和革命家。他的母亲来自爱奥尼亚群岛中的扎金索斯岛，这座岛上的 275 个犹太人的命运与罗得岛犹太人的命运截然不同：德国人命令市长和主教提供岛上犹太居民的名单，而他们两人准确地说出两个名字——他们自己的名字。

"这就是你们要的犹太人名单。"据说主教当时是这么对德国人说的。

这 275 个犹太人小心翼翼地躲藏在偏远山区，所有人都从战争中幸存下来。

另一天，当第一个安息日到来的时候，她们决定去犹太教堂做礼拜。一走进教堂，斯特拉就惊讶得屏住呼吸：她的远房表姐妹贝姬·哈比卜和她的母亲米丽娅姆正安静地坐在教堂里，等待着拉比开始仪式。贝姬的母亲是斯特拉的母亲米丽娅姆·莱维的表亲。如果说尼西姆·佛朗哥和路易吉·诺费里尼是斯特拉重获自由后第一批见到的熟人，那么贝姬和米丽娅姆就是她第一批见到的家人。看到她们的时候，斯特拉觉得心里有什么东西裂开了。

战争开始前，贝姬和米丽娅姆就离开罗得岛并落脚到法国尼斯，因为米丽娅姆·哈比卜的姐妹利娅更早的时候搬到了这里（她们是斯特拉的母亲的叔叔哈伊姆·诺特利卡的女儿。在斯特拉的外婆萨拉去世后，哈伊姆曾坐着豪华轿车来到犹太社区服丧。）德国人即将入侵法国之际，当地的意大利律师建议她们尽快离开法国。她们去了意大利，然而很快又意识到，意大利也不安全。在朋友的帮助下，她们在佛罗伦萨郊外找到了一处藏身之地。现在战争结束了，她们都在城里找到了住处，和斯特拉这群年轻女孩一样，她们也在思考应该去哪儿，下一步要做什么。

"她们是我们必须对其讲述我们家发生了什么的第一批家族成员。"斯特拉说道。这是朝着将集中营的经历融入其生活（尝试多年却往往以失败告终）迈出的脆弱的一小步。

- 79 -

阿莉塞·塔里卡是她们中间年纪最小的一个，她是双胞胎中的一个，她的双胞胎兄弟在到达集中营时就被杀害了，阿莉塞的父母和其余的姐妹也惨遭杀害。斯特拉至今仍然不明白身为长姐的阿莉塞是如何通过筛选活下来的。和她们在一起的几个月里，她变得非常依赖斯特拉。从巴黎来接她的叔叔也已经成了陌生人。他其实就是个陌生人：她从来没有见过他。他一直在幸存者名单中拼命搜寻。他找到了她的名字，并找到了她，他决意照顾他唯一幸存的亲人。

阿莉塞告别时异常激动，但她还是走了，而且几年后就和斯特拉的一个堂表亲结婚——毫不意外！——并搬去了刚果。接下来走的是丽贝卡，然后是露西娅，最后是维多利亚。她们这群年轻女孩就只剩下了勒妮和斯特拉。为了获得护照，她们面临两个选择：返回罗得岛，或是去那不勒斯申请。她们选择去那不勒斯申请，不管这要花多长时间。

路易吉介绍她们认识了泰肖内的父亲乔瓦尼，他也是一名律师，他提出帮助她们解决申请签证遇到的官僚问题。我问斯特拉为什么花了一年时间才解决，她一开始讽刺地答道："去问意大利政府吧。"接着又补充说，意大利政府刚刚开始恢复运转，而且她们不是唯一没有证件的人。美国人也没有让事情变得简单，反而把事情变得更复杂。

斯特拉经常把勒妮留在安纳莱纳旅馆，自己一个人跑去罗马。她在罗马人民广场的一所旅馆订了一间房，结识了其他一群从集中营出来的罗得岛年轻人，他们住在康多提大街上一个类似集体之家的地方。这个地方被租借给一个叫维多利亚·科恩（另一个维多利亚·科恩）的女人和她的丈夫安杰洛，他们夫妻俩负责照看这里。这个维多利亚在罗得岛时是个裁缝，仅能挣扎度日。而在罗马，在慈善机构的支持下，她摇身一变成为这些无家可归的年轻女人（也有些男人，但他们住在别处）的女舍监，并帮助斯特拉适应大城市生活。就像之前的佛罗伦萨一样，罗马现在也成为斯特拉教育的一部分，成为她耗尽一生了解的意大利。

在意大利这一年给了斯特拉充足的时间，思考有关路易吉的问题。正如斯特拉曾经描述的那样，一开始两人是带有勃朗特小说式情愫的师生关系，现在这种关系演变成了一种更成熟、更平衡的关系。路易吉介绍斯特拉认识他的家人，虽然他们之前从没认识过一个犹太女人（或犹太男人），但他们还是热情地欢迎了勒妮和斯特拉，并视斯特拉为路易吉未来的妻子。当相关文件最终通过审查，姐妹俩可以去美国看望她们的哥哥和姐姐时，路易吉一开始表现出抵触，但后来还是理解了这是正确的做法。身为共产党员的他将很难陪着她们一起去美国。他送走了斯特拉，满心期待着她会回来嫁给他。"小妇人也可以回来。"他高兴地说。

而斯特拉心里却有不同的想法、不同的感受。或许这时候他们仍然是暧昧关系。她需要时间思考、规划未来的生活。

"我当时还不太清楚，"她告诉我，"但我不想做家庭主妇。即使对方是像路易吉这样有教养、聪明、心胸宽广的男人，我的生活又会是什么模样？我很可能会成为一个家庭主妇，而我还没有做好准备。"

"你爱他吗？"

她用一个问题回答了这个问题："恋爱意味着什么？"

接着，在回答她自己的问题的时候，斯特拉继续告诉我，没人相信一个人可以同时爱几个人，但她的经验告诉她这是可能的。在罗得岛，她以自己的方式——至少是她所理解的"恋爱"——爱上了三个人：路易吉·诺费里尼、伦佐·罗西和真纳罗·泰肖内。爱上路易吉——"如果我必须总结的话"——是因为他的智慧，伦佐是因为他的世故，真纳罗是因为他的诗歌和想象力。现在回想起来，她说她对真纳罗有最强烈的情感，因为其崇高的灵魂、两人灵魂的共振，以及他与她说话的方式。

斯特拉告诉我，在她看来，爱可以用不同的方式来表达。性吸引和性关系以及真正的关系，并不总是发生在同一个人身上。"你想与之亲密接触的人，可能并不是你想与之一起生活的人。你想与之共度时光、一起散步、交流想法、交谈到深夜的人，可能并不是你想在身体上亲近的人。"她停顿了一下继续说道："我最重要的一些友谊都是和女性建立的。我抗拒如今人们给每个人、每件事贴上的身份标签。我们为什么一定要用名字、标签或类别来区分或限制所有事物？"

"我的爱和友谊可以给许多人，"她坦言，"在我的人生中，我也从许多人那里得到了爱和友谊。它丰富了我的人生。它从很多方面塑造了我的人生。"

不过，在斯特拉动身前往美国时，至少想过最后还是要回到意大利，很可能还要回到佛罗伦萨嫁给一直耐心等着她的路易吉。

- 80 -

1946年11月19日，斯特拉和勒妮来到那不勒斯，登上了前往纽约的"海鲈鱼号"。三个星期后的12月9日，这艘船将在纽约靠岸。斯特拉回忆道："上船的时候，有一件事我很清楚，那就是我和勒妮都不知道等待着我们的是什么。我们是两个不知道该往哪里去的小孤儿（orfanelle），不知道我们最终会去向何方。"

在船舱里安顿好后，两个孤儿开始在甲板上散步。她们注意到甲板上有一张预留的躺椅，上面放着"斯特里娜·莱维"的名牌。斯特里娜是斯特拉的昵称，她们觉得这很奇怪，尤其是考虑到她们的经济状况绝不允许有如此奢侈的享受。是路易吉安排的吗？斯特拉觉得不是，但又不能确定。她和勒妮在躺椅旁逗留了几分钟，然后又逗留了几分钟，接着又逗留了几分钟。最后，两个时髦的女人走过来认领了这把躺椅和它旁边的另一把躺椅，另一把预留的名字是法尼·莱维。

"你们俩有一个叫斯特里娜·莱维？"斯特拉问道。

"是我！"一个女人答道。

"哦，我也叫这个名字。"斯特拉回应道。

两个女人互相拥抱问候——或者更确切地说是偶遇的拥抱。

"但我以前见过你们俩，"法尼·莱维仔细打量过她俩后说道，"你当时在那不勒斯的领事馆。"

是的，她们去过那儿，斯特拉答道。实际上去过好几次。

斯特里娜和法尼是姑嫂关系。法尼有五个孩子，两个大孩子陪着她们回米兰，这是他们战后第一次回米兰，在种族法颁布后不久，他们就离开了米兰，这次他们要回去看看他们的家，处理一些家事。法尼和丈夫在纽约做古董生意，20世纪60年代在曼哈顿东区开了一家店。斯特里娜和她的丈夫在38街经营皮货。法尼不到40岁，性格直率，喜欢揶揄讽刺，极具幽默感。她喜欢谈论她和丈夫那些不太像古董的东西，他们打着"犹太文艺复兴"的名头，把这些东西卖给纽约的中产阶级。她还很有洞察力和包容性。斯特拉提前向我透露，在不久的将来的某个时候，她将在其命运中扮演决定性角色。我问斯特拉今天是否会对我说这个故事，她恶作剧般地笑着说："我想让你等等。"

在前往纽约的途中，除了睡觉，这几个女人形影不离。当她们到达目的地准备分别时，法尼对斯特拉说："我有预感我还会再见到你。"

在纽约，斯特拉和勒妮先去布鲁克林的表亲那儿住了大约一个星期，然后就登上了去加利福尼亚州的火车，她们的四个哥哥和姐姐都在那里定居。她们终于要和家人团聚了。

- 81 -

"这么多年过去了，当我第一次在火车站见到我的哥哥莫里斯，还有塞尔玛、萨拉和费利茜的时候，我有什么感受，我无法告诉你[1]。"于是，斯特拉在下一个星期六向我描述这一幕。

当时她只是：

"眼泪——到处都是——流不完。他们哭，我们也哭。不仅仅是因为我们，真的，或者更准确地说，是的，是因为我们，也是因为我们所代表的东西。我们到达洛杉矶后，所有人都真切感受到了罗得岛上发生的悲剧，以及在那之后发生的悲剧。他们为失去家园而哭泣，为死去的父母而哭泣，为陪伴他们成长的一切的终结而哭泣，为陪伴我们成长的一切的终结而哭泣……"

和许多来到洛杉矶的罗得岛人一样，莫里斯住在雷默特公园附近，在接下来的几天里，与罗得岛犹太社区有关系的人都来到这里看望勒妮和斯特拉。第一批来的人里有米丽娅姆的哥哥、他们的舅舅艾萨克——他在1940年把费利茜带到了洛杉矶。艾萨

---

[1] 原文为意大利语，意思也可以是：我无法向你形容。

克的两个姐妹和一个兄弟死在了集中营，就像他曾经在海之门附近看到的那些巨人一样，他自己也变成了他们中最优秀的人——唯一最优秀的，因为他现在是他那一代人中唯一还活着的。

日复一日，亲戚、朋友和朋友的朋友都来问各种问题。她们知道谁谁谁怎么样了吗？她们最后一次见到谁谁谁是什么时候？谁谁谁最后说了什么吗？谁谁谁知道一切都结束了吗？

他们认真听着女孩们的回答。也就是她们所能给出的最好的答案。有时她们给不出任何答案。

客人们会点起蜡烛，他们会祈祷，他们会哭泣。他们来了又走，但就像博洛尼亚的那些善良的女人们一样，他们没有询问姐妹俩在集中营的具体经历。"他们当时的想法是：为什么要让我们不高兴？而我们就继续保持沉默。"

我和斯特拉进行了这次谈话之后，我偶然看到了一段八毫米胶片的录像。这段影片是斯特拉当档案管理员的表弟阿龙·哈森找到的，全片只有两分钟，没有声音，内容丰富，色彩柔和，拍摄的内容似乎是一场生日聚会，很可能是在莫里斯家举行的，时间是1947年初，就在斯特拉和勒妮到达洛杉矶后不久。我把这段录像拿给斯特拉看。我们一起看着一组人物从屏幕前走过，这是20世纪中期的录像，我不禁联想到古代神庙上或希腊花瓶上描绘的战斗或游行的长条装饰图案：莱维家的人、米兹拉希家的人、诺特利卡家的人、哈森家的人，所有人都盛装打扮，有的在握手，有的彼此挥手致意，有的相互搭着肩膀，有的在用糕点刀切着装饰得很喜庆的糕点。

斯特拉和勒妮都很漂亮，容光焕发，她们的衣领上别着大大的兰花胸花，对着镜头露出意味不明的微笑，这种微笑不易解读，更确切地说，这种微笑与我所知道的这段让两个女孩回到她们仅剩的家人的怀抱的漫长旅程不无关系。

每隔几秒钟，我就暂停一下录像，这样斯特拉就能把画面中人物的名字和面容对应起来，把每个人的关系联系起来，进一步详细讲述这些生机勃勃、经久不衰的罗得岛家族之间的亲缘关系。我们看到结尾时，我发现明显少了一个名字、一张脸、一个人：费利茜。

在这些聚会中，无论是早期她们刚到洛杉矶时的，还是像这次这种后来的聚会，都看不见费利茜的身影。她第一次失踪时，斯特拉去找她，发现她躲进了卧室，关上了门。

"可是，为什么？"

"我问过她。不是问为什么，而是问什么。她在房里做什么？她的回答是：'我在听贝多芬的《第九交响曲》。'"

斯特拉解释说，费利茜去听贝多芬的《第九交响曲》，是因为她的世界消失了。她的世界建立在古人的思考和写作的基础上，由德国（及法国和意大利）音乐、艺术、哲学和小说滋养而成，包含着在犹太社区的特定街道和特定房间交流的生活方式，那是费利茜生活过的街道，是她和穿着不成对的袜子的罗伯特·科恩坐在一起阅读和讨论到深夜的房间。斯特拉相信——这种信念并非源于上帝或宗教，而是源于人类最基本的尊严——这些房间、这个世界仍然存在于费利茜的脑海和记忆里，而斯特拉和勒妮的存在及其所代表和经历的一切，颠覆了这个世界。

费利茜唯一能做的就是听贝多芬。这是她所能想到或所能强迫自己做的唯一事情。

- 82 -

斯特拉和勒妮到达洛杉矶后不久，在一个社交场合认识了一个男人，他是一名整形外科医生，他注意到勒妮总是藏起自己的手臂，他问她是否想要去掉手臂上的数字。"这并不难。我能做到。"

勒妮为自己和斯特拉预约了第二天去见医生。

接下来这两个孤儿会怎样呢？

勒妮已经25岁，斯特拉23岁。现在开始了一段反复讨论的时间，她俩想要弄清楚：住在哪里，怎么住。去哪儿工作。如何找到朋友。也许应该找个男朋友，也许应该找个丈夫。

她们会跟随费利茜的脚步吗？

费利茜来到洛杉矶投靠莫里斯之后，起初做了一段时间的裁缝，知识分子费利茜之前从没拿过针线。一个好心的意大利女人教她缝纫，把自己的计件收入和她分享，直到费利茜花了一些时间学会缝纫。后来，她在一家养老院找到了一份文职工作。晚上和周末，她是随叫随到的姨妈，帮助照顾她的侄女和侄子，不仅奉献时间，还慷慨地付出金钱。

"她成了老处女姨妈，"斯特拉坦言，"一个可怕的称呼。我们忘记了她拥有什么，她也忘了自己拥有什么。她允许我们利用她，我们也照做了。多年来，我们——至少我——一直对此感到内疚。但可悲的事实是，并不是所有有天赋或聪明的人都懂得报答，即使他们看起来可能会这么做。"

对费利茜的这种评价似乎相当苛刻，于是我问斯特拉是否可以用另一种方式描述费利茜的战后生活。她从事体力劳动时表现出的自尊感令人印象深刻。她在经济上的慷慨似乎也很重要。当我指出这一点时，斯特拉承认，当她和勒妮还在佛罗伦萨时，费利茜是第一个给她们寄钱的人，而且在之后的许多年里，她在她们人生的几个关键时刻都帮助了（甚至保释过）她们。费利茜在其他方面也表现慷慨：她选择把精力、努力和信仰投入这些方面。费利茜一搬到伯克利市，就参加了争取民权和女性权利以及反对越南战争的示威活动。她开始参与工会组织工作。这个年轻女人曾经批评法西斯政权——天黑后安全地小声议论过——现在，她提高了嗓门，抗议收留她的国家在她看来不公正的某些方面。

最后，尽管仍然不愿意和勒妮或斯特拉谈论她们在集中营的经历，费利茜还是看了很多这方面的书。"她想从或者说试图从哲学角度理解这个问题，但最后当然是不能做到，谁又能做到呢？她感觉很内疚：因为她是我们当中最后一个离开罗得岛的，因为她没有在父亲失去工作和视力的时候帮助他。我想如果她像萨拉或塞尔玛那样更早离开，情况可能就不一样了。她可能就不会……我不知道……如此烦恼。"

费利茜找书看，试图弄清发生在勒妮和斯特拉身上的事情，其他兄弟姐妹又做了些什么呢？"萨拉除了说话什么也没做。我们告诉她什么，她都只是不停重复：'我的姐妹们，你们知道，她们从奥斯威辛活了下来，这就是发生在她们身上的事情，还有那些事情。'她这么做并非出于恶意，我认为这只是她试图接受我们的经历的方式。"相比之下，塞尔玛和莫里斯每次说到这个话题都会情绪激动，但他们的好奇心仍然有限，甚至不合时宜。"当你不知道从哪里开始的时候，很难弄清该问什么问题。"斯特拉有十多年没见过维克托，直到他搬去博洛尼亚，当时他比以往任何时候都要小心翼翼地控制自己的情绪。

至于勒妮，她喜欢把事情藏在心里。后来，斯特拉在向勒妮的儿子讲述一些经历时，发现勒妮从未告诉过他这些，不过，这两姐妹之间无疑存在着某种其他人之间没有的共识——对一些词汇的理解。她们中只要有人说"玛格达""加拿大"或"土豆",她俩就知道是什么意思。"即使到了今天,过去这么多年,当我回想起那次前往阿拉赫的经历,以及她是如何不让我放弃时,我想这就是我的姐姐。这就是勒妮。"

在洛杉矶,斯特拉为两个匈牙利古董商工作了一段时间。勒妮则在一家工厂缝衣服——更多缝纫活儿。(当斯特拉告诉我这些的时候,我想起勒妮15岁时就开始缝嫁妆。)斯特拉淡淡地说道:"这不是我姐姐在罗得岛时期望的未来,但在罗得岛和洛杉矶之间,隔了一个奥斯威辛。"

晚上,她们会上英语课,在一个全新的世界,她们需要学习一门新语言来应对新生活。

有一次,费利茜听说贝弗利大道上有一间公寓出租,于是她萌生了三姐妹住在一起的想法。斯特拉和勒妮去看了看公寓,用她们不太流利的英语问女房东附近是否安全。"当然,"她答道,"我们从不把房子租给养猫或狗的人,也不租给犹太人。"

姐妹俩面面相觑,沉默不语,然后想到了其他的计划。

勒妮去了北加利福尼亚碰碰运气,萨拉住在那边的伯克利,费利茜自己最后也搬到了那里,而斯特拉留了下来,只是越来越不喜欢这座"天使之城"[1]。"在佛罗伦萨待过之后？你能想象吗？想看法语或意大利语电影，或是想去书店，你得搭有轨电车去韦斯特伍德。在这里很难遇到志趣相投的人。我觉得自己就是一个孤独可怜的女人，被遗弃在洛杉矶这个人潮汹涌的沙漠里[2]，就像歌剧《茶花女》里演的那样。"

"嗯，斯特拉，"我说道，"这不就是维奥莱塔[3]唱的巴黎吗？"

斯特拉大笑起来。"人潮汹涌的沙漠这部分很像，这点你可以相信我。"

勒妮在伯克利的日子也不好过。她和斯特拉商量了一下，决定回意大利去。这当然是她们命中注定要去的地方。毕竟，路易吉还在等待，是时候回去了。

- 83 -

1948年初，勒妮和斯特拉前往纽约，为返回佛罗伦萨做准备，她们最先去见的人之一是法尼·莱维，她坦率地表达了对她们的计划的看法。

---

1 洛杉矶又被称为"天使之城"。
2 原文为意大利语。
3 《茶花女》的女主角。

"你们疯了吗?[1]意大利已经是一片废墟。这个国家可能需要好几年,甚至好几十年才能恢复原样。意大利不是未来——美国才是未来。"

"可是我们不喜欢加利福尼亚。"斯特拉告诉她。

"谁会去加利福尼亚?反正不是你们这样的人。适合你们这样的人生活的地方是纽约。这里有各种各样的人,有各种各样的可能性。这儿才是你们俩的归宿。"

就在一瞬间,勒妮和斯特拉意识到法尼说得对。

嗯,可能是对的。"老实说,"斯特拉对我说,"这些年来,我不是第一次凭感觉或冲动行事了。那一刻,这种说法是有道理的。当时我没有什么长远打算。当时没有,从来没有,真的。"

她给路易吉写信。这是她写过的最难写的信之一。

她提前向我透露这段感情的结局,过了一段时间,路易吉和她的哥哥维克托成了朋友,在维克托离开刚果后帮助他搬到了意大利,所以她和路易吉在后来的人生中虽然没有密切交往,却也一直没有离开彼此的生活。过了很长时间——好几年之后,她和路易吉才再次见面。那时他已经结婚成家。他们单独待在一起的时候,他对她说:"斯特拉,你没有回到佛罗伦萨和我结婚,你给

---

[1] 原文为意大利语。

我带来了人生中最大的痛苦。"

这句话让人不好受。"直到今天,我还背负着这一罪责(colpa)[1]"——为了遵循她自己的意愿或直觉,为了知道或想要弄清她自己的想法和内心渴求。"不走进一段最后可能是错误的婚姻难道不是更好的选择吗?如果我和路易吉结婚,然后又离开他,这又会造成什么样的痛苦?"

斯特拉和路易吉此次见面后又过了几年,他俩又见面了,斯特拉希望随着时间的流逝,他们之间的关系能有所缓和。她走过去拥抱路易吉,可他向后退了退。"我试图找到一种方式来感谢他曾给我的一切,他给了我很多,但他仍然用行动表达着他所受到的伤害。我觉得这……令人失望。"在斯特拉看来,他们之间存在真挚的感情[2],而在路易吉身上,痛苦似乎已经凝固。

"有没有可能他还爱着你?"

"我想更有可能的是,他爱着想象中的我。那时,他不可能了解真实的我。"

斯特拉凭借着顽强的毅力度过了在纽约的早期生活。她凭借着毅力和勇气,解放了路易吉和她自己。她凭借着毅力和自律掌

---

[1] 原文为意大利语,意思也可以是:过失。
[2] 原文为意大利语。

握了英语。她凭借着毅力和决心，想办法照顾好自己。

为了找到工作，斯特拉自然而然地向流亡的犹太社区成员求助（我想知道，当你出生的地方已不复存在，那还算是流亡吗？）。她一开始向希勒尔·佛朗哥和赫泽尔·佛朗哥兄弟俩求助，在犹太社区时，他们住在莱维家附近，他们在二战爆发前就来到了纽约——希勒尔（和斯特拉的哥哥莫里斯一样）甚至在斯特拉出生前就已经来了。佛朗哥兄弟一听说来自罗得岛的两姐妹打算在纽约定居，就立即邀请她们到自己位于上西区[1]的公寓共进晚餐。当天晚上，还有其他罗得岛人出席晚宴，其中就包括斯特拉的邻居图列尔一家。佛朗哥兄弟经营着成熟的进出口生意，他们给了斯特拉一份工作，能充分发挥其语言优势。因为他们的许多贸易都是与比属刚果进行，所以工作中需要用到法语。与此同时，勒妮去了萨克斯百货公司的行政办公室工作。

佛朗哥兄弟主要出口美国制造的汽车轮胎、纺织品等商品，和他们一起工作让斯特拉收获了其漫长职业生涯中至关重要的知识。通过法尼，斯特拉后来又去给另一个进出口商工作。这是一个叫巴尔迪的意大利人，他将二手衣服和纺织品进口到意大利。他的大部分员工都是波多黎各人，斯特拉除了要使用意大利语，还得使用西班牙语。结束巴尔迪那儿的工作之后，斯特拉开始了

---

1 位于曼哈顿岛上，是纽约传统的豪华住宅区。

自己的独立代理商生意，帮助意大利客户为意大利市场采购美国制造的纺织品（床单、毛巾、零头布料等）。在战后的多年时间里，意大利市场对此需求很大。出于工作原因，她常常要去美国南部各州，那里是由男人主导的传统地区，但她善于识人的敏锐直觉和在不同文化和语言之间自如游走的能力，在很多年的时间里不仅使她收益颇丰，还让她与各种各样的人和地方产生密切联系。然而，斯特拉特有的不安和自我剖析，让她在回顾这段经历时百感交集。

"我工作努力、诚恳，挣得很多，"她告诉我，"但其实我感到十分羞愧和悔恨，因为我的梦想是过一种知识分子的生活。你知道的，我试着学习写作，然后是心理学，但都没有成功，要么是因为我天赋不够，要么是因为我缺乏动力。要做好这些事，你必须做出牺牲，这超出了我当时所能承受的。纺织业自然而然成为我的选择，它就像是一份礼物。"

她接着告诉我，多年来，她的价值观十分混乱。在纽约的早期，她重新陷入由流离失所的罗得岛人组成的圈子的熟悉感和显而易见的安全感中，她再次提到，她将太多精力放在自己的穿衣打扮和外表上。她说，现在她希望自己当初将那些精力用于上学，并留在学校。她当初应该全身心投入学习，让自己集中精力。

我听着斯特拉的讲述，不由得想起那个收拾手提箱准备去意大利上大学的小女孩，然后是被学校开除的大女孩，接着是年纪更大一点的那个挑战毕业考试却失败的女孩。这一切都发生在进集中营之前。我小心翼翼地问斯特拉,她是否认为这些阻碍或令人失望的过往,可以解释她余生的经历。

"可能吧。"她若有所思地说。"但当我自我反省时,"她继续对我说(她用英语说的"自我反省"),"我意识到我认为一切都应该自动到手,不需要工作或努力。但生活不是这样的。你必须告诉你的女儿,告诉任何你关心的年轻人:如果你想把一件事做好,必须全情投入。烹饪、跳舞、学习、写作,无论做什么都要这样。我现在才明白这一点,我真心意识到当时我缺乏的是:自律。自律是关键。"

- 84 -

纽约并不适合勒妮,她在大城市感到不自在。1949年,她决定回到加利福尼亚州,她在那里找了份工作,然后结婚、生子、离婚,简而言之,她找到并追寻着自己的未来。

她们一起经历了这一切之后,斯特拉变得形单影只,但她仍然相信,正如法尼·莱维所预言的那样,纽约才是适合她的城市。

这是斯特拉人生中第一次完全自力更生,她搬到上西区,和一个叫维利亚的朋友合租一套公寓。公寓位于一栋被戏称为"梵蒂冈"[1]的大楼里,为什么是梵蒂冈?斯特拉解释说:"因为没有犹太人住在真正的梵蒂冈,战争期间,没有犹太人得到梵蒂冈的庇护,但很多犹太人,其中很多是意大利人住在上西区的这栋大楼里。这个名字当然是讽刺的说法。"

20世纪50年代初的一天晚上,斯特拉在"梵蒂冈"和保罗·格伦伯格并排坐着吃晚餐,她说他是她见过的最好的男人之一,也是第一个让她觉得"对我本人感兴趣"的人。实际上,她是在维利亚组织的另一次晚宴上先见到他的父母,她对这个家庭的故事着了迷,这家人也经历过一段包含土耳其的奥德赛之旅,保罗的父母都出生于土耳其的德国-犹太人家庭。保罗本人在意大利米兰出生和长大,他的父亲西格蒙德在1938年之前拥有一家纺织厂,生意蒸蒸日上。他们先搬到了瑞士,他们早有先见之明地将一些资产转移到那里。然后是法国,他们在尼斯买了一栋房子,一直在那里住到无法继续住下去。接着是葡萄牙,这个国家充当了短暂的避风港,那些年许多过境的犹太人都将其当作过渡地点。最后是纽约,1940年他们一家终于抵达这座城市。这些非自愿的旅行让保罗遍尝苦涩,他一生中很长一段时间对意大利和欧洲的大部分地区避之不及。斯特拉说,他根本无法接受这个现实:一群对经济和文化做出贡献的

---

[1] 主权属于天主教教皇的政教合一国家。

人，一个国家的生命和命脉，突然之间仅仅因为宗教信仰问题就被简单粗暴地抛弃。

那天晚上在"梵蒂冈"，斯特拉和保罗热聊起来，保罗主动提出带她参观他住的格林威治村。他们的第一次约会是在第八街和第六大道交汇处的尼迪克快餐店吃热狗、喝咖啡。斯特拉动情地回忆道："他十分优雅。[1]"

她很快意识到，保罗正直而诚实[2]。他刚从哥伦比亚大学建筑专业毕业，正在为一位资深建筑师工作，无论项目多么不起眼，他都乐于接手。在米兰，保罗上学有司机接送，但他从来没有对斯特拉提起过。她是从他的妹妹洛蒂那里听说的，洛蒂经常热切地谈起他们失去的奢侈生活，他们家不仅有司机，还有厨师、保姆和女佣。相反，保罗则对这些避而不谈，就像他对欧洲避而不谈一样。他从不摆架子。他在乎的是思想、人和工作。

斯特拉简单说明了保罗的背景和性格，以及他们恋爱之初的情形，然后她说："我以前跟你说过，当我说起罗得岛的那个斯特拉时，她有时对我而言像是一个完全不同的人，一个故事里的人，来自另一个世界。嫁给保罗的斯特拉也是如此。直到今天，我也不能完全理解她。"

---

1 原文为法语。
2 原文为意大利语。

我记笔记的时候，斯特拉进一步解释说，保罗是个非常好的人，但她并没有为他失去理智。她的一个表兄曾经对她说过，她永远不会为任何人失去理智，她开始怀疑他说得对不对。就保罗而言，她对他的爱是基于喜欢和尊重。除此之外，与他相比，她觉得自己很轻率，不够严肃，也欠缺教养。"我想我可能会伤害他。"

我抬起头。斯特拉面无表情。

"伤害？"我问。

她点点头。

"这和你的经历有关吗？"我问。

"我从没想过这一点。但你知道，当时我并没有考虑太多事情。"

她接着说，她所说的"伤害"，可能真正的意思是拖他后腿。她说，比如当保罗那些受过良好教育的朋友来吃饭时，她很难加入他们的聊天，她意识到这一点时，她就去厨房寻求庇护，她会在那里准备食物和饮料等。当她闻到传统家庭生活的味道时——她意识到，在佛罗伦萨，在和诺费里尼谈论他们共同的未来时，她就嗅到了这种味道——她感到一阵窒息，这让她深感不安，很不舒服。然而，在人生的这一阶段，斯特拉被情感所控制，却没有完全理解它们，或者说她注意到自己的想法，却对自己没有清晰的认知。

她继续对我说："我相信这说明我和我丈夫从来没能共同建立

一个家，或是共同建立一个世界。更重要的是，保罗洞察力很强。他知道我在苦苦挣扎。他知道，失去罗得岛的家之后，我很难再在其他地方找到一个家。他和我从一栋房子搬到另一栋，从一个房间搬到另一个，向朋友和家人找地方借住。我们没有在哪里扎根，因为我无法扎根，要么是因为我还没准备好，要么是因为我不想这么做。但他理应得到更多。"

这不是斯特拉第一次告诉我她不适合结婚。"在罗得岛的时候，我就对婚姻有这种感觉，结婚后我才清楚认识到这一点。我需要自由的生活。我需要一个人待着才能呼吸。"

- 85 -

接下来的星期六，斯特拉似乎从一个不同但明显相关的角度，来谈论她人生中的这一阶段。她告诉我，离开集中营后，她有很长一段时间没来月经。她住在意大利的那一年里，月经短暂恢复过，然后又停止了。她的表妹萨拉则再也没来过月经。勒妮有月经，她最后生了两个孩子。

斯特拉回到纽约之后，去找了妇科医生温姆海默，后者给她做了个小手术，并向她保证她会恢复月经。她真的很快恢复了月经。

生活推着她向前走。她遇见保罗，嫁给他，怀了孕。1954年

12月6日，她生下了儿子约翰。温姆海默医生高兴地探望她，对她说："你还记得你对我说，你觉得自己不会有孩子吗？"

斯特拉沉浸在巨大的喜悦之中，如释重负，她对他说他是对的，她错了。

三年后，斯特拉和保罗离婚了，这一次她艰难地意识到：她很清楚自己还没准备好做一个妻子，尽管她很爱她的儿子，但她也意识到自己还没准备好做一个单身妈妈。"我没有条件。我很害怕，我很孤独。我在这里没有家人，没有姐妹，没有姨妈，没有母亲，没有街坊邻居。我想你可以说我迷了路……"

成为母亲的她备受煎熬，她第一次去看了精神科医生。她很清楚她不想从集中营里找答案，而是希望在自己身上找到答案。其他从集中营出来的人，其他有过那样经历的人，都结婚生子了，无论是为人妻还是为人母似乎都很成功。她想知道，为什么她不能呢？

"我当时就是这么想的，"斯特拉告诉我，"我现在明白了，原来是真的，我从来没有理解那段经历，也没有消化它。我不想这么做，我也不能这么做。如果我去看的那些精神科医生中有一个优秀的（bravo），真正优秀的，也许那时他或她就能帮助我理解这一点。即使这会伤害我，或困扰我，但我也能解决一些事情。事实上，从颁布种族法开始——我之前跟你说过——我就与自己、与自己的既定路线隔绝开来。然后……然后是集中营。所有这些针对犹太人的行动都让我害怕与人建立联系。我生命中的这些裂痕——"说到这儿,她试图找到一个更合适的词,"后果严重。"

但她补充说,在某些心理状态下,她不确定去责怪她找的那些专业人士是否正确。他们医术高超,用心良苦,很有可能是她自己还没准备好接受他们的建议。她固执、抗拒、多疑、强硬。"你可能对此感到惊讶,但我并不总是那么容易相处。"

斯特拉深吸一口气,然后说重温这些很不容易,就此结束了关于为人母的话题。她解释说,约翰9岁的时候,她的一位女性精神科医生建议她把他送到苏格兰一所条件优越的寄宿学校去,她听从了这个医生的建议,而她现在认为当时的做法很不明智。当我问斯特拉,约翰想不想去寄宿学校时,她厉声答道:"哪个孩子愿意离开自己的母亲?"

约翰在苏格兰坚持了两年。他回来后,暑假跟斯特拉一起过,其余的时间都和他的父亲在一起,他的父亲已经再婚,并且搬到了纽约州北部的查塔姆(chatham)。斯特拉说:"我认为这对他来说是最好的安排,我希望如此。"

斯特拉的眼神变得幽深。这次谈话对她而言显然十分艰难,但同时,她似乎下定决心要进行这次谈话,要将这段经历也用语言表达出来。哪怕只是倾诉几句话。

最后，我问她有没有和她的儿子进行过这样的谈话，或是类似的谈话。她回答说她尝试过。她不确定尝试是否成功。"我曾经对他说，对他而言，我也许不是个好母亲，但我至少给他选了一个完美的父亲。"

- 86 -

结束婚姻后，斯特拉的生活中并非没有亲密关系，但她最重要、最持久的人际关系是友谊。

这年冬天的一个星期六，我和斯特拉坐在她的公寓里。她快 98 岁了，处于生命的冬天，她跟我聊起她的一些朋友，其中很多人已经不在了，我能感觉到他们的魂灵在此聚集。斯特拉提到埃丝特尔·皮洛特：她通过法尼·莱维认识的一名广告撰稿人。埃丝特尔出生在缅因州班戈市（Bangor）的一个犹太家庭。在其成长过程中，有一次有同学问她，她的角在哪里[1]，她尖刻地答道："我把它们忘在家里了。"埃丝特尔搬到纽约后，她的母亲每个星期六都会给她打电话，问她在忙什么。她的回答是"读《圣经》"。"可是你不信教。""《圣经》和信不信教有什么关系？"晚年，埃丝特尔住在布里克街，她会下楼放她的狗自己出去散

---

[1] 一些人相信犹太人长角。

步,然后她回到公寓,把头探出窗外,等待狗回来。当狗回来时,她会朝路过的人大喊:"先生/女士,我要打开前门了,你能让我的狗进来吗?"

埃丝特尔很有性格,而斯特拉喜欢有性格的人。她是美国版费利茜:她什么都读,什么都知道,聪慧过人。斯特拉通过埃伦·莱文认识的"来自布兰迪斯(Brandeis)的女人"也是如此,而埃伦·莱文是法尼·莱维的儿子莱昂内及其妻子克里斯介绍斯特拉认识的一个作家。斯特拉、莱昂内和克里斯在汉普顿(Hamptons)租了一套夏季合租公寓,他们在报纸上登广告招合租人,面试了许多候选人。斯特拉带来了约翰,其中一个室友带来了几只狗,扰乱了脾气暴躁的邻居威廉·德·库宁[1]的安宁。她和艺术家科斯坦蒂诺·尼沃拉[2]、格特·伯利纳[3]成了朋友,格特曾因"儿童转移"行动被遣送瑞典。在汉普顿期间,以及回到纽约市区之后,斯特拉还和伍迪·艾伦[4]、剧作家阿瑟·科皮特(Arthur Kopit)、杰克·盖尔伯(Jack Gelber)一起玩扑克,他们一直玩到晚上 11 点甚至午夜才休息吃饭,而她成了赢走这些精明的男人的钱的女人。"这是纽约最棒的地方,最好的纽约,"

---

[1] 威廉·德·库宁(Willem de Kooning),著名荷兰裔美国画家。
[2] 科斯坦蒂诺·尼沃拉(Costantino Nivola),意大利裔美国雕塑家。
[3] 格特·伯利纳(Gert Berliner),德裔美国摄影师。
[4] 伍迪·艾伦(Woody Allen),美国著名导演、编剧、演员。

斯特拉回忆道,"那些年里,我遇到了很多有趣的人。我很幸运。如果你敞开心扉,生活中就会出现各种各样的精彩人物,性格各异。"

斯特拉继续回忆说,她的生活中有很多人来来去去。她说这句话时用的是过去时,但我们每个星期六的谈话都会被斯特拉的朋友或亲戚的一个(两个或更多)电话打断,这些人现在仍然通过电话和她保持联系。我之前认识的和斯特拉一样年纪的人,或是接近她年纪的人,没有一个像她这样和那么多人有联系。但与此同时,我又能看出她每一天是多么孤单和寂寞。

斯特拉很清楚,她的战后生活很容易将她引向其他更传统的人生轨道。她在罗得岛认识的大多数年轻女性,无论是在被驱逐出境前就已经离岛的,还是从集中营里幸存下来的,最后都和犹太社区的人结婚了,但斯特拉没有兴趣以这种方式重建她成长的世界。她至今仍然不确定她的这种感觉从何而来,是受她母亲的命运——下嫁的诺特利卡家的人——无声的影响,还是受她自己的感情生活的影响("我做了一些事情,除了萨拉,我永远不会告诉其他兄弟姐妹"),还是因为她中断了教育,或是因为作为单身女性她必须自食其力。不论出于什么原因,斯特拉都成了一个局外人,虽然局外人的身份给她的生活带来相当大的困难,但随着时间的推移,她开始珍惜因此获得的自由。

她表示："我确实相信，在人生的旅途中，我们会因不同的际遇或在不同的阶段变成完全不同的人。我现在好奇的问题是：在一个人身上，什么是不变的？就我个人而言，我看到一条主线是逐渐开放。这也是美国最后赋予我的：巨大的开放性。我不认为我在意大利能过相同的生活，意大利战后仍然非常封闭，有很强的阶级偏见，人们的思想可能会受到很大限制，尤其是在女性应该如何表现自己方面。当然，即使罗得岛的犹太社区继续存在，我也不属于那里。在纽约，我经济独立，可以自由地在不同圈子活动，我不受限制。我从来不希望受到限制。"

- 87 -

随着年纪的增长，朋友在斯特拉的生活中变得比兄弟姐妹更重要，不过，哥哥姐姐们——尤其是姐姐们——仍然是其与犹太社区保持联系的关键。塞尔玛在斯特拉小时候就像她的第二个母亲，她也是失落的犹太社区最有力的代言人，一方面是因为她是兄弟姐妹中唯一全年遵守各种节日仪式的人——她是他们之中唯一仍然笃信宗教的人，另一方面是因为她安排家务的方式，正如他们的母亲一样，星期四和星期五都用来准备安息日仪式，她每个星期都要庆祝这一节日。作为长女，塞尔玛在米丽娅姆和姨妈、祖母的耳濡目染下学会了做布尔卡斯和博约斯，帕斯特尔和帕斯特里库斯，以及所有其他形状各异、馅料不同的美味糕点，这些几乎是犹太社区每个家庭的主要食物。她还擅长烘焙，会制作各种形状的巴克拉瓦[1]、特拉瓦多斯和库拉比耶斯[2]。她还会做杏仁膏、蛋糕（海绵蛋糕、柑橘蛋糕和柠檬蛋糕）、蛋白酥、布丁、水果酱、糖果和蜜饯。走进她的厨房或坐在她的餐桌旁，会被一种普鲁斯特式的强烈气味和风味所包围。每次斯特拉去塞尔玛家，都十分珍惜这些味道，将其视为塞尔玛勤劳的象征，以及与童年和青年时光联系起来的最脆弱的线索。

塞尔玛和萨拉分别活到了99岁和98岁，她们和莫里斯、费利茜和勒妮一样，在加利福尼亚州结束了生命最后之旅。莱维家的孩子中，只有维克托留在了欧洲，他住在博洛尼亚。最后，斯特拉和勒妮最为亲近——"我们一起经历了那么多，怎么会不亲近呢？"——只要勒妮需要她，只要她能做到，她就会飞去北加利福尼亚。

"现在，"斯特拉对我说，"这个家里最小的孩子成了活得最久的，而且是唯一活着的。"

斯特拉说这番话的时候，我看着她那张爬满皱纹却又如此生动的脸，仿佛看到了她年轻时的迷你电影：一部由一张张家庭照

---

[1] 巴克拉瓦（baklava），一种有果仁夹心的千层蜜饼。
[2] 库拉比耶斯（kurabiyes），一种味道浓郁的坚果饼干。

片串联起来的电影。她的哥哥姐姐们离开罗得岛的时候带走了这些照片，后来这些照片又回到了她的生活中。这些年来，我和她一起看过很多次这些照片：斯特拉和她的哥哥姐姐们站在城墙外、坐在海滩上的小木屋前、置身于院子里搭建的苏克棚[1]前合影，或是星期六的下午散步去罗迪诺公园。在所有这些照片中，作为最瘦小、最年轻的家庭成员，她总是站在最后面。

我对她说："不知道你有没有听过一句老话。最小的孩子是讲故事的那个人，是说出最后的话的那个人。好像是亨利·詹姆斯[2]说过类似的话。"

"说最后的话，"她感叹道，"可能会非常孤独。"

- 88 -

斯特拉的人生和所有漫长的人生一样，分成不同的章节。其中最重要的一个章节出现在大约20年前，当时她快80岁了，大多数人到了这个年纪都开始关注自己的内心，做的事少了，对世界的需求也少了。相反，斯特拉做的事更多，对世界的需求也更多。她开始去塞法迪犹太人之家做志愿者，后来这个组织转变成

---

1 犹太人为庆祝住棚节搭建的临时棚屋。
2 亨利·詹姆斯（Henry James），英籍美裔小说家、文学批评家、剧作家和散文家。

美国塞法迪犹太人联合会，并且迁至16街，与犹太历史中心等组织共享空间。一天，在大厅里，有人介绍她认识纳塔利娅·因得里米，后者很快将与来自意大利热那亚的世界知名神经病学家亚历山德罗·迪·罗科一起建立普里莫·莱维中心。8年后，亚历山德罗·卡辛也将加入他们的队伍。二战后，斯特拉在安纳莱纳旅馆认识了卡辛的祖父。他们每个人都以不同方式成为斯特拉晚年生活的核心人物。

斯特拉从不设想友谊是一种什么样的关系，大概是什么样或要怎样发展，以此贴近她对友谊的理解。例如提到和纳塔利娅的友谊，她表示："我们之间的联系全凭直觉，异乎寻常，涉及智力、心理和情感等很多层面。"她和纳塔利娅不是一代人。她们不是母女，也不是姐妹或表姐妹这类关系，斯特拉显然对这类关系很了解，她的人生中充满这类关系。她们的关系已经发展成一种非常重要的关系。"最终，纳塔利娅非常巧妙地帮助我看清了我是谁。我认为，如果你是一个敏感的人，一个清醒的人，你的人生中就有可能发生这种事情。但你必须勇敢，因为友谊很脆弱。这关乎你是否选择相信他人，也是一种冒险。"

亚历山德罗·卡辛则成为斯特拉漫长人生中与众不同的亲密男性朋友。在每个星期的安息日晚餐上，他都会陪她走一段漫长的旅程，走进她的过去，与她进行智力交流，和她一起学习古希伯来语，和她一起唱古老的塞法迪犹太人歌曲，他帮助她从庞大的记忆库中找出这些歌曲。和纳塔利娅一样，亚历山德罗也从斯特拉身上、从她的生活中、从她的思想里，发现了一些被她忽视的品质。因为他们以全新的方式评价她，她也开始以这样的方式评价自己：不仅针对她所经历的和忍受的，还涉及她如何解释和思考她所经历的和忍受的。

这些充满活力的友谊，给她的这一人生阶段带来了意想不到的意义，在意大利语中，这个阶段有时直接被称为"第三时代[1]"，我觉得这个词很好听。我不认为斯特拉人生的这一阶段弥补了她早年被剥夺的生活，但毫无疑问，她的晚年异常丰富，精彩纷呈，不断在发展，她把许多人吸引到她的人生轨道上，其中就包括我。她既以不同的令人难忘的方式给予我们很多东西，同时也从我们身上吸收了很多东西。

- 89 -

斯特拉还想和我聊聊另一个朋友：奥西·乌尔曼——"他就像我的兄弟一样。"1977年，奥西帮助斯特拉克服了人生的一大障碍，坚持劝说她重返罗得岛，她当时已阔别罗得岛33年。

奥西兄弟俩的父亲是匈牙利犹太人，母亲是希腊人，两人在

---

[1] 原文为意大利语。

土耳其结婚,兄弟俩在那里长大,后来搬到伦敦生活。他和斯特拉各自的土耳其"血统"让他们迅速成为朋友。"你来自罗得岛?你祖上有土耳其人?那我们就是同类。"他在他们第一次见面时这么说。

奥西经营着一家画廊,专营地毯和挂毯。他的画廊一开始开在麦迪逊大道极具氛围感的大楼里,后来搬到了上西区。奥西热情洋溢,十分固执和健谈,他四处旅行,似乎什么都知道。如果他信任你,他总是会不加修饰地说出自己的想法。"当他听说我还没准备好重返罗得岛时,他说:'这不可能。你必须回去,这是必须做的事。'他凭一己之力就让这件事发生了。"

斯特拉一直抗拒重返罗得岛,她一直很害怕。如果没有奥西的推动,她是不会回去的,至少当时不会。1977年春天,她就这样回去了:她和奥西以及奥西当时的男朋友飞到雅典,然后是罗得岛。当她走下飞机时,不由自主地浑身颤抖。

机场离特利安达村很近,一刹那间斯特拉百感交集:他们和希腊朋友帕帕萨纳西斯一家在那里度过了许多个周末,轰炸过后他们去那里避难。

出租车把他们送到市区较现代化的片区的一家酒店。他们步行走到犹太社区。

"我甚至找不出一个词,"说这话时斯特拉眼神变得幽深,"我不能说这个,现在还不能。"

我看着她，想起普鲁斯特形容圣卢的女朋友、女演员拉谢尔[1]的一句话，他说她的眼睛集中凸显了她的性格。这一刻，斯特拉的眼神也深深触动了我。

我们就此结束了这一天。

- 90 -

接下来的这个星期，斯特拉终究找回了话语，找回了一些词：

"我来告诉你那是什么感觉。我的胃里仿佛有千斤重量，癌症或是溃疡，只不过实际上两者都没有。那是一种恐惧：害怕回去，害怕找到什么——不，是找不到什么。害怕发现一切都消失了。一切已经消失，所有重要的事情。"

斯特拉在故乡感觉像个陌生人：她曾经的故乡。他们穿过凯安察广场时，会说希腊语的奥西听到一个年轻人对一个朋友耳语道："我认识她。"他把这话转告给斯特拉，斯特拉转过身，犹豫了一会儿，才认出说话的人：艾萨克（伊兹）·阿尔哈德夫，他的母亲出生在奥斯曼帝国统治时期的贝鲁特，因此成为没有被驱逐出岛的土耳其公民。

---

[1] 普鲁斯特作品《追忆似水年华》中的人物。

这是斯特拉的阿尔戈斯时刻[1]，只不过她不是被一只狗认出来，而是被一个男孩认出来——一个已经长大成人的男孩。

在斯特拉的返岛之旅中，伊兹·阿尔哈德夫是她遇见的第一个与犹太社区有关联的人，不过随后还会出现其他人。她去看了索里亚诺一家，他们也是土耳其人，同样没有被驱逐出岛，他们还曾搬到土耳其生活一段时间。他们是战后第一批返回犹太社区的人，也是少数选择留在罗得岛的人之一。她还去探望了米哈利·帕帕萨纳西斯，他开了一家旅行社。"我觉得我们至少哭了半个小时。"

他们抱头痛哭的时候，米哈利询问了有关勒妮的情况。斯特拉告诉他，勒妮还没做好回来的准备。但也许有一天会回来。

奥西和斯特拉一起去了卡哈尔·沙洛姆犹太教堂。教堂当时破败不堪，空无一物，还没有像后来那样得到修复。他们路过她的家，她朋友的家。所有门都关着，而在斯特拉生活的年代，在她生活的犹太社区，白天，她的母亲会开着厨房门，丽芙卡·科恩姐妹、索里亚诺姐妹和达尔瓦姐妹自然也会开着厨房门，房子和街道、私人空间和公共空间的界限变得模糊，小孩子在附近玩

---

[1] 荷马史诗《奥德赛》中的英雄奥德修斯历经艰险回到故乡后，被自己的狗阿尔戈斯认了出来。

时更有到处是家的感觉。

他们走过面包店和被炸毁的卡哈尔大教堂。过了这么多年，犹太社区仍然保留着战争的伤痕。30年后，残垣断壁仍然躺在曾经倒下的地方，房子仍然没有屋顶，大门空余门槛，窗户没有玻璃。花园凋敝，杂草丛生。

如果再也没有犹太人住在这里，它还能被称为犹太社区吗？

- 91 -

有了第一次就有第二次，到2015年我在罗得岛遇见斯特拉的时候，他们已经多次重返罗得岛。也许这就是事情的必然发展历程：频繁的微小积累，就像一系列的预防注射，伴随着悲伤、失落、错位感和随着时间推移、在不同的人的陪伴下得以分散的痛苦。斯特拉就是这样开始面对重返故乡的心魔，但我很清楚，她并没有完全战胜心魔——她怎么可能做到呢？

她开始一点一点地将罗得岛加入她的生活范围。她变得更自在，更有勇气——她的原话。当她去意大利出差时，她会短暂回去罗得岛。她也和纽约布鲁姆街犹太教堂的成员一起去了罗得岛。她的表妹萨拉从开普敦远道而来。她还安排了一次与来自布鲁塞尔的罗得岛人的聚会，1960年比属刚果独立后，他们中的许多人搬到了布鲁塞尔。他们住在现代化的酒店里，围坐在桌旁，一边享用美食，一边回忆往事。他们哭得很厉害，把脸上的妆都哭花了。但他们也会哈哈大笑。"是的，笑是合理的，实际上也是必要的。"

这些归来的罗得岛人给那些消失的罗得岛人留了一席之地。还记得那个老板吗？还记得他是怎么追求得了流行性感冒的女孩吗？或是：鞋匠的儿子莱昂·科恩，他刚开始学这门手艺时，对勒妮有好感，他比她小四五岁，他去给她量脚时，脸涨得通红，手都在颤抖。还有：朱塞佩·哈赞——"约塞法奇"，他和哥哥姐姐们住在一起，因为他的父母在哈尔基岛[1]经营一家商店。他还会和弗拉特·安杰利诺一起散步[2]。我最后一次在街上见到他时，他腋下夹着一本《少年维特的烦恼》[3]，我还嘲笑他看这么有格调的书……

那个得了流行性感冒的女孩，那个暗生情愫的鞋匠的儿子，那个阅读歌德作品的约塞法奇：他们都在奥斯威辛集中营的火炉里被烧成了灰烬。除了在罗得岛，除了罗得岛人，谁还会记得他们呢？

---

1 从罗得岛乘渡轮到哈尔基岛（Halki）大约需要一两个小时。
2 原文为意大利语。
3 德国著名作家歌德的小说。

- 92 -

1995年,斯特拉终于说服勒妮重返罗得岛。勒妮曾一直态度很坚决。在此之前,她就像露西娅·佛朗哥或克拉拉·加布里埃尔一样,坚决不回罗得岛。斯特拉去布鲁塞尔见过克拉拉,希望能说服她回罗得岛。克拉拉则回应道:"我再也不会踏上那片土地。"

对于勒妮,斯特拉劝得更厉害。她不断尝试,直到成功为止。也许是因为萨拉·诺特利卡的加入,也许是因为她们三个总是一起,回忆如潮水般涌现:她们去了海滩,她们聊起跳水板、小木屋、从罗塞蒂那里买的手工冰淇淋(gelati)。她们还爬了史密斯山,路过了修女学校和她们曾经被关押的空军总部。她们走遍了犹太社区的大街小巷,从一个街区走到另一个街区,从一栋建筑走到另一栋建筑。然而,她们都不愿意去敲莱维家的门,她们听说那里住着一个希腊男人,这个男人娶了个俄罗斯女人。谁也不敢走进曾经的莱维家。

斯特拉还带勒妮去见了帕帕萨纳西斯一家。米哈利不在家,她们叮嘱他的女儿别告诉他她们来过。她们想给他一个惊喜。

年轻时,勒妮是米哈利的好朋友,为了让她免于被驱逐出岛,米哈利曾向她求婚(令人难以置信却又很慷慨的举动),而他的兄弟约蒂曾向斯特拉求婚。她们的意外惊喜差点要了米哈利的命。当他看到她时,他的脸完全凝固了。

因为在希腊管家的陪伴下长大,所以萨拉会说希腊语。在索罗尼村,她能在村子里打听消息,试图了解米丽娅姆的朋友米哈利·埃利亚斯的一些情况。最后,她们找到了一个邻居,这个邻居告诉他们他已经在几年前去世了。他的一个女儿住在附近一个叫卡拉瓦尔扎(Kalavarda)的村子里。斯特拉一行三人继续前进。萨拉又四处打听了一番,有人指引她们去了一栋房子,勒妮和斯特拉在那里找到了她们认识的那个年轻女孩。她现在已经长大成人,做了母亲,但还是能一眼认出来。"她看着我们,好像见了鬼一样,"斯特拉回忆道,"从某种程度上说,我想我们就是鬼吧。"

勒妮只回过一次罗得岛。斯特拉则不停地回去。这些年来,她见证了犹太社区——曾经的犹太社区——开起一家家商店,开始售卖 T 恤和纪念品。她看着游客们坐在一块黑色石板边喝苏打水和气泡水,这块石板是 2002 年为纪念罗得岛和科斯岛的犹太受害者而建的纪念碑,上面用希腊语、希伯来语、英语、法语、意大利语和拉迪诺语刻着纪念文字。这些游客来这里是为了去海滩玩,也许还为了看一眼那些残垣断壁,或是为了购物。他们不知道这里曾经是什么模样,曾经有什么意义。

最后,斯特拉参与了卡哈尔·沙洛姆犹太教堂的修复计划,还为她的表弟阿龙·哈森修建的博物馆捐了款，博物馆所在地原来是和圣所相连的女性祈祷室。1997年，博物馆开馆后，塞尔玛的女儿埃丝特捐赠了一条特别的裙子，多年前，米丽娅姆从一个流动土耳其小贩那里买下这些裙子。她的年长的女儿们离开时，她让她们把裙子带去了美国。这些裙子是用天鹅绒做成的，上面有金线或银线绣的花，萨拉曾向她生活的伯克利的一家博物馆捐赠过一条类似的裙子。米丽娅姆不穿这些衣服，而是因为它们的稀有和制作工艺而收集它们。她的年长的女儿们可以穿它们，但也只能在每年的普林节穿一次，而且必须保证要非常小心地呵护它们。

这条裙子和其他家庭捐赠的一些物品一起回到了罗得岛，但对于大多数购买、保存或收集这些东西的人来说，他们在犹太社区唯一留下的痕迹是他们的名字：2009年，一本由金属和有机玻璃制成的巨大的"书"被安放在犹太教堂的院子里，它的书页上印着罗得岛的犹太人的名字——1944年7月23日被召集起来坐上那三艘船的每一个人的名字。

那年夏天，我离开罗得岛之前，斯特拉带我去看了这本大书。她费力地为我翻开沉重的书页，念着一个又一个名字，她的家人的名字，她的朋友的名字，死去的人的名字。我站在那里，意识到距离这些名字最后一次在犹太社区被大声念出来，已经过去了差不多70年。

- 93 -

我心里一直存着一些疑问。

下一个星期六，我问斯特拉，如果没有战争，没有驱逐，没有集中营，她能想象出自己对罗得岛的感情吗？

一个不合时宜的问题？一开始我没从斯特拉的表情中看出这一点。我只看出她在思考。我见她这样思考过很多次，突然沉默不语或是短暂停顿。她沉思的样子让我想起汉娜·阿伦特[1]曾经问过自己的问题：我们思考的时候身在何处？阿伦特通过反思卡夫卡的一个寓言故事找到了答案，在这个寓言故事中，卡夫卡[2]想象出一个战场，过去和未来在这个战场上相互角力。

过了好一会儿，斯特拉回应道："这是不可知的，不是吗？罗得岛就这样终结了。想象另一种现实并不容易。"但她还是做出了尝试："如果没有战争，我们还是会离开。"

"你为什么这么肯定？"

"因为那里没有男人可以嫁！"

她大笑起来。然后又说："我们在那里没有未来。社区里都是老人和年轻女人，其中大部分是女人。无论如何，时间会把我们

---

[1] 汉娜·阿伦特（Hannah Arendt），著名犹太裔思想家、政治理论家。
[2] 弗兰茨·卡夫卡（Franz Kafka），奥地利著名小说家。

进一步推向现代化,现代化也会导致差异,会改变一切,将不可避免地开辟新的道路。如果我和勒妮离开罗得岛,就只剩下我的父母相依为命,我们绝不会扔下他们孤零零地待在那里,所以他们会跟我们一起走,可能一开始会去洛杉矶。"

她的父亲和母亲会在洛杉矶做什么?

斯特拉答道:"他们会适应的。还能怎样?我们犹太人一直如此。我之前告诉过你,不是吗?"

我再次对她的愤怒感到好奇:她是否感受到这种愤怒,如果感受到了,她怎么处理这种情绪?

她想了一会儿才开口道:"我很容易为一点小事生气……但对于这件事,一件很重要的事,我并没有感到愤怒。相反,我有我自己的疑问。我想更好地理解这些可以追溯到几千年前的反犹太主义的起源。正如我经常说的那样,这个世界上存在一种针对其他人的种族灭绝,存在一种这个国家对待非裔美国人的方式,而且这种方式还在继续。仇恨似乎是人类与生俱来的天性。但是犹太人的问题,战争的问题,让人感到十分困惑。犯下这一罪行的人比其他欧洲人更有教养、更有文化、受教育程度更高。你可以从他们的音乐、哲学中看出这一点——我不是第一个这样想的人,这些德国人是受巴赫、门德尔松、歌德等熏陶的人。你甚至可以从他们的制服上看出来。"当我们走下火车看到党卫军时,他们的穿着非常整洁。他们穿得干干净净去消灭人类。

斯特拉继续说，当然，如果欧洲其他国家的人，即使是那些不想打仗的人，没有退缩的话，战争也不会发生。这其中包括意大利人，他们的同流合污程度远比人们通常了解或讨论的要严重得多。斯特拉认为，这一点还没有得到充分讨论："还差得远。"

与此同时，在罗得岛发生的事情也特别荒谬。"我曾经对你说过，我可能还将继续对你说。我仍然会问我自己：为什么？他们为什么这么在意如此一个小小的社区？在希腊解放前两个月，几乎是在最后一刻还要不远千里来到这里做些什么。基本上驱逐的都是老年人。把1650个人聚集在一起，带他们进行一个月的航行，花不知道多少钱，这么做有什么意义？用这些钱买武器保护他们自己不是更好吗？"

过了一会儿，斯特拉还想知道人类是否有可能对同类恨到这种程度。她告诉我，这是她对人类内心世界最好奇的问题。"有时我甚至猜测，发生这些事与对犹太人的仇恨无关。而是因为德国人制造了一台机器，一直在使用它，即使他们知道战争已经结束了。"

她停顿了一下，如我所料，她又提到了卡夫卡所描述的思想战场。

"就我个人和我们很多人而言，这是一次痛苦的经历。但以这种方式摧毁一个社区？罗得岛再也不会有犹太人了。永远不会有了。他们成功地让一个民族永远离开了他们的土地。"

"我问自己这是为什么,但没有答案。你找不到答案。你只能讲故事,就像我对你讲故事一样。你只能做这些。"

- 94 -

你讲故事。但为什么斯特拉等了这么久才开始讲故事?她为什么要等到90多岁才坐下来讲这些?确切地说,讲她和她的家人发生了什么。

她一开始就提醒我:她讲过有关罗得岛的故事。她曾同意在两部纪录片里出镜,一部是丽贝卡·萨摩纳(Rebecca Samonà)的《玫瑰岛》(*L'isola delle Rose*),另一部是鲁杰罗·加巴伊(Ruggero Gabbai)的《最漫长的旅程》(*The Longest Journey*)。她的儿子大概了解发生在她身上的事情。她的孙女曾因为一个学校项目来采访她,她自然而然地提起她和她的好友们多年来的经历。她不是那种幸存者:关上那扇门,再也不把它打开。但她也没有兴趣成为大屠杀的讲述者,她让我想到有人一遍又一遍讲述相同的故事,即使后来讲故事的人变了,回忆也变了。

"我不希望拥有这样的固定身份。我不想把那个数字文在手臂上。我也不想让他们看着我,同情地说'太不幸[1]'。我不想

---

[1] 原文为意大利语。

成为受害者。"

斯特拉继续补充说,除了她所熟知的普里莫·莱维,很多人都已经生动讲述了自己的故事。而出于个人原因,她拒绝讲述自己的故事。她在脑海中听到一个批判的声音——她现在意识到这主要是她自己的批判声音——问她以为自己是谁,想知道她有什么权力来讲述犹太社区的故事,谈论曾经在那里的生活,以及离开之后的生活。但这些年来,她的想法发生了变化,随着年龄的增长这种变化尤为明显。她告诉我:"人生中很多事情来得很晚。我以前从来没有对任何人说过这些事情,但是当你到了一定年纪,你就不再害怕被人嘲笑了。"

过了一会儿,她双眼放光地说道:"这时你来了,满心好奇。而且你对我很有耐心,即使我并不总是那么——那么好相处。在和你谈话的过程中,我对自己有了很多了解。当我跟你讲我的故事的时候,我也在学习。我学到的一件事是,没有不变的真理,在我们的人生道路上[1],真理在不断变化,你不断回到过去,回到你以为你已经了解、有所领悟和相信的过去,从中学到很多。

"最后,你知道的,我信任你。"

我指出过了一些时日她才真正信任我。

---

[1] 原文为意大利语。

"你必须赢得信任,迈克尔,你难道不这么认为吗?"

她此刻看我的眼神,我以前可能会觉得很凶狠。现在我不再这么认为了。在我看来,这种眼神属于一个完全活在当下的人,她不害怕说出自己的想法,不愿轻描淡写或轻松地描述困难时刻,最重要的是,她很真实,或者说尽可能地真实——基于她记忆的运作方式以及思想随时间而发生的演变。

"我同意,"我回应道,"但我同时认为……这也需要双方都迈出信任的一步。"

斯特拉对此表示认同。"我相信我们都迈出了这一步。"

我们被近乎实质性的沉默所包围,它仿佛一块有形的布,又像是一张巨大的船帆或一顶帐篷——一张捕获了带着我们航行的风的船帆,一顶定义并围拢起我们共度的时间(这些年来我们在一起的许多星期六)的帐篷。

过了一会儿,斯特拉说道:"还有别的东西。"

"嗯?"

"我们的谈话似乎让我活了下来。"

- 95 -

我问斯特拉,如果可以的话,你会对孩子们说些什么?这些孩子出生的时候,所有集中营的幸存者都已经死去,大屠杀已经成为被保存下来的事件，被记录在书籍、纪录片和博物馆里，他们再也看不见当时经历大屠杀的人的眼睛，他们再也无法听见那些人亲口对他们讲述那些故事。你想让他们知道些什么？

在斯特拉回答这个问题之前，我补充说，我有时候会将她视为"最后的幸存者"。最终会有那么一个人：最后的幸存者，她会讲述一切。但其实并不是一切，这种想法是错误的。就像斯特拉向我讲述的一样，这个最后的幸存者也只是在记忆允许的范围内，尽可能真实可靠地讲述其生活和经历。她在人生的不同阶段重新审视她的故事，她一生都在思考发生在她身上的事情和可能的原因，以及这些事情是如何塑造她的。她越来越感觉到分享自己的生活的重要性：她出生的那个世界及其久远的历史，她被强行带入的世界，她最终发现并为自己建造的那个世界。

她想了一会儿答道："我会说：不要恨另一个人。你为什么要恨另一个人呢？因为他刻薄？因为他的背景和你不一样？因为他的信仰和你不一样？"

还有：

"我出生在一个特定的宗教环境，就像我们许多人一样。对我来说，作为一个女孩，仪式和信仰密不可分。我知道费利茜不信教，我哥哥会在安息日抽烟，我母亲会说：'去你想去的地方，做你想做的事，只要不被别人看见。'我从小就是个没有信仰的人。但我们家前面就是犹太教堂，我父亲不会缺席每一次礼拜、每一次祈祷；还有门上的门柱圣卷、安息日的饮食、吉都什[1]……所有那些节日、所有那些习俗。我该怎么对待它们？否定它们？拒绝它们？我成长的环境造就了现在的我。不仅如此。我看过的所有书也塑造了我，我知道我出生的世界有一段很长的历史。小部落互相争斗，占领了迦南这片土地，建造了一座神庙。他们发明了独一神的概念。他们逐渐形成一种宗教。他们向埃及人学习，他们在巴比伦学习。他们不断成长，不断发展，成为一个民族，至少故事是这么说的。

"你不需要相信自己是犹太人。你就是犹太人，因为你生于传统之中。但无论你是否信神，重要的是要记住一个简单的道理：关于神的观点，不存在哪一种比另一种更好。我们最终都大同小异，每个人都有差异和缺陷。重要的是尊重人性。"

- 96 -

这些年来，我不止一次对斯特拉说，她是我所发现的最好的榜样之一，她教会我如何优雅而坚强地老去，有时也需要一点倔强：从 90 多岁开始学习古希伯来语，不停阅读，几乎每天都能安全地外出，与许多朋友保持联系，不会拿模糊不清或懒散的想法，

---

[1] 吉都什（kiddush），在安息日或节日餐前说的特殊祝福语。

或是不尽如人意的态度应付我们任何一个人。但有时候,当我对她说这些的时候,我能感觉到她的犹豫,一种无声的反对,我逐渐开始意识到,我一直坚持说她做的事情多么令人感动,其实是在某种程度上模糊或否定了她对自己在人生这个阶段所产生的凄凉感,或者说是没有给她留出安放这种情感的空间。她坦率地提起这一点,觉得自己常常对自身的处境感到不快:她的完整的思想没有被充分利用,被"浪费"了。岁月有时会变成一堆琐事和任务。她感觉很孤单、很疲惫。她觉得自己已经失去了人生的意义。"有时候我不知道自己是否还能坚持下去。"或是:"想想普里莫·莱维。他知道自己什么时候走到尽头了。"

普里莫·莱维(虽然姓氏相同,但斯特拉和他并无亲缘关系)多年来一直是斯特拉心中的标杆人物:他是人性的细心读者,思维缜密,也会在必要的时候表达愤怒。他是个讲故事的人(讲述最重要的故事)。他还是第一个写下自己在集中营经历的人,和很多人一样,斯特拉也看过他的书。但我知道,斯特拉之所以在这种情况下提起他,是因为她想到了他在1987年4月死去的方式。

她说:"他是因为头晕从楼梯上摔下来,还是自己选择结束生命,这有什么关系?"[1] 她仿佛已经预料到我想问什么问题。"重要

---

[1] 1987年,普里莫·莱维坠楼身亡,死前没有留下任何文字,验尸官认为他是自杀。

的不是怎么死去，而是怎么活着。"

我等了一会儿才继续说道："你仍然在想，我也在想，这和——"

她又抢先一步回答：

"大家都会问这个问题。我听人说，他们相信他是从精神上逃离了集中营，可'逃离'是什么意思？我自己的想法是……过去不会放手。我仍然会想那列火车，我试着回想一些细节。我记得我们给父亲搭了个帘子，这样他小便时就能有所遮挡，有点隐私，但我想不起我们是怎么搭的帘子。我不记得我们是怎么熬过那两个星期的。我们如何理解叔外祖父诺特利卡的死亡，或者说我们是否理解他的死亡的意义？他的尸体是在我洗头的那个车站被运走的。我记得他的死亡，我记得我的勇气或愚蠢，随你怎么想，我、萨拉和勒妮三个人去了那个水泵，但我不记得我怎么敢提出这样的请求。

"这两件事发生在同一时间、同一地点。它们意味着什么？"

"这还只是火车之旅。然后还有接下来的一年。不，过去如影随形，我可能会有不同的想法，但它总是让我回去，回头看……"

当然，我认为过去也一直纠缠着普里莫·莱维。

斯特拉思考了一会儿，继续说道："他已经给予了必须给予的。他不再写了，因为他已经把要说的都写完了。他到学校去给年轻人演讲。他接受过很多次采访。他已经完成了他的工作。他做好了走的准备。"

- 97 -

每年的 1 月 27 日是苏联军队进入并解放奥斯威辛集中营的纪念日，普里莫·莱维中心会参加"宣读姓名"活动，以此纪念国际大屠杀纪念日：人们在公园大道的意大利领事馆前布置讲台，架起麦克风，从早上 9 点开始，人们在接下来的六七个小时里轮流上台念出一万名男女老少的名字，这些是在法西斯纳粹迫害期间从意大利和意大利控制区被驱逐出境的人。

尽管天气很冷，斯特拉还是准时来到活动现场。有时候她会上台念名字，有时候她站在或坐在后排，一边喝茶，一边和参加仪式的几十个人打招呼、交谈。有时候，寒冷把她赶到屋里，或是赶回家，但她总是会出现在活动现场。

有一年，轮到我上台念名字时，正好轮到字母 L 开头的名字：纯属偶然，神秘的偶然，轮到我念斯特拉一家的名字。在过去的几年里，轮到我念名字时，我的目光总是会瞥向姓名簿的右边，那里有一栏写着一些信息：那个男人、女人或孩子的出生日期、出生地，他或她的配偶或父母是谁，他或她在哪里被捕，又被驱逐去了哪里，然后还有一句话："在大屠杀中幸存[1]"或"没能在大屠杀中幸存[2]"。

---

1 原文为意大利语。
2 原文为意大利语。

这一年，我的眼睛没有看向右边，因为在听斯特拉讲了那么久的故事之后，现在我已经知道了这些人——斯特拉的家人，罗得岛的莱维一家的遭遇。

了解是一种纪念。阅读是一种纪念。念名字也是为了记住。

纪念方式多种多样。

2019年秋天，纳塔利娅·因得里米和亚历山德罗·卡辛在纽约西村的一个旧马车房里，组织了一场为期一个月的临时展览，以此纪念罗得岛的犹太人，我认为，这场展览本身在某种程度上就令他们感到惊讶，它本身就是一种意想不到的纪念行为。

他们称它为 *Los Corassones Avlan*，这是拉迪诺语中的一个短语，罗得岛犹太社区的人经常说这个短语，它没有真正对应的英语短语。*Los corassones*（或 *korasones*）*avlan* 的字面意思是"心在说话"，但我其实并不太清楚它是什么意思，直到斯特拉解释给我听："你在厨房准备晚餐，或是坐在扶手椅上看书，一个朋友的模样突然出现在你的脑海里：你看到她的脸，你想起她说过的话、她讲过的故事。过了一会儿，有人敲你家的门。你打开门，那个出现在你脑海中的朋友站在门外。'啊，'你说，'心在说话。'"

心在说话？心在召唤？心知道？在那一个月的时间里，在西村，人们谈论着罗得岛，召唤并了解失落的犹太社区。纳塔利娅和亚历山德罗布置好各种纺织品，几件银器，一双厚底木屐。他们将罗得岛的一系列照片和电影片段投射到光秃秃的砖墙上。他们提供达维德·鲁比尼制作的布尔卡斯，这位面点师花了好几个星期测试、调整配方，以达到斯特拉的严格标准。因为要接近记忆中近一个世纪前的味道，标准变得更加严格。

有时候，展览现场晚上会有一位音乐家演唱拉迪诺语歌曲。有时候，展览现场会放映丽贝卡·萨摩纳制作的有关犹太社区的纪录片。丽贝卡是维多利亚·西迪斯和埃内斯托·利奇特里的孙女，她曾请求斯特拉帮助她了解家族未知的过去。还有些时候，斯特拉会和她的堂姐妹伊莎贝尔·莱维，或是曾经的邻居埃利奥特·图列尔展开对谈。斯特拉是看着埃利奥特出生的（"男孩女孩？男孩！[1]"），他后来成为加利福尼亚大学伯克利分校的心理学教授。一天晚上，我自己也和斯特拉聊了聊犹太社区的那些祖母们、母亲们和女儿们。

整整一个月的时间里，在第六大道一段不起眼的繁忙的路段旁，西四街的那个院子里在每个下午和夜晚都发生着比其他各种各样的活动更重要的事情。人们蜂拥而来，有的人还是从很远的地方赶来，大家挤满了这些小房间。他们是罗得岛的后裔，这些孩子们、孙子们、侄女们和外甥们都是听着犹太社区的故事长大的，他们小时候都是听着拉迪诺语摇篮曲入睡，都品尝过代代相

---

[1] 原文为拉迪诺语。

传的布尔卡斯、帕斯戴尔[1]和特拉瓦多斯的味道，他们把需要辨认的照片或需要解释的物品塞进一个旧抽屉里，也许是拥有百年历史的一个嵌着金银丝的手镯或是一件刺绣纺织品，距离它们被制造、交易、珍藏、赠予、修补、使用和了解的时代和地点已经相去甚远。他们来听音乐、聊天、喝茶、吃点心……他们来找斯特拉，她就像村里的老人一样坐在旧货店的扶手椅上，椅子上盖着褪色的土耳其基里姆毯，她听着他们的故事，回答他们的问题，也会问一些问题。

一天晚上，我在现场，一个女人在耐心排队等待之后，问斯特拉是否认识她的母亲弗秋内。（她和那个在奥斯威辛点蜡烛、做祷告的弗秋内不是同一个人。）斯特拉有片刻的迷茫，然后沉声说道："你是说福尔图娜塔——我们在罗得岛这样叫她。当然是：福尔图娜塔·索里亚诺。她和我姐姐勒妮是同班同学，她的母亲——长女索里亚诺——是我母亲的好朋友，她们一起去散步（*passeggiate*），一起去看电影，她和她的丈夫经常在安息日后到我们家进行安息日结束仪式……"斯特拉继续把这些记忆点连接起来——她住在哪里，她小时候长什么样——然后她拼凑出一段回忆，你可以从她面部表情的逐渐变化中看出端倪，这段回忆仿佛突然从内部被点燃，甚至对她来说都是全新的："你知道吗，在

---

[1] 帕斯戴尔（*pastelles*），一种表面撒有芝麻的馅饼。

奥斯威辛集中营，你的母亲在点名时常常把眉夹藏在嘴里。"

斯特拉停顿了一下，接着发出一声平静的、复杂的苦笑。"我亲眼看到她把它们从嘴里拿出来。她说：'我眉毛很多，你知道的，这是最安全的藏匿点。反正点名的时候我们也不许说话……'"

这个女人的女儿已人到中年，一头金发梳在脑后，她把手放在斯特拉的肩膀上，斯特拉也把手放在她的肩膀上。她们站在那里，互相拥抱，互相凝视着对方，沉默了很长一段时间，时间似乎裂开一道口子，弗秋内或福尔图娜塔短暂地出现在我们面前。

那一刻转瞬即逝，她又回到其他鬼魂身边。

- 98 -

"我一直在想，"我尽可能以漫不经心的口吻说道，"我一直在想……看过这个故事的人难道不想了解年轻的斯特拉的……亲密关系？我是说：它究竟是怎么开始的？"

她看着我时的表情很难读懂，里面有一丝嘲弄的意味。这一点毋庸置疑。可能还有一点恼怒。

"'年轻的斯特拉'，你说的好像我已经是个什么了不起的人物了似的。"她停顿了一下继续说道："倒也没有错得离谱。因为在某种程度上，跟你交谈了这么多年后，我就是个人物了，现在甚至连我自己都这么认为。你提到的年轻的斯特拉：我了解她，又不了解她。我想，当你在时间上与过去的自己相去甚远的时候，就会出现这种情况吧。"她又停顿了一下，才接着说道："但是，是的，我会用我的方式回答你的问题。"

用她的方式：斯特拉是神秘又精明的山鲁佐德。她知道怎么吊我的胃口，一个星期又一个星期，一刻不停，一句不落。6年多来，她一直在某些问题上吊着我，但我已经明白，有时候最好不要逼问或追问。最好等着看她选择告诉我什么，以及如何告诉我，这样也更有趣。

于是我等着。

"我跟你说过三个男人，"她慢慢开始说，"路易吉、真纳罗和伦佐，他们是我人生中那个时期最重要的人。你可以说他们每一个都为我打开了一扇不同的窗户。"

她解释说，路易吉的影响最初是知识性的，毕竟他是老师，而且是她的老师。不仅仅只是在罗得岛，后来在佛罗伦萨也是如此。他给予她的无可估量。文学、历史、歌剧。友谊。他还为她的生活和婚姻规划了蓝图——一个在意大利的家，让她感觉他是如此慷慨，他的计划是如此切实可行——直到她发现事实并非如此。

伦佐更老于世故，更有教养，他的生意遍及欧洲和中东。他的房子，他的自信，他的想法，他的笃定，他主持的热闹而优雅的午餐：这一切都让斯特拉着迷。虽然现在回想起来，真正给她留下深刻印象的是，当德国人控制了罗得岛的时候，他对形势的清晰判断。他都没回家换身衣服——她告诉我，他径直走上船，交出所有钱，就这么离开了。

"这是某些犹太人一直在做的事，"她说道，"那些善于解读征兆的人。"

但她对他的不辞而别没有任何想法吗？

"我只是嫉妒，"她明确答道，"特别是在事后看来，我希望当时我也能这么做。"

然后还有真纳罗：诗人，律师，士兵，拥有19世纪情感的游泳健将。在他们三个人中，他可能是那个时期最接近斯特拉灵魂伴侣的人，也可能是她一生中的。"直到今天，我还经常想起他。他的死对他来说不可避免，没有商量的余地，但对我们来说，隔着这么远的距离回看，嗯，意义完全不同。还有他的生活方式，写作和说话的方式，他付出的一切……"

她靠在椅子上，半晌沉默不语。

"你现在可能已经意识到，我的亲密关系是从这些男人中的一个开始的。确有其事。但要具体说明是哪一个——你为什么需要知道这个呢？"

她没有等我回答——我想起这件事时，也没想出答案。

"更重要的是要明白，我认识这三个男人，我了解他们，我为他们感到难过。作为一个生活在犹太社区的年轻女人，我看到了他们，并和他们公开成为朋友，而且得到了我母亲的认可。她从来没有禁止我和他们出去，事实上，她见过他们三个人。她对我有信心，她信任我。她是不一样的母亲：她意识到我们周围的世界在改变，我也在改变，而在我看来，她也在改变。

"和谁上床有什么关系？重要的是这些关系的力量。在那些年里，它们塑造了我的人生，它们真的帮助塑造了我。"

- 99 -

"在我生命结束之前，我们必须结束谈话"，新年伊始，当我写信给斯特拉为我们1月的第一次见面商定日期时，她给我发电子邮件回复道，"在我生命结束之前，我们必须结束谈话[1]"——（在我听来）这强烈的虚拟语气在意大利语中感觉更为直白。

星期六，当我到达时，斯特拉不安地打开门。她的眼睛周围有一圈深深的阴影，她重重地坐进她惯常坐的椅子里。

我打开当天早上在联合广场冬季绿色市集买的饼干和苹果。我给自己倒了杯水，把电脑和笔记本放在沙发上的老地方。

这个星期，我给斯特拉转发了一篇我在《泰晤士报》上看到的关于高龄老年人记忆的文章，我们的谈话就从这篇文章开始。

---

[1] 原文为意大利语。

她告诉我她也是这样，常常忘事，忘记一些琐事，或是忘记自己为什么要走进一个房间，但那些久远的记忆却变得越来越清晰。这不是我们第一次谈论她的记忆，以及对她的记忆力感到的惊讶。

"我不知道这是为什么，"她说，"但我此刻看到我的祖母坐在我们房子外面的那条长凳上，就是那条嵌在墙里的长凳，凳子上可以放垫子，她早上会把垫子拿出来，一天结束时又会把它收起来。她就坐在那里，看着周围的世界流逝。"

斯特拉年事已高的祖母坐在罗得岛温暖宜人的户外，而同样年事已高的斯特拉冬天却被关在纽约的一套公寓里。

斯特拉曾向我描述过这样的画面，她的祖母耐心地坐着，看着周围的世界流逝。她甚至给我看了这张现实中的长凳——她忘了吗？我想知道她是否已经进入生命的最后阶段，在这一阶段，故事是一样的，图像是一样的，一些记忆点不再连接在一起，之前她重复自己的时候我也这样想过这个问题。这时，她好像凭直觉猜到了我的想法。她说道："我之前告诉过你，我实际上并没有看到我的祖母和外祖母去世，但我后来看到了她们，我看到了她们的遗体。她们俩去世时都是86岁。她们在一年之内相继去世。她们俩看起来都很……平静。"

她停顿了一下，继续说道："你知道吗，我觉得一个人年轻的时候知道人们会因为年纪太大而死去，只是因为年纪太大而死去，这很让人安心。它让死亡变得不那么……可怕。"

斯特拉沉默了一会儿，然后告诉我，她也一直在想她的父母，他们的婚姻以及他们是如何被安排结婚的。她的母亲出身于富有家庭——其舅舅们都是银行家——是如何嫁给了她的父亲，她的父亲的出身更为卑微。从表面上看，这场结合似乎不可能实现。

我揣测道："也许他们真心相爱。"

她不屑一顾地轻哼一声，接着说道："他们非常尊重对方。也许在一起这么多年，这样就够了。"

我和斯特拉沉默地坐了一会儿。寒冷、苍白的冬日阳光从窗户飘进来，像厚重的雾一样笼罩在我们周围。斯特拉似乎变得很遥远，与世隔绝。

过了一会儿，她倾身打开一盏白瓷灯。这个动作起到了标点符号的作用。

她的注意力放到了其他事情上——至少看起来是这样。她提到看过一本旧的《纽约书评》，里面有一篇彼得·布鲁克斯的文章，评论的是最近重印出版的瓦尔特·本雅明[1]的选集《讲故事的人》。她从椅子旁的桌子上拿起那本杂志。"文章里有一句话很精彩"，说着她翻到那一页，把杂志凑到眼前。"死亡是讲故事的人所能联想到的一切认可，"她读道，"死亡赋予了他权力。"

她瞥了我一眼——又一个标点符号——这一眼就像一支飞

---

[1] 瓦尔特·本雅明（Walter Benjamin），德国犹太裔思想家、哲学家。

镖,直插进我的胸膛。

她把杂志递给我,我很高兴不用在这个时候回看她。

我的目光落在一段文字上,我大声读道:

《讲故事的人》将口头故事和印刷出版的小说对立起来。故事在工作、旅行和交易的环境中变得生动起来:它是工作坊里的口头交流,是旅行者回到家里把他的冒险故事讲述给家人。最重要的是,它有关一个活人在一次重要的交流中将生活经验传递给另一个人。本雅明写道,讲故事的人的个性依附于故事,"就像陶工的手的痕迹依附于陶碗一样"。故事很紧凑,它们有着"不加修饰的简洁",排除了任何解释说明。它们依照工作节奏展开。故事给予人类忠告。用本雅明异常简单的话来说就是:它传递了"智慧"。

这时候出现这本书、这些话很不寻常。

"你是个旅行者,"我对斯特拉说,"你的公寓是我们的工作坊。"

她沉思了一会儿。

"但我有传递智慧吗?这是个问题。"

"我相信你有。我知道你有。"

她犹疑地点点头,似乎不太相信。

随后又是一阵沉默,我抬头看了看红黄相间的墙壁,又低头看了看地板上的土耳其地毯，一排排密密麻麻的书，白色的灯在斯特拉布满皱纹的长脸上投下一道光，过去6年来一直如此。

"昨天晚上我又做了一个令人不安的梦。"她顿了一下说道。

"哦？"

"我梦见我走向一间充满光的房间，我在那里看到一群来自罗得岛的人。我想，他们在这里做什么？我邀请他们来的吗？写了那本书的表姐丽贝卡·阿马托在那里，还有我的两个姐姐勒妮和塞尔玛。我想，她们是在叫我吗？她们来接我吗？到了我该加入她们的时候了吗？"

我问道："你看到她们的时候，有什么感觉？"

"十分困惑。但随后……随后我母亲出现了。这让我很不安。我醒来了。当时是凌晨5点，我浑身颤抖。"她停顿了一下继续说道："这种梦会持续到清晨，甚至一整天。你知道这种梦，就是那种模糊了现实生活和梦境的界限的梦……"

我点点头。我知道这种梦。

又是一阵沉默。"我很好奇，"我说道，"在梦里，每个人都说哪种语言？拉迪诺语？意大利语？英语？"

她想了一会儿，摇了摇头。

"我不知道。梦……梦有时候无法用语言表达。它们会告诉你你最属于哪里。"

"那是哪里呢？"

"和那些呼唤你的人在一起。"

- *100* -

在我生命结束之前,我们必须结束谈话。但斯特拉的生命还没有结束,她的故事也没有结束。

致　谢

在《一百个星期六》中，可以从回忆中看到一段人生，这段人生距离所回忆的事件最初发生的时间已有 60 年、70 年，甚至 90 年之遥。这些故事本身是用一种语言讲述的，它被翻译成了另一种语言，然后在它们变成书页时又被塑造和重塑。在我和斯特拉相识的 6 年多时间里，她不止一次修改和重新审视她的故事。此外，她从未停止吸收有关她出生的那个世界、她经历过的事件、她熟悉的重要地方和人的新信息。在她漫长的一生中，她对曾经的少女、年轻女人和成熟女人的思考在不断演变，她仍然在努力理解今天的自己。

我已经尽我所能去探究斯特拉回忆的事实基础。其中大多数看起来与历史记录相符，在不确定或存在偏差的地方，我选择相信斯特拉的回忆，因为我已经学会相信她所经历的情感和心理真相，以及她为什么会记住并选择谈论这些经历。记忆不是历史，它是一个人在某一时刻对自己生活的把握，这本书就是建立在这种理解和精神的基础之上。

许多人促成了《一百个星期六》的诞生。当然，核心人物是斯特拉·莱维本人。她的坦率、严谨、耐心和慷慨给予我深刻的教导和挑战。听她讲故事、逐渐了解她是一次难忘的经历。

纽约普里莫·莱维中心主任纳塔利娅·因得里米率先将我介绍给斯特拉，并在很多关键时刻提供了不可或缺的指导。她也是一位富有洞察力、知识渊博的读者。普里莫·莱维中心副主任亚历山德罗·卡辛一直是这个项目的守护天使，多年来在多个方面给予了帮助。他一直是斯特拉和这本书的敏锐读者。我要对他们两位致以深切的感谢。

我还要衷心感谢马凯娜·梅兹斯特拉诺，她帮助我按照"耶路撒冷现在时"系统转写拉迪诺语，该系统展现了拉迪诺语的语音，由耶路撒冷的拉迪诺语国家管理局开发。在罗得岛人惯用的变体体系中，他们常常提升元音（*mano* 变成 *manu*，*borekas* 变成 *burekas*，等等），斯特拉的拉迪诺语遵循了这一原则，我也不例外。在某些上下文中，根据斯特拉的回忆，她清楚地听到了一些特定形式的关键词，如静修（*enserradura*）和照看我（*teneme aki*），我也原样保留下来。

在这则致谢之后，附加了一份我提到过或参考过的关于法西斯统治下罗得岛和意大利的书籍和文章的简短参考目录，但我还是要特别感谢学者马尔科·克莱门蒂和安东尼·麦克利戈特，感谢他们愿意回答许多问题。

我还要感谢阿龙·哈森出色的档案工作和慷慨帮助。

马伊拉·卡尔曼用生动美丽的插图，成功地感知并传达了战前罗得岛色彩缤纷、充满活力的氛围，并敏锐地捕捉到人们被驱逐出境后的几年里某些关键时刻的形象。

我还要感谢以下这些人的善意和鼓励，谨按字母顺序排列其姓名：斯蒂凡诺·阿尔贝蒂尼、伊丽莎白·贝拉尔多、安德烈娅·卡诺比奥、卡穆吉·弗兰克、露西娅·弗兰克、梅洛娜·弗兰克、索菲·弗兰克、丽贝卡·萨摩纳、乔·安妮·施莱辛格、埃琳·史密斯、彼得·斯塔斯尼、萨拉·阿布雷瓦亚·施泰因、琼·斯特劳斯、乔治·范·斯特拉滕和简·瓦凯尔。

我还要感谢约翰·西蒙·古根海姆纪念基金会对这个项目及其作者的支持。

一如既往，我还要衷心感谢我最忠实的读者安德烈娅·蔡平、史蒂文·弗兰克、我的代理人萨莉·沃福德-吉兰德、敏锐而热情的劳伦·魏因，以及艾米·瓜伊和阿维德读者出版社的其他团队成员，他们给予了《一百个星期六》一个如此美好的家。

参考书目

Alhadeff, Vittorio. *Le chêne de Rhodes: Saga d'une grande famille sépharde.* Paris: Lior éditions, 2019.

Angel, Marc D. *The Jews of Rhodes: The History of a Sephardic Community.* New York: Sepher–Hermon Press, 1998.

Benatar, Isaac. *Rhodes and the Holocaust: The Story of the Jewish Community from the Mediterranean Island of Rhodes.* Bloomington, IN: iUniverse, 2010.

Benatar, Jacqueline, and Myriam Benatar. *Si je t'oublie, Rhodes: Mémorial de la Communauté juive de Rhodes de 1939 à 1945.* Jerusalem: Editions JEM et Erez, 2012; Correctum et Addendum, 2019.

Bierman, John. *Odyssey: The Last Great Escape from Nazi-Dominated Europe.* New York: Simon and Schuster, 1984.

Clementi, Marco, and Eirini Toliou. *Gli ultimi ebrei di Rodi: Leggi razziali e deportazioni nel Dodecaneso italiano (1938–1948).* Rome: DeriveApprodi, 2015.

Franco, Hizkia M. *The Jewish Martyrs of Rhodes and Cos.* New York: HarperCollins, 1994.

Galante, Avram. *Histoire des juifs de Turquie.* Vol. 7. Istanbul: Isis Press, 1988.

Levi, Primo. *The Complete Works of Primo Levi.* Edited by Ann Goldstein. New York: Liveright, 2015.

Levis Sullam, Simon. *The Italian Executioners: The Genocide of the Jews of Italy.* Princeton, NJ: Princeton University Press, 2018.

Lévy, Isaac Jack. *Jewish Rhodes: A Lost Culture.* Berkeley, CA: Judah L. Magnes Museum, 1989.

Lévy, Isaac Jack, and Rosemary Lévy Zumwalt. *Ritual Medical Lore of Sephardic Women: Sweetening the Spirits, Healing the Sick.* Urbana and Chicago: University of Illinois Press, 2022.

Levy, Rebecca Amato. *I Remember Rhodes.* New York: Sepher–Hermon Press, 1987.

Livingston, Michael A. *The Fascists and the Jews of Italy: Mussolini's Race Laws, 1938–1943.* Cambridge, UK: Cambridge University Press, 2014.

McElligott, Anthony. "The Deportation of the Jews of Rhodes, 1944: An Integrated History." In *The Holocaust in Greece*, edited by Giorgos Antoniou and A. Dirk Moses, 58–85. Cambridge, UK: Cambridge University Press, 2018.

Menascé, Esther Fintz. *Gli ebrei a Rodi: Storia di un'antica comunità annietata dai nazisti.* Milan: Guerini e Associati, 1992.

Menascé, Esther Fintz. *A History of Jewish Rhodes.* Los Angeles: Rhodes Jewish Historical Foundation, 2014.

Modiano, Sami. *Per questo ho vissuto: La mia vita ad Auschwitz-

Birkenau e altri esili. Milan: RCS Libri, 2013.

Pignataro, Luca. *Il Dodecaneso italiano 1912–1947.* Vol. 3. Chieti, IT: Edizioni Solfanelli, 2018.

Sarfatti, Michele. *The Jews in Mussolini's Italy: From Equality to Persecution.* Madison: University of Wisconsin Press, 2006.

Sarfatti, Michele. *La Shoah in Italia: La persecuzione degli ebrei sotto il fascismo.* Torino, IT: Giulio Einaudi Editore, 2005.

Shachar, Nathan. *The Lost Worlds of Rhodes: Greeks, Italians, Jews and Turks Between Tradition and Modernity.* Eastbourne, UK: Sussex Academic Press, 2013.

Stille, Alexander. *Benevolence and Betrayal: Five Italian Jewish Families Under Fascism.* New York: Summit Books, 1991.

Tescione, Gennaro. *Una luce che si spense il 9 dicembre 1943.* Caserta, IT: Società di Storia Patria di Terra di Lavoro, 1993.

Varon, Laura. *The Juderia: A Holocaust Survivor's Tribute to the Jewish Community of Rhodes.* Westport, CT: Praeger, 1999.

图书在版编目（CIP）数据

一百个星期六：与斯特拉·莱维追寻失去的世界 / (美)迈克尔·弗兰克（Michael Frank）著；(美)马伊拉·卡尔曼（Maira Kalman）绘；尹楠译. -- 太原：山西人民出版社, 2024. 12.
ISBN 978-7-203-13372-8

Ⅰ.①—… Ⅱ.①迈… ②马… ③尹… Ⅲ.①回忆录—美国—现代 Ⅳ.① I712.55

中国国家版本馆CIP数据核字（2024）第091621号

一百个星期六：与斯特拉·莱维追寻失去的世界

著　　者	(美)迈克尔·弗兰克（Michael Frank）
绘　　者	(美)马伊拉·卡尔曼（Maira Kalman）
译　　者	尹　楠
责任编辑	贾　娟
复　　审	李　鑫
终　　审	梁晋华
装帧设计	几迟　汐和 at compus studio
版式设计	陆红强
出 版 者	山西出版传媒集团·山西人民出版社
地　　址	太原市建设南路21号
邮　　编	030012
发行营销	0351-4922220　4955996　4956039　4922127（传真）
天猫官网	https://sxrmcbs.tmall.com　电话：0351-4922159
E-mail	sxskcb@163.com　发行部 sxskcb@126.com　总编室
网　　址	www.sxskcb.com
经 销 者	山西出版传媒集团·山西人民出版社
承 印 厂	北京汇林印务有限公司
开　　本	880mm×1230mm　1/32
印　　张	10.5
字　　数	197千字
版　　次	2024年12月　第1版
印　　次	2024年12月　第1次印刷
书　　号	ISBN 978-7-203-13372-8
定　　价	68.00元

如有印装质量问题请与本社联系调换

著作权合同登记号：04-2024-010

Text Copyright © 2022 by Michael Frank
This edition arranged with Union Literary
through Andrew Nurnberg Associates International Limited

Artwork Copyright @ Maira Kalman